**R. L. STINE**

# Gänsehaut

## Monster sind unter uns

R. L. STINE

# Gänsehaut™

# Monster sind unter uns

Aus dem Amerikanischen
von Günter W. Kienitz und Dagmar Weischer

cbj

cbj ist der Kinder- & Jugendbuchverlag in der
Verlagsgruppe Random House

**www.cbj-verlag.de**

*Umwelthinweis:*
Dieses Buch wurde auf chlorfrei gebleichtem Papier gedruckt.

Gesetzt nach den Regeln der Rechtschreibreform

1. Auflage 2004
Die Orginalausgaben erschienen unter den Titeln
»Goosebumps # 50: Calling all Creeps«,
»Goosebumps # 15: You Can't Scare Me« und
»Goosebumps # 46: How to Kill a Monster«
bei Scholastic, Inc., New York.

Dieses Werk wurde vermittelt durch die Literarische Agentur
Thomas Schlück GmbH, Garbsen.
Übersetzung: Günter W. Kienitz und Dagmar Weischer
Lektorat: Janka Panskus, Birgit Lockheimer
Umschlaggestaltung: Atelier Langenfass, Ismaning
at · Herstellung: CZ
Gesetzt aus der Sabon
Satz: Uhl + Massopust, Aalen
Druck: GGP Media GmbH, Pößneck
ISBN 3-570-12813-X
Printed in Germany

# Inhalt

# Bei Anruf Monster

Aus dem Amerikanischen
von Günter W. Kienitz

# 1

Kurz nach acht Uhr abends schlich ich mich auf Zehenspitzen aus meinem Zimmer und huschte, so leise ich konnte, die Treppe hinunter. Drei Stufen vor dem Ende der Treppe stolperte ich über einen Haufen Wäsche, die zum Waschen bereitlag, und fiel die restlichen Stufen mit dem Kopf voran hinunter.

Ich landete hart auf Ellbogen und Knien, machte aber keinen Mucks. Ich bin es gewöhnt, hinzufallen. Das passiert mir ständig.

Rasch rappelte ich mich auf und schaute mich im Flur um. Hatten Mom und Dad mich gehört?

Nein. Sie hatten den Fernseher im Wohnzimmer eingeschaltet und schauten sich den Wetterkanal an. Sie bringen es fertig, sich den Wetterkanal *stundenlang* anzusehen.

Was ist am Wetter nur so interessant?

Ich konnte die Dame im Fernsehen über den eisigen Wind in Nova Scotia sprechen hören. Ich zog meinen blauen Daunenparka an und steuerte lautlos auf die Haustür zu.

Wenige Sekunden später war ich draußen und lief den Bürgersteig entlang. Ich hielt mich im Schatten und zog den Kopf ein, damit mich keiner sah, während ich auf die Schule zuhuschte.

Du solltest jetzt aber keinen falschen Eindruck von mir bekommen. Normalerweise schleiche ich mich nicht mitten in der Nacht aus dem Haus. Ich bin kein Problemkind oder so etwas. Im Gegenteil: Meine Eltern sagen mir immer, ich könnte ruhig etwas mutiger und abenteuerlustiger sein. Ich verlasse das Haus nie, ohne meinen Eltern Bescheid zu sagen, wohin ich gehe. Doch dies war ein besonderer Abend. An diesem Abend war ich in einer speziellen Mission unterwegs.

Die Mission lautete: R-a-c-h-e.

Als ich die Straßenecke erreichte, glitt ich aus und musste mich an einem Laternenpfahl festhalten, um nicht hinzufallen. Der größte Teil des Schnees vom Wochenende war bereits geschmolzen. Doch auf den Bürgersteigen lauerten noch immer spiegelglatte Eisflächen.

Ich hatte mich nicht damit aufgehalten, den Reißverschluss meines Parkas zuzuziehen. Der Wind blies von hinten, als ich die Straße entlanglief, vorbei an den kleinen Häusern im nächsten Block. Die Luft fühlte sich an meinen warmen Wangen kalt und feucht an, als würde es bald wieder schneien.

He – jetzt aber genug übers Wetter geredet!

Ricky Beamer – das bin ich – hatte in dieser Nacht wichtigere Dinge im Kopf. Für diese Nacht hatte ich mir vorgenommen, ein wenig zu spionieren. Und danach stand ein fieser kleiner Streich auf dem Programm.

Ein paar Minuten später schlenderte ich über den verlassenen Sportplatz neben der Schule. Der Harding-Mittelschule. Das stand auf dem Schild gleich neben dem kahlen Fahnenmast. Allerdings hatte jemand mit Farbspray alle Anfangsbuchstaben übersprüht. Deshalb las sich das Schild nun ARDING ITTELSCHULE.

Im Großen und Ganzen sind wir hier in Harding ziemlich stolz auf unsere Schule.

Die meisten Kinder mögen die Schule. Sie ist noch ganz neu und alles ist modern und sauber.

Ich würde die Schule auch mögen – wenn mich meine Mitschüler bloß endlich in Ruhe ließen! Wenn sie aufhören würden, mich zu hänseln und mich Ricky-Ratte oder Doofmann-Ricky zu nennen, wäre ich ein glücklicher Junge.

Vielleicht findest du, dass ich ein wenig bitter klinge.

Vielleicht hast du Recht!

Aber alle Kinder an der Schule halten mich für einen doofen Versager. Sie machen sich über mich lustig, wann immer sie die Gelegenheit dazu haben.

Ich starrte das Schulgebäude an. Es ist niedrig und flach und gewunden wie eine Schlange. Die Grundschule liegt am einen Ende und die Mittelschule am anderen. Ich gehe in die sechste Klasse, deshalb liegt mein Klassenzimmer genau in der Mitte.

Von der Gebäudefront herab strahlte ein Scheinwerfer auf den kahlen Fahnenmast. Die meisten Klassenzimmer dahinter waren dunkel. An der rechten Seite des Gebäudes, dort, wo die Räume der achten Klasse liegen, sah ich ein paar beleuchtete Fenster – und genau dorthin wollte ich.

Ein Auto rumpelte gemächlich vorbei. Seine Scheinwerfer strichen über die Schulfassade. Ich duckte mich schnell hinter einen großen Immergrünstrauch, weil ich auf keinen Fall gesehen werden wollte.

Vor lauter Hast stolperte ich jedoch und fiel in den Busch. Ein Klumpen kalter, nasser Schnee fiel mir auf den Kopf. Schaudernd schüttelte ich mich, um den Schnee von meinem gewellten schwarzen Haar zu bekommen.

Als das Auto vorbeigefahren war, schlich ich auf die erleuchteten Klassenzimmerfenster zu. Meine Schuhe machten auf der weichen Erde schmatzende Geräusche. Ich schaute hinunter. Ich war in ein tiefes Matschloch getreten.

Ohne mich um den Matsch zu kümmern, lehnte ich mich an ein tief gelegenes Fensterbrett und drückte das Gesicht an die Scheibe. Waren die Lampen an, weil der Hausmeister das Klassenzimmer reinigte? Oder war Tina McClain eifrig am Arbeiten?

Tina McClain. Ich bekam schon Zahnschmerzen, wenn ich nur an ihren Namen dachte.

Die Fensterscheibe war beschlagen. Mit zusammengekniffenen Augen spähte ich durchs Glas. Ja! Tina saß an ihrem Tisch an der Wand. Sie tippte etwas in den Computer. Ihr langes, gelocktes rotes Haar fiel über die Tastatur, auf die sie mit zwei Fingern einhackte.

Ms Richards, die Betreuerin der Schülerzeitung, hatte eine Hand auf der Lehne von Tinas Stuhl. Ms Richards ist jung und *ziemlich* hübsch. In ihrem ausgebeulten grauen Sweatshirt und der verwaschenen Jeans sah sie eher wie eine Schülerin als eine Lehrerin aus.

Im vergangenen September war Ms Richards sehr nett zu mir gewesen, als ich mich für die Mitarbeit an der Schülerzeitung anmeldete. Doch in der letzten Zeit war sie ziemlich fies. Ich vermute, Tina hat sie gegen mich aufgehetzt.

Tina geht schon in die achte Klasse und deshalb hält sie sich für etwas Besseres. Als Sechstklässler ist man an der Harding-Schule ein *Nichts*. Das kannst du mir glauben. Wir sind *nichts*. Vielleicht sogar noch weniger.

Ich hatte gewusst, dass Tina und Ms Richards an diesem Abend bis spät am *Harding Herald* arbeiten würden. Denn am nächsten Tag war Dienstag, der Tag, an dem die Zeitung herauskam.

Ms Richards beugte sich über Tina und deutete auf etwas am Bildschirm. Ich kniff die Augen noch fester zusammen, um zu lesen, was am Bildschirm stand. Ich konnte eine Schlagzeile erkennen, unter der ein Foto prangte.

Tina arbeitete also am Layout der Titelseite des *Harding Herald.*

Sobald sie mit der Titelseite fertig war, würde sie sie auf Diskette abspeichern. Dann würde Ms Richards mit der Diskette zum Laserdrucker im Sekretariat gehen und die Seite zweihundertmal ausdrucken lassen.

Plötzlich wandte sich Ms Richards dem Fenster zu. Ich kauerte mich hastig auf die Erde nieder.

Hatte sie mich gesehen?

Ich wartete einige Sekunden lang ab, dann richtete ich mich vorsichtig wieder auf. Tina tippte noch immer. Alle paar Sekunden hielt sie inne und klickte mit der Maus, um etwas auf dem Bildschirm zu verschieben.

Ms Richards verließ den Raum.

Ich fröstelte. Der Wind wehte in wirbelnden Böen und zerrte an der Kapuze meines Parkas. Ich hatte mir nicht allen Schnee aus den Haaren gestrichen. Nun tropfte mir kaltes Wasser in den Nacken. In der Ferne hörte ich einen Hund traurig heulen.

*Bitte steh auf!*, flehte ich Tina in Gedanken an.

*Und bitte geh aus dem Zimmer – damit ich dir meinen kleinen Streich spielen kann.*

Hinter mir auf der Straße holperte ein weiteres Auto vorbei. Ich presste mich gegen die dunkle Wand, versuchte mich, so gut es ging, unsichtbar zu machen.

Als ich mich wieder zum Fenster umwandte, war das Klassenzimmer leer. Tina hatte den Raum ebenfalls verlassen.

»Jaaa!«, jubelte ich stumm.

Vor Aufregung bekam ich Herzklopfen. Ich hob beide Hände zum Fenstersims und mühte mich ab, das Fenster hoch zu schieben, damit ich hineinklettern konnte.

Mir war klar, dass ich schnell sein musste. Tina war

wahrscheinlich zum Getränkeautomaten auf dem Flur hinausgegangen. Mir blieben nur ein paar Sekunden, um in das Zimmer einzusteigen, ein bisschen Schaden anzurichten und wieder zu verschwinden.

Ich drückte und schob, aber das Fenster bewegte sich nicht.

Ich dachte schon, es wäre zugefroren. Doch beim vierten Versuch glitt es endlich langsam aufwärts. Ich schob mit aller Kraft und bekam das Fenster schließlich weit genug auf, um mich hindurchzwängen zu können.

Meine nassen Schuhe rutschten auf dem Linoleumboden und ich hinterließ eine Spur matschiger Fußabdrücke, doch das war mir egal.

Auf leisen Sohlen schlich ich durch den Raum und kauerte mich vor dem Computer nieder. Meine Hand zitterte, als ich die Maus zum unteren Rand der Zeitungsseite bewegte.

Da hörte ich Stimmen. Tina und Ms Richards unterhielten sich anscheinend auf dem Gang.

Ich holte tief Luft und betrachtete die Seite.

Dann tippte ich einige Wörter – in ganz winziger Schrift – an den unteren Rand der Titelseite. Leise vor mich hin kichernd, schrieb ich:

*Aufruf an alle Ungeheuer. Aufruf an alle Ungeheuer. Wenn du ein echtes Ungeheuer bist, dann rufe nach Mitternacht Tina unter der Nummer 555-6709 an.*

Warum ich diese kleine Meldung auf die Titelseite der Schülerzeitung setzte? Wieso ich mitten in der Nacht in die Schule schlich und es riskierte, erwischt zu werden? Weshalb ich mich um jeden Preis an Tina rächen musste?

Nun… das ist eine lange Geschichte…

## 2

Vor ein paar Tagen war ein neues Mädchen an unsere Schule gekommen. Ihr Name ist Iris Candler. Sie kam in meine Klasse spaziert und blieb verlegen vorne an der schwarzen Tafel stehen, während sie darauf wartete, dass Ms Williamson ihr einen Platz zuwies.

Ich war eifrig damit beschäftigt, meine Mathehausaufgaben zu erledigen, bevor die Schulglocke zum Anfang der Stunde läutete. Irgendwie hatte ich sie am vorangegangenen Abend völlig vergessen.

Ich hielt ein paar Sekunden in meiner wilden Kritzelei inne, um das neue Mädchen zu mustern. Sie sieht irgendwie süß aus, dachte ich. Iris hat ein rundes Gesicht mit großen blauen Augen und kurz geschnittenes blondes Haar, das in der Mitte gescheitelt ist. An diesem Tag trug sie lange orange Plastikohrringe, die leise klimperten, wenn sie den Kopf bewegte.

Ms Williamson wies Iris einen Platz fast ganz hinten im Klassenzimmer zu. Dann bat sie mich, Iris in der Schule herumzuführen. Du weißt schon. Ihr zu zeigen, wo sich die Kantine und die Toiletten und alles befinden.

Vor Überraschung hätte ich beinahe einen Schrei ausgestoßen. Wieso hatte Ms Williamson ausgerechnet mich dazu ausersehen? Na ja, wahrscheinlich lag es daran, dass Iris zufällig direkt neben mir saß.

Ich hörte einige Kinder lachen. Und jemand murmelte: »Doofmann-Ricky.«

Die Kinder in meiner Klasse hacken ständig auf mir herum. Ich hoffte, dass Iris sie nicht gehört hatte.

Ich gebe es zu. Ich wollte sie gerne beeindrucken. Es gefiel mir, mit jemand Neuem reden zu können, mit jemandem, der noch keine Ahnung davon hatte, dass mich die ganze Klasse für einen Versager hielt.

In der Mittagspause ging ich gemeinsam mit Iris die Treppe hinunter zur Kantine. Ich erzählte ihr, wie neu die Schule noch war. Und dass zu Anfang heißes Wasser aus den Kaltwasserhähnen und kaltes Wasser aus den Heißwasserhähnen gekommen war.

Sie fand das ziemlich komisch. Mir gefiel es, wie ihre Ohrringe klimperten, wenn sie lachte.

Sie fragte mich, ob ich in irgendeiner Sportmannschaft wäre.

»Noch nicht«, antwortete ich.

*Und nicht in einer Million Jahren!*, dachte ich bei mir.

Jedes Mal wenn die Jungs auf dem Sportplatz Mannschaften zusammenstellen, dann streiten sich die Kapitäne darum, wer mich bekommt. Das geht dann so:

»*Du* nimmst ihn!«

»Das ist nicht fair! *Du* musst ihn nehmen!«

»Nein. *Du* nimmst ihn! Wir hatten ihn schon das letzte Mal!«

Ich bin leider alles andere als ein Sportass.

»Das hier ist die Schulkantine«, erklärte ich Iris, als wir am Eingang standen. Im selben Augenblick kam ich mir ziemlich dämlich vor. Ich meine, was hätte es denn *sonst* sein sollen? Der Übungsraum der Band etwa?

Kaum war ich eingetreten, sah ich auch schon meine vier Erzfeinde, die an ihrem angestammten Tisch in der Mitte des Saals saßen. Ich nenne sie meine vier Erzfeinde, weil ... nun ja, weil sie eben meine vier Erzfeinde sind!

Sie heißen Jacob, David, Brenda und Warze. Warze heißt in Wirklichkeit Richard Warzmann. Aber alle nennen ihn Warze – sogar die Lehrer.

Diese vier Siebtklässler machen sich pausenlos über mich lustig. Und wenn sie sich mal gerade nicht über mich lustig machen, dann versuchen sie mir ewas *anzutun*!

Ich habe keine Ahnung, warum. Ich habe ihnen nichts getan. Vermutlich ärgern sie mich, weil es so einfach ist, mich zu ärgern.

Ich schnappte mir zwei Tabletts und führte Iris zur Essensausgabe. »Warmes Essen gibt es da drüben«, erklärte ich ihr. »Aber niemand isst etwas Warmes, außer Pizza oder Hamburger.«

Iris schenkte mir ein liebes Lächeln. »Das ist genau wie an meiner alten Schule«, sagte sie.

»Halt dich bloß von den Makkaroni fern«, warnte ich sie. »Niemand isst hier je Makkaroni. Wir glauben, dass sie das ganze Jahr lang dieselben Makkaroni servieren. Siehst du die Kruste obendrauf? Wer hat je von Makkaroni mit Kruste gehört?«

Iris lachte. Ich strich mir das Haar zurück und fragte mich, ob sie mich mochte.

Wir nahmen uns Sandwiches und ein paar Tüten Kartoffelchips. Dann stellte ich mir eine Schale mit rotem und grünem Wackelpudding und ein Kiwi-Erdbeer-Getränk aufs Tablett. »Die Kasse ist da drüben«, erklärte ich Iris.

Ich zeigte ihr, wie man der Kassiererin den Essensbon gibt und wie diese ihn locht. Ich fühlte mich ausgesprochen gut. Ich glaube, Iris war von meinen hilfreichen Hinweisen sehr beeindruckt.

Ich entdeckte einige freie Stühle an einem Tisch am Fenster und wies mit dem Kopf in die Richtung. Dann marschierte ich los und bahnte mir einen Weg durch den vollen, lauten Raum. Das Tablett balancierte ich mit beiden Händen.

Natürlich sah ich nicht, dass Warze mir ein Bein stellte.

Ich stolperte und fiel der Länge nach hin. Mein Tablett segelte durch den Raum.

Ich landete auf dem Boden und schaute gerade rechtzeitig auf, um zu sehen, wie der rote und grüne Wackelpudding über den Tisch flogen und einem Mädchen auf dem Schoß landeten. Mein übriges Essen schlitterte über den Boden.

Kinder lachten und johlten und klatschten. »Typisch Ricky!«, rief jemand. »Ricky-Ratte! Ricky-Ratte!«

Warze und seine drei Kumpel begannen im Sprechchor aufzusagen: »Doofmann-Ricky ... Doofmann-Ricky!«

Ich bemerkte, dass Iris ebenfalls lachte.

Am liebsten wäre ich in den Erdboden versunken!

Mein Gesicht fühlte sich plötzlich ganz heiß an. Mir war klar, dass ich rot geworden war.

*Was mache ich bloß?*, überlegte ich, während ich da so auf dem Bauch lag. *Ich kann mir das echt nicht mehr länger gefallen lassen.*

*Was kann ich tun?*

## 3

Nach der Schule steuerte ich auf die Klassenräume der achten Klassen am Ende des Gebäudes zu. Das Büro der Schülerzeitung befindet sich in Ms Richards' Klassenzimmer.

Ms Richards saß an ihrem Pult und korrigierte Schulaufgaben. Als ich durch die Tür trat, schaute sie auf und runzelte die Stirn. Dann wandte sie sich wieder ihrer Arbeit zu.

Ich sah Tina, die in einer Ecke wie wild in den Computer tippte. Sie bewegte beim Schreiben die Lippen. Ihre Stirn hatte sie in tiefer Konzentration in Falten gelegt.

Ich ging auf die Redaktionsassistentin zu, eine Achtklässlerin namens Melly. Melly hat kurzes, glattes braunes Haar und trägt eine Brille mit braunem Gestell, das farblich zu ihren Haaren passt. Sie beugte sich über einen langen Nachrichtentext und fuhr beim Lesen mit dem Finger die Zeilen entlang.

»Hallo, Melly«, sagte ich.

Sie blickte auf und runzelte ebenfalls die Stirn. »Ricky – jetzt habe ich wegen dir die Stelle verloren, an der ich war.«

»Tut mir Leid«, sagte ich. »Habt ihr für mich heute irgendeinen Artikel zu vergeben?«

Wahrscheinlich fragst du dich, wieso ich mich beim *Harding Herald* als Reporter gemeldet habe. Es ist nicht gerade so, dass ich toll schreiben kann oder so.

Jedes Kind an der Harding-Schule muss pro Jahr zwanzig Punkte für die Teilnahme an Schulaktivitäten sammeln. Das bedeutet, dass du dich für eine Sportmannschaft aufstellen lassen, dich Clubs anschließen oder an anderen Aktivitäten außerhalb des Unterrichts teilnehmen musst.

Mich für eine Sportmannschaft aufstellen zu lassen, kam *überhaupt nicht* in Frage. Deshalb hatte ich mich für die Mitarbeit an der Zeitung gemeldet. Ich dachte, das wäre leichter.

Das lag daran, dass ich Tina noch nicht kennen gelernt hatte.

Tina behandelt alle Sechstklässler wie Ungeziefer. Wenn ein Sechstklässler den Raum betritt, verzieht sie angewidert das Gesicht. Und dann versucht sie auf uns rumzutrampeln.

Die interessanten Artikel vergibt sie alle an Achtklässler. Weißt du, was die erste Geschichte war, die ich für sie schreiben sollte? Sie bat mich die kahlen Stellen auf dem Sportplatz zu zählen und darüber zu schreiben, wieso darauf kein Gras wächst.

Mir war klar, dass sie mich damit nur aus der Redaktion ekeln wollte. Die Geschichte schrieb ich trotzdem. Es ist schwer, einen guten Artikel über kahle Stellen im Rasen zu schreiben. Aber ich habe die Aufgabe echt gut bewältigt. Meine Geschichte war fünf Seiten lang!

Nur leider wurde sie nicht in der Schülerzeitung abgedruckt.

Als ich Tina nach dem Grund fragte, sagte sie: »Wer interessiert sich denn schon für kahle Stellen im Sportplatzrasen?«

Meine nächste Aufgabe bestand darin, mit dem Hausmeister ein Interview zu führen, inwiefern sich Nachtarbeit von Tagarbeit unterscheidet.

Dieser Artikel kam auch nicht in die Zeitung.

Am liebsten hätte ich gekündigt. Doch ich brauchte die zwanzig Punkte für die Teilnahme an schulischen Aktivitäten unbedingt. Bekam ich die zwanzig Punkte nicht zusammen, konnte ich die sechste Klasse nicht abschließen. Dann würde ich in den Sommerferien in die Schule gehen müssen. Im Ernst.

Deshalb kam ich weiterhin zwei- bis dreimal pro Woche nach dem Unterricht in die Redaktion des *Harding Herald* und fragte Tina, ob sie irgendwelche Aufträge für mich hätte. »Habt ihr was für mich?«, erkundigte ich mich also bei Melly.

Sie zuckte die Achseln. »Keine Ahnung. Frag Tina.«

Ich ging hinüber zu Tinas Schreibtisch. Der blaue Schein des Monitors beleuchtete ihr Gesicht, während sie tippte. »Irgendwelche Artikel für mich?«, fragte ich sie.

Sie tippte ohne aufzublicken weiter. »Warte, bis ich fertig bin«, fauchte sie.

Ich trat einen Schritt zurück. Dann schaute ich mich um und sah, wie Ms Richards den Raum verließ. An einem Tisch in der Nähe des Fensters unterhielten sich einige Kinder miteinander und ich ging zu ihnen.

David und Warze – zwei meiner Erzfeinde – stritten sich wegen irgendetwas miteinander. Sie arbeiten beide als Sportreporter für die Zeitung und schreiben über alle Spiele an der Harding-Schule. Den Rest der Zeit hängen sie in der Redaktion herum und sorgen für Ärger.

David ist groß und blond. Warze ist dagegen klein und gedrungen und hat ein rosiges Gesicht. Er ähnelt tatsächlich einer Warze!

Ich entdeckte Kekse und einige Dosen Limo auf dem Tisch. Ich beschloss, einen Bogen um David und Warze zu schlagen und mir etwas zu trinken zu holen. Doch Warze erhob sich und versperrte mir den Weg.

Er und David grinsten beide. »Wie war dein Mittagessen, Ricky?«, fragte Warze scheinheilig.

Sie lachten und klatschten sich gegenseitig in die Hände.

Ich funkelte Warze an. Am liebsten hätte ich ihm das Grinsen vom Gesicht gewischt. »Wieso hast du mir ein Bein gestellt?« Ich fühlte, wie mein Gesicht wieder heiß wurde.

»Das habe ich doch gar nicht«, log er.

David lachte.

»Hast du wohl!« Ich ließ nicht locker. »Du hast deinen Fuß ausgestreckt ...«

»Stimmt nicht«, sagte er. »Ich habe dich nicht angerührt.«

»Du bist über eine Ritze im Boden gestolpert«, mischte David sich ein. »Oder vielleicht war es auch nur ein Luftloch.«

Sie lachten beide. Sie sind so blöd!

Ich schnappte mir eine Dose Cola vom Tisch, riss sie auf und wollte wegehen.

»He, warte mal ...« Warze hielt mich an der Schulter fest.

Ich fuhr herum. »Hast du ein Problem?«

»Diese Dose wollte ich haben«, sagte er.

»Zu dumm. Da musst du dir eben eine andere nehmen«, erklärte ich ihm.

»Nein. Ich will aber diese hier.«

Er griff nach der Dose, doch ich schwang blitzschnell den Arm aus seiner Reichweite. Dabei rutschte mir die Dose aus der Hand und flog quer durch den Raum. Während sie flog, sprühte Cola heraus. Dann landete die Dose mitten auf Tinas Tastatur.

Tina quiekte erschrocken. Dann sprang sie so hektisch auf, dass sie ihren Stuhl umwarf.

Ich schnappte mir rasch ein paar Servietten vom Tisch und durchquerte im Laufschritt den Raum.

»Mach dir nichts draus. Ich mache alles sauber!«, sagte ich zu Tina.

Die Tastatur war klatschnass. Wild entschlossen begann ich die Tasten abzuwischen.

»Nein, Ricky – *stopp*!«, kreischte Tina.

Zu spät.

Entsetzt starrte ich auf das, was ich angerichtet hatte.

## 4

»Aaaahh!« Tina riss den Mund zu einem zornigen Schrei auf und zerrte mit beiden Händen an ihren roten Haaren.

»Du Ungeheuer! Ricky, du Ungeheuer!«, plärrte sie.

Eigentlich ist es ja nicht gerade die feine Art, Leute mit

Schimpfnamen zu bombardieren. Doch sie hatte allen Grund dazu, wütend auf mich zu sein.

Ich hatte die Titelseite komplett gelöscht.

Der Bildschirm leuchtete uns in strahlendem Blau entgegen.

Keine Wörter mehr. Keine Bilder.

»Ähm ... tut mir Leid«, murmelte ich.

»Vielleicht kann ich es wiederherstellen«, sagte Tina zu Melly. »Vielleicht gibt es eine Möglichkeit, es wieder zu finden und auf den Bildschirm zurückzubringen.«

Tina schob mich aus dem Weg, stellte ihren Stuhl auf und setzte sich. »Oh!«, schrie sie, als sie feststellte, dass sie sich in eine Colapfütze gesetzt hatte.

Den Blick starr auf den leeren blauen Bildschirm gerichtet, begann sie wie wild zu tippen.

Ich konnte sehen, dass die Tasten noch immer nass und klebrig waren. Tina machte einen Fehler nach dem anderen. Ständig musste sie mit dem Cursor zurückgehen und neu tippen. Dabei murmelte sie leise etwas Unverständliches vor sich hin.

Es nützte nichts. Es hatte keinen Sinn.

Die Titelseite wollte einfach nicht wieder auftauchen.

Schließlich gab Tina es mit einem lauten Stöhnen auf. Sie raufte sich das Haar und wandte sich mit einem Knurren mir zu.

»Du Ungeheuer!«, kreischte sie. »Die ganze Arbeit war umsonst! Jetzt ist alles futsch!«

Ich schluckte. »Tina, es war ein Missgeschick«, sagte ich betreten. »Ehrlich. Ein Missgeschick.«

»Du kleines Ungeheuer!«, zeterte Tina. Melly war kopfschüttelnd neben sie getreten und funkelte mich zornig an.

»Warze hat mich gestoßen!«, schrie ich. Ich wandte mich zu dem Tisch um, aber Warze und David hatten den Raum verlassen.

»Du bist gefeuert!«, brüllte Tina. »Raus mit dir, Ricky. Du hast hier nichts mehr zu suchen!«

»Was?« Mein Herz setzte einen Schlag lang aus. »Nein, Tina – warte!«, bettelte ich.

»Raus mit dir! Verschwinde!« Sie wedelte mit beiden Händen, als wollte sie einen Hund verscheuchen. »Du bist entlassen! Das meine ich ernst!«

»Aber ... aber ... aber ...«, stotterte ich wie ein Außenbordmotor. »Aber ich brauche die Aktivitätenpunkte! Bitte, gib mir noch eine Chance! *Bitte!*«, flehte ich sie an.

»Raus!«, schrie Tina starrköpfig.

»Tss, tss«, machte Melly und schüttelte den Kopf.

»Das ist so ungerecht!«, heulte ich.

Ich weiß, ich weiß. Ich klang wie ein Baby. Aber bitte schön. Das war doch *wirklich* ungerecht!

Ich drehte mich um und trottete zur Tür. Und nun rate mal, wer da stand und die ganze hässliche Szene beobachtet hatte?

Richtig geraten.

Iris.

Es war ihr erster Schultag. Und schon war ihr klar, was für ein Versager ich war.

»Was machst *du* denn hier?«, fragte ich sie niedergeschlagen.

»Man hat mir gesagt, dass ich an Schulaktivitäten teilnehmen muss. Deshalb dachte ich mir, ich könnte es mal bei der Zeitung versuchen«, antwortete Iris. »Aber jetzt glaube ich nicht mehr, dass ich bei der Zeitung mitarbeiten sollte. Dieses rothaarige Mädchen ist echt gemein.«

»Das kannst du laut sagen«, murmelte ich und verdrehte die Augen.

»Sie hätte dich nicht Ungeheuer nennen dürfen«, fuhr Iris fort. »Es war doch nur ein Missgeschick. Sie ist schrecklich! Sie hätte dir noch eine Chance geben sollen.«

Vielleicht werden Iris und ich ja doch noch gute Freunde, dachte ich.

Ich holte meinen blauen Parka aus dem Schließfach und dann verließen Iris und ich gemeinsam die Schule.

Die Nachmittagssonne verschwand bereits hinter den Häusern und kahlen Bäumen. Im Winter wird es hier schrecklich früh dunkel. Schneeflecken auf dem Rasen und dem Bürgersteig schimmerten matt, als wir auf die Straße zusteuerten.

»In welcher Richtung wohnst du?«, fragte ich, während ich meinen Schulranzen auf dem Rücken zurechtschob.

Iris wies mit der Hand in dieselbe Richtung, in der ich wohnte.

»Ich auch«, sagte ich. Gemeinsam machten wir uns auf den Weg. Mir war ganz und gar nicht nach Reden zu Mute. Ich war immer noch aufgebracht darüber, dass sie mich bei der Zeitung rausgeschmissen hatten.

Aber es gab mir ein gutes Gefühl, Iris an meiner Seite zu haben.

Wir überquerten die Straße und liefen auf den nächsten Straßenblock zu. Eine hohe Hecke zog sich den ganzen Block entlang, nur von Einfahrten unterbrochen.

Ein paar Kinder hatten für ein Hockeyspiel Markierungen auf die Straße gemalt. Sie flitzten auf Inlineskates hin und her, lehnten sich auf ihre Schläger, johlten und riefen durcheinander.

»Läufst du Inlineskates?«, fragte mich Iris.

»Ein bisschen«, erklärte ich ihr. »Meine Inlineskates sind leider nicht ganz in Ordnung. Die Stopper haben sich gelöst und ...«

»Ich nehme die Stopper immer ab«, sagte sie. »Ohne Stopper macht es viel mehr Spaß, findest du nicht?«

Ich setzte zu einer Antwort an, doch ein Geräusch, das hinter der hohen Hecke hervorkam, ließ mich innehalten.

Flüsterte da jemand?

Hatte ich jemanden kichern gehört?

Iris und ich gingen weiter. Sie erzählte mir, wie die Kinder in der Stadt, aus der sie weggezogen war, Inlineskates gelaufen waren. Aber ich hörte ihr gar nicht richtig zu.

Ich hörte ständig Schritte, Getuschel und ein Scharren. Von der anderen Seite der Hecke her.

Schließlich legte ich einen Finger an die Lippen. »Iris – pst«, wisperte ich.

Sie riss überrascht die Augen auf. »Ricky, was ist los?«

»Ich glaube, wir werden verfolgt«, antwortete ich.

# 5

»Ich kann nichts hören«, flüsterte Iris. Sie schaute mich mit zusammengekniffenen Augen an.

Wir lauschten beide.

Vom Gejohle der Hockeyspieler einen Straßenblock weit hinter uns einmal abgesehen war es vollkommen still.

Langsam setzten wir uns wieder in Bewegung.

Da hörte ich wieder ein Kichern. Geflüster.

Ich bog in die nächste Einfahrt ein und rannte hinter die Hecke.

»Wer ist da?«, rief Iris. Sie kam hinter mir hergelaufen. Sie suchte mit den Augen die Hecke ab, dann das Rasenstück vor dem Haus.

»Niemand da«, sagte ich.

Sie lachte. »Ricky, wieso siehst du so besorgt aus? Wahrscheinlich hast du nur einen Vogel gehört oder so etwas.«

»Ja, einen Vogel«, wiederholte ich zweifelnd. Ich ging voraus um die Hecke herum zurück zum Bürgersteig. Ich wollte nicht, dass Iris mich für verrückt hielt. Aber ich war mir sicher, dass ich etwas gehört hatte.

Wir gingen an ein paar weiteren Häusern vorbei. Plötzlich vernahm ich ein rhythmisches Flüstern: »Doofmann-Ricky … Doofmann-Ricky …«

»Hast du das gehört?«, fragte ich Iris.

Sie schüttelte den Kopf. Über uns erklang das ferne Brummen eines Flugzeugs. »Meinst du das Flugzeug?«, wollte sie wissen.

»Nein«, erwiderte ich. »Ich habe eine Stimme gehört.«

Leises Kichern drang aus der Hecke hervor.

Ich rannte los, um nachzusehen, und wäre beinahe auf einer spiegelglatten Eisfläche ausgerutscht. Um das Gleichgewicht zu bewahren, griff ich in die Hecke. Dahinter war niemand. Nichts als ein leerer Vorgarten.

Während ich zu Iris zurücklief, rückte ich meinen Schulranzen zurecht.

»Ricky, du bist ein bisschen sonderbar«, sagte sie und lachte. Aber ich konnte sehen, dass sie allmählich ins Grübeln über mich kam. Wahrscheinlich dachte sie, ich wäre zu verrückt, um ihr Freund zu sein.

»Ich habe da hinten etwas gehört. Ganz bestimmt«, sagte ich starrsinnig. »Entweder verstecken sie sich in der Hecke oder …«

»AAAAAHHH!« Mit einem Mal ertönte ein lauter Angriffsschrei und die Hecke bebte und schwankte.

Erschrocken taumelte ich rückwärts auf die Straße zu.

Und da kamen vier ältere Kinder hinter der Hecke hervorgesprungen. Vier Kids, die kreischten und johlten.

Meine vier Erzfeinde!

Ich sah, wie Iris verdutzt das Gesicht verzog. Und dann packte mich Warze. David, Brenda und Jacob taten es ihm nach.

Sie stießen mich vorwärts und zogen mich wieder zurück. Dann drehten sie mich lachend und johlend im Kreis.

Schließlich rang David mich zu Boden.

Sie umringten mich. Drückten mich nieder. Hielten mich im kalten, nassen Matsch fest.

»Lasst mich los!«, kreischte ich.

Ich versuchte um mich zu schlagen und mich freizukämpfen. Doch die vier hielten mich eisern fest.

»Lasst mich los!«, heulte ich. »Was wollt ihr von mir?«

## 6

»Lasst ihn los!«, hörte ich Iris schreien.

»Okay«, antwortete Warze. »Kein Problem.« Warze, der dicke, stämmige Kerl, hatte auf meiner Brust gesessen. Nun stand er auf.

Ich atmete tief ein.

Die anderen drei ließen mich ebenfalls los und traten einen Schritt zurück.

Ich setzte mich auf und wischte mir den Matsch vom Ärmel meines Parkas. Ich warf Iris einen Blick zu. Sie stand mit geballten Fäusten am Randstein, die Augen weit offen und wachsam.

Mit einem Stöhnen begann ich mich zu erheben.

Doch Warze und Jacob stießen mich zurück. »Nicht so hastig«, sagte Jacob. Jacob ist klein und dünn, aber fies bis auf die Knochen.

»Was wollt ihr?«, fragte ich.

Warze beugte sich über mich. »Warum hast du Tina erzählt, ich wäre an dem Unfall mit der Coladose schuld gewesen?«, wollte er wissen.

»Weil es deine Schuld *war*«, schoss ich zurück. Ich zupfte mir ein welkes braunes Blatt aus den Haaren.

»Aber wieso hast du es Tina gesagt?«, fragte er giftig.

»Weil er eine Memme ist«, mischte David sich ein.

»Weil er eine Petze ist«, warf mir Warze vor.

»Aber es *war* deine Schuld!«, schrie ich. Ich versuchte aufzustehen, aber sie schubsten mich wieder auf den Boden zurück.

Iris stieß einen kurzen Schrei aus, dann bedeckte sie mit beiden Händen den Mund. Ich konnte sehen, dass sie richtig Angst hatte. »Mach dir keine Sorgen«, rief ich ihr zu. »Sie nehmen mich schon nicht auseinander.«

Ich wandte mich an Warze. »Richtig?«

Sie lachten alle vier.

»Was sollen wir nun mit Ratte Ricky anstellen?«, sagte Brenda.

»Auseinander nehmen«, antwortete David.

Wieder lachten sie laut.

»Nein. Los, wir lassen ihn singen«, schlug Warze vor und grinste mich an.

»Oh nein!«, stöhnte ich. »Nicht schon wieder!«

Sie finden es irre komisch, sich von mir irgendwelche Lieder vorsingen zu lassen. Sie zwingen mich ständig dazu, zu singen. Das liegt daran, dass ich eine schreckliche Singstimme habe und nie den richtigen Ton treffe. »Bitte nicht…«, bettelte ich.

»Ja. Sing ein Lied – für deine neue Freundin«, entschied Brenda und wies auf Iris.

»Nein. Kommt nicht in die Tüte!«, sträubte ich mich.

David und Jacob beugten sich zu mir herab und drückten mich an den Schultern tiefer in den Matsch. »Sing ein Lied«, befahl mir Jacob drohend.

»Sing ›*Row, row, row your boat*‹«, sagte Warze.

Die anderen johlten und klatschten. »Ja! *Row, row, row your boat!* Das ist das Beste!«

»Neeiinn«, ächzte ich. »Nicht schon wieder. Bitte! Ich kenne den Text nicht. Echt. Zwingt mich nicht schon wieder dazu, dieses Lied zu singen!«

Ich bettelte und flehte. Auch Iris bettelte und flehte.

Doch es nützte nichts. Die vier standen ungerührt um

mich herum, blickten auf mich herab und ließen mich nicht aus dem Matsch aufstehen.

Was blieb mir da schon für eine Wahl? Ich kannte nur einen Weg, mir die vier vom Hals zu schaffen. Also begann ich, auf dem kalten Boden sitzend, zu singen.

*»Row, row, row your boat gently down the stream …«*

Sie brachen in schallendes Gelächter aus, johlten und heulten. Sie schubsten sich gegenseitig und klatschten sich in die Hände. Sie fielen buchstäblich selbst in den Matsch, weil sie sich vor Lachen nicht mehr halten konnten.

*»… Merrily, merrily, merrily, merrily …«*

Irgendwie schaffte ich es, das ganze Lied zu singen. Natürlich hatte ich den größten Teil des Texts vergessen. Und natürlich quiekste meine Stimme an den hohen Stellen.

Und natürlich war mir noch nie im Leben etwas so peinlich gewesen.

Iris muss mich für den größten Idioten auf dem ganzen Planeten halten, sagte ich mir. Sie muss denken, ich wäre ein totaler Versager.

Am liebsten hätte ich mich wie ein Wurm im Matsch verkrochen und wäre nie wieder herausgekommen.

Nachdem ich das Lied fertig gesungen hatte, stand ich auf und lief davon, ohne mich noch einmal umzusehen.

Ich schaute mich weder nach meinen vier Erzfeinden um noch nach Iris.

Vor allem nicht nach Iris. Ich wollte nicht sehen müssen, wie sie ebenfalls über mich lachte. Oder dass ich ihr Leid tat.

Ich rannte den ganzen Weg nach Hause, ohne langsamer zu werden. Dann stürmte ich ins Haus, knallte die Tür hinter mir zu und hetzte hinauf in mein Zimmer.

Das ist alles Tinas Schuld, dachte ich.

Zuerst hatte mich Tina aus dem Team der Schülerzeitung gefeuert – nur wegen eines Missgeschicks. Und dann hatte Tina Warze erzählt, dass ich ihn beschuldigt hatte.

Deshalb war Warze und seinen Kumpeln gar keine andere Wahl geblieben. Sie hatten mir auflauern müssen um mich vor Iris zu blamieren.

Alles Tinas Schuld … alles Tinas Schuld …

Dieser Gedanke ging mir immer noch durch den Kopf, als ich mich an diesem Abend bemühte einzuschlafen. Ich grübelte darüber nach, wie ich es Tina eines Tages heimzahlen könnte.

Es dauerte mehrere Stunden, bis ich endlich einschlief.

Am Samstagmorgen weckte mich das klingelnde Telefon. Schlaftrunken hob ich den Hörer ab.

Und nun rate mal, wer am anderen Ende war.

Tina.

Ja. Es war ein überraschender Anruf von Tina.

Ein Anruf, der mein Leben verändern sollte.

# 7

»Hä?«, brachte ich, noch immer im Halbschlaf, hervor. Ich räusperte mich.

»Ich brauche deine Hilfe«, sagte Tina.

»Hä?« Ich setzte mich im Bett auf. Tina brauchte *meine* Hilfe? Träumte ich etwa noch?

»Du musst einen Artikel für mich schreiben«, fuhr Tina fort. »Für die Zeitung. Ich habe es schon bei allen versucht, die mir einfielen. Aber keiner konnte. Du bist der letzte Mensch, den ich deswegen anrufen wollte. Aber jetzt bist du meine letzte Hoffnung.«

»Hä?«, erwiderte ich.

»Ricky – ist das alles, was du sagen kannst?«, wollte Tina mit schriller Stimme wissen. »Habe ich dich aufgeweckt oder was?«

»Hä? Ähm... nein.« Ich räusperte mich noch einmal, schüttelte den Kopf und gab mir alle Mühe, wach zu werden.

Tina brauchte meine Hilfe?

»Du musst in die Schule kommen und einen Bericht über die Winter-Autowaschaktion schreiben«, sagte Tina. »Ich brauche einen Artikel und Fotos. Sofort.«

»Hä?«, antwortete ich. Wieso konnte ich nicht damit aufhören, andauernd »Hä?« zu sagen? Ich schätze, ich befand mich in einem Schockzustand oder so was. »Eine Autowaschaktion im Winter?«

Tina seufzte. »Du weißt nichts von der Autowaschaktion der Schule? Hast du denn die vielen Plakate nicht gesehen? Liest du keine Zeitung?«

»Oh, stimmt. Ich hab's ganz vergessen«, log ich. Ich schaute zum Fenster hinaus. Goldener Sonnenschein. Ein schöner Tag für eine Autowaschaktion.

»Großartig! Ich komme sofort in die Schule, Tina«, erklärte ich ihr. »Danke, dass du mir noch einmal eine Chance gibst.«

»Ich wollte dich eigentlich nicht anrufen«, sagte sie kaltschnäuzig. »Aber die meisten meiner Reporter sind auf einem Schulausflug. Und die anderen sind bei der Autowaschaktion beschäftigt. Wenn mein Hund fotografieren könnte, hätte ich lieber ihn geschickt als dich.«

»Vielen Dank!«, rief ich.

Ich weiß. Ich weiß. Sie legte es darauf an, mich zu beleidigen.

Aber sie gab mir auch noch eine Chance. Vielleicht würde ich dann zu guter Letzt doch nicht während der Sommerferien in der Schule nachbüffeln müssen.

Nachdem ich eine ausgewaschene Jeans und ein Sweatshirt angezogen hatte, würgte ich ein rasches Frühstück hinunter – irgendwelche rosa, blaue und grüne Getreideflocken und ein Glas Orangensaft. Dann rannte ich den ganzen Weg zur Schule.

Es war ein warmer Tag. Im Radio hatten sie gesagt, dass es in der kommenden Nacht und am nächsten Tag schneien würde. Aber es schien mir zu warm für Schnee zu sein.

Als ich die Straße überquerte und auf die Schule zulief, sah ich ein paar Schüler, die auf dem Sportplatz die Autowaschaktion vorbereiteten. Ein weißes Transparent flatterte in der Morgenbrise. Darauf stand: HARDING-AUTOWASCHAKTION – 5 DOLLAR.

Ein paar Kinder schleppten lange Schläuche von der Rückseite der Schule heran. Auf einem langen Holztisch standen mehrere Eimer, daneben lagen Schwämme und ein Stapel weißer Handtücher. Ein blauer Pontiac und ein Kombi warteten bereits darauf, gewaschen zu werden.

Eilig lief ich ins Schulgebäude und durch den Gang zur Schülerzeitungsredaktion. Dort traf ich Tina alleine an. Sie saß über ihren Computer gebeugt und tippte.

Sie runzelte die Stirn, als sie mich hereinstürmen sah. »Ich würde den Bericht ja selbst schreiben«, sagte sie. »Aber ich muss diese Seite hier fertig machen. Ich war noch nie so in der Klemme.«

Nette Begrüßung, oder?

»Ich werde saubere Arbeit leisten. Das verspreche ich«, erwiderte ich.

Sie durchquerte den Raum und nahm eine Kamera von Ms Richards' Pult. »Hier. Nimm, Ricky.« Sie reichte sie mir. »Aber sei vorsichtig damit. Es ist die Pentax von meinem Dad. Sie ist echt teuer und seine Lieblingskamera.«

Ich hielt die Kamera behutsam in beiden Händen und betrachtete sie. Dann hob ich sie vors Auge. »Bitte lächeln«, sagte ich.

Tina verzog keine Miene. »Ich warne dich, Ricky«,

meinte sie streng. »Pass bloß auf, dass dieser Kamera nichts passiert. Mach vier oder fünf Fotos von Schülern beim Autowaschen. Dann bringst du mir die Kamera sofort wieder zurück.«

»Kein Problem«, antwortete ich.

»Ich möchte, dass der Artikel sechs bis acht Absätze lang wird«, fuhr sie fort. »Du musst ihn heute schreiben und spätestens morgen bei mir abliefern. Ms Richards und ich werden am Montagabend das Layout der Zeitung fertig machen und sie drucken.«

»Kein Problem«, wiederholte ich.

»Ich halte eine oder zwei Spalten frei«, sagte Tina. »Also versprich mir, dass du es diesmal nicht wieder vermasselst.«

»Ich verspreche es«, erwiderte ich.

Damit drehte ich mich um und eilte hinaus zum Sportplatz.

Ich schaffe das, dachte ich bei mir. Ich kriege das geregelt. Heute Morgen kann ich meinem Leben eine Wende geben. Wenn ich diese Aufgabe erledigt habe, wird in Zukunft alles großartig laufen.

Das war es, was ich mir in Gedanken vorsagte.

Doch kaum war ich bei der Autowaschaktion angekommen, war mein Leben verpfuscht.

# 8

Ins grelle Sonnenlicht blinzelnd, lief ich quer über den Sportplatz. Das nasse Gras war rutschig und deshalb trug ich die Kamera mit beiden Händen vorsichtig vor mir her.

Als ich näher kam, schirmte ich mit einer Hand die Augen vor der Sonne ab. Ich erkannte den blauen Pontiac. Er gehörte Warzes Eltern. Kinder mit Schläuchen standen darum herum und bespritzten ihn von allen Seiten.

Ich hob die Kamera hoch, während ich auf den Wagen zu lief. »Bleibt alle, wo ihr seid!«, rief ich. »Damit ich ein Bild für den *Harding Herald* schießen kann!«

Der erste Wasserstrahl versetzte mir einen Schock.

Ich spürte, wie mich etwas vorne am Sweatshirt traf. Etwas Kaltes.

Ich schrie erschrocken auf.

Die nächsten beiden Strahlen trafen mich im Gesicht und auf der Brust und ließen mich rückwärts stolpern.

»He…!«, schrie ich. »Hört auf damit! Seid ihr *verrückt*?«

Ich versuchte ihnen zu entkommen. Doch nun waren bereits *vier* Wasserschläuche auf mich gerichtet.

»Ohhhh.« Das Wasser war eiskalt!

Während ich mich rasch wegduckte, erkannte ich die grinsenden Gesichter der vier Schüler, die mit den Schläuchen auf mich zielten. Brenda, Warze, David und Jacob.

Wer hätte es auch sonst sein sollen?

Prustend drehte ich mich um und versuchte vor den Wasserstrahlen davonzulaufen. An meinem ganzen Körper rann Wasser hinab, als stünde ich unter der Dusche. Ein weiterer Wasserstrahl erwischte mich im Rücken.

»Hört auf! He – Schluss damit!«, schrie ich.

Und da fiel mir die Kamera wieder ein.

Während ich den Kopf unter einem weiteren kräftigen Wasserstrahl wegduckte, hob ich die Kamera und schaute sie an.

Sie war nass. Klatschnass.

»Aaaaahh!« Aus meiner Kehle drang ein wütender Schrei hervor.

Den Blick starr auf die tropfnasse Kamera gerichtet, flippte ich aus. Zum ersten Mal in meinem Leben drehte ich völlig durch.

Ich hängte mir die Kamera am Gurt um den Hals. Dann fuhr ich herum und rannte den vier Angreifern entgegen.

Meine letzte Chance!, sagte ich mir.

Meine letzte Chance, bei der Zeitung zu bleiben – und sie waren dabei, sie mir kaputtzumachen!

Johlend und kichernd versuchten die vier Siebtklässler mich mit den Wasserstrahlen in Schach zu halten. Doch ich zog den Kopf ein und stürmte weiter auf sie zu.

Als ich vor ihnen stand, schüttelte ich prustend das Wasser ab und stürzte mich auf Warze. Ich packte ihn um die Hüfte und riss ihn zu Boden.

Das Lachen blieb ihm im Hals stecken, stattdessen riss er vor Schreck den Mund auf.

Ich wand ihm den Schlauch aus der Hand, öffnete die Tür des Wagens seiner Eltern und zielte mit dem Wasserstrahl ins Auto.

»He – neeeiiinnn!«, heulte Warze.

Wasser aus Davids Schlauch erwischte mich im Nacken. In meiner Nähe spritzte Wasser wie ein Springbrunnen in die Luft. Vom daneben stehenden Auto her hörte ich Kinder lachen und verdutzte Schreie ausstoßen.

Ich spritzte erst die Rückbank, dann die Vordersitze nass.

Als ich sah, dass Brenda, David und Jacob die Schläuche sinken ließen, ließ ich meinen ebenfalls fallen. Und rannte los.

Sie jagten alle hinter mir her.

Ich kam nicht weit.

Das Gras war feucht und schrecklich schlüpfrig. Nachdem ich ein paar Schritte gerannt war, rutschten mir die Beine unter mir weg.

Ich stürzte und fiel mit dem Gesicht voran ins Gras.

Geradewegs auf die Kamera.

# 9

»Heißt das, dass ich aus der Zeitung raus bin?«, fragte ich lammfromm.

Tina zog eine finstere Miene und drehte die Kamera in den Händen. »Die Linse hat einen Sprung«, murmelte sie kopfschüttelnd. »Die Kamera ist durch und durch nass und verzogen.« Ihre Stimme bebte. »Sie – ist hinüber.«

»Es war wirklich nicht meine Schuld«, wandte ich leise ein.

Sie blies sich wütend eine Strähne ihrer roten Haare aus der Stirn. »Das wirst du bezahlen!«, schrie sie. »Du wirst diese Kamera bezahlen, Ricky. Wenn nicht, wird mein Vater dich *verklagen*!«

»Aber, Tina …«, sagte ich flehend. »Du weißt genau, dass ich nicht schuld daran bin!«

»Verschwinde«, keifte sie. »Verzieh dich einfach. Du hast nie an etwas Schuld – stimmt's?«

»Aber … ich war wirklich nicht dran schuld.« Ich ließ das nicht auf mir sitzen. »Wenn du mir mal zuhören würdest, Tina …«

»Du bist zu nichts nutze, Ricky«, schimpfte sie und schaute mich giftig an. Sie untersuchte die Kamera noch einmal, dann legte sie sie auf einen der Tische.

»Du nimmst nichts ernst«, warf sie mir vor. »Du glaubst, dass alles nur Spaß ist.«

»Aber, Tina …«, versuchte ich noch einmal mich zur Wehr zu setzen.

»Verschwinde«, sagte sie. »Das war deine allerletzte Chance. Du hast sie nicht verdient. Du bist ein Nichtsnutz. Was glaubst du, warum dich alle Kinder Ricky-Ratte nennen? Weil du genau das bist – ein nutzloses kleines Ungeheuer!«

Das tat wirklich weh.

Ich spürte einen Stich in der Brust und rang nach Atem.

Dann drehte ich mich rasch um, damit Tina nicht sehen konnte, wie sehr mich ihre Bemerkung getroffen hatte. Ich rannte hastig aus dem Zimmer und aus dem Schulgebäude hinaus.

Während ich über den Sportplatz lief, hörte ich die Kinder bei der Autowaschaktion singen und lachen. Sie hatten eine Menge Spaß dabei, die Autos einzuseifen und abzuspritzen.

Als ich an ihnen vorbeikam, begannen einige der Kinder im Chor zu rufen: »Doofmann-Ricky, Doofmann-Ricky.« Ein paar andere lachten.

Ich wandte den Kopf ab und rannte weiter. Bestimmt würde Tina bis zum Montag allen erzählt haben, dass ich die Kamera ihres Vaters kaputtgemacht hatte.

Die Geschichte würde sich an der ganzen Schule verbreiten. Jeder würde erfahren, dass Ricky-Ratte mal wieder Mist gebaut hatte.

Während ich nach Hause lief, klangen mir Tinas Worte in den Ohren. Ich wurde mit jedem Schritt wütender. Schon bald stand ich kurz vor dem Explodieren. Am liebsten hätte ich laut gebrüllt!

Das war der Moment, in dem ich beschloss, es Tina heimzuzahlen.

Das war der Moment, als ich mir vornahm, ihr einen bösen Streich zu spielen.

*Nichtsnutz … Nichtsnutz … Nichtsnutz …*

Dieses Wort ging mir wieder und wieder durch den Sinn.

*Ricky, du bist ein Nichtsnutz. Nur ein nutzloses kleines Ungeheuer!*

*Das wirst du bezahlen, Ricky. Und wenn nicht, wird mein Vater dich VERKLAGEN!*

*Kleines Ungeheuer. Kleines Ungeheuer. Kleines Ungeheuer.*

Sie hatte kein Recht, mich so zu nennen. Das war nicht fair.

Ich war zutiefst verletzt und wütend. Doch als ich zu Hause ankam, lächelte ich. Ich wusste, was ich zu tun hatte. Ich wusste, wie ich mich rächen würde.

Ich hatte mir im Kopf einen Plan zurechtgelegt.

Er konnte nicht schief gehen. Das war völlig unmöglich.

So weit also die Vorgeschichte. Nun war Montagabend und ich hatte mich in das Klassenzimmer geschlichen, in dem Tina und Ms Richards arbeiteten.

Schadenfroh tippte ich meine kleine Nachricht ganz unten auf die Titelseite der Zeitung.

Mir war klar, dass ich mich beeilen musste. Tina und Ms Richards würden jeden Moment zurückkehren.

Angespannt lauschte ich auf jedes Geräusch, nach jedem Anzeichen, dass sie in die Nähe kamen.

In meinem ganzen Leben war ich noch nie so nervös gewesen. Trotzdem lächelte ich freudig.

Ricky, sie halten dich alle für einen Versager. Aber in Wahrheit bist du ein Genie!, gratulierte ich mir selbst.

Nur du allein konntest dir so eine wundervolle, boshafte Rache ausdenken.

Ich schaute alle zwei Sekunden zur Tür, während ich meine Nachricht an die Leser der Zeitung der Harding-Mittelschule tippte:

*Aufruf an alle Ungeheuer. Aufruf an alle Ungeheuer. Wenn du ein echtes Ungeheuer bist, dann rufe nach Mitternacht Tina unter der Nummer 555-6709 an.*

Ich las meinen Text noch einmal. Dabei musste ich grinsen.

Am liebsten hätte ich Luftsprünge vollführt und schallend gelacht.

Doch mir war klar, dass ich mucksmäuschenstill sein musste.

Ich stand auf und wandte mich zum Fenster. Ging los, um mich davonzustehlen.

Auf halbem Weg zum Fenster hörte ich plötzlich Tina husten und den Raum betreten.

Ich war ertappt.

# 10

Ich erstarrte.

So *knapp*, dachte ich. So *knapp!* Das Fenster lag nur fünf Schritte vor mir. Fünf Schritte – und ich wäre draußen gewesen. Doch diese fünf Schritte kamen mir jetzt wie fünf Meilen vor!

Ich schloss die Augen und wartete darauf, dass Tina losschrie.

Stattdessen hörte ich die Stimme von Ms Richards aus dem Flur hereinschallen. »Tina, würdest du bitte für einen Augenblick herkommen?«

Ich öffnete die Augen und sah, wie Tina wieder zur Tür hinaus verschwand.

Hatte sie mich gesehen? Nein. Unmöglich. Sie hätte bestimmt geschrien. Puuuuhhh! Ich seufzte erleichtert und sprang aus dem Fenster.

Draußen landete ich auf Ellbogen und Knien. Ich rappelte mich schnell auf und rannte los.

Ich hatte mich nicht damit aufgehalten, das Fenster zu schließen. Das wäre zu riskant gewesen.

Zum dritten Mal in vier Tagen rannte ich den ganzen Weg nach Hause.

Am Freitag und am Samstag war ich in Schimpf und Schande nach Hause gerannt, als Versager, als *Nichtsnutz*.

Heute dagegen rannte ich als Sieger nach Hause. Als Champion. Als Genie!

Ich schlich mich lautlos ins Haus. Aus dem Wohnzimmer drangen Stimmen aus dem Fernseher zu mir. Mom und Dad sahen sich mal wieder den Wetterkanal an.

Einen Augenblick lang lauschte ich im Flur und rang nach Atem. Schwere Stürme im Nordwestpazifik ... Flutwarnungen ...

Vor einigen Wochen hatte ich versucht, Mom und Dad dazu zu bewegen, auf MTV umzuschalten. Aber sie konnten MTV nicht ausstehen, weil es da nie einen Wetterbericht gab.

Ich war so glücklich, so aufgekratzt. Am liebsten wäre ich ins Wohnzimmer gestürzt und hätte ihnen von meinem großartigen Streich erzählt.

Doch das kam natürlich nicht in Frage.

Stattdessen schlich ich mich leise in mein Zimmer und schloss die Tür. Wen konnte ich anrufen? Ich musste *unbedingt* jemanden anrufen. Ich musste mein kleines Geheimnis mit jemandem teilen. Aber mit wem?

Mit Iris.

Ja, mit Iris. Sie würde sich darüber freuen. Iris würde mich verstehen.

Mein Herz hämmerte, als ich nach dem Telefon griff. Es dauerte ein Weilchen, bis mir Iris' Familienname wieder einfiel. Ich hatte ihn nur ein einziges Mal gehört: Chandler? Candle? Candler. Ja. Iris Candler. Ich ließ mir von der Auskunft ihre Nummer geben und rief sie an. Das Telefon klingelte einmal. Zweimal. Nach dem dritten Läuten nahm Iris ab.

Wir sagten beide Hallo. Sie schien überrascht, von mir zu hören.

»Rate mal, wo ich heute Abend war?«, sagte ich zu ihr, wartete aber gar nicht ab, bis sie geraten hatte. Schon sprudelte die ganze Geschichte aus mir heraus. Ich vergaß dabei glatt, zwischendurch Luft zu holen!

»Ist das toll oder was?«, wollte ich wissen, nachdem ich ihr jede Einzelheit erzählt hatte. Ich lachte. »Die Zeitung kommt morgen raus«, sagte ich. »Morgen Nacht wird Tina nicht viel zum Schlafen kommen. Sie wird die ganze Nacht lang Anrufe von allen Kindern aus der Schule erhalten!«

Ich wartete darauf, dass Iris auch lachte. Doch am anderen Ende der Leitung blieb es still.

»Findest du das nicht witzig?«, fragte ich schließlich.

»Irgendwie schon«, antwortete sie. »Aber ich habe ein mieses Gefühl dabei, Ricky. Ein sehr mieses Gefühl.«

»Iris, es ist doch nur ein Streich«, erklärte ich ihr. »Was soll denn schon passieren?«

## 11

Rate mal, wem ich als Erstes begegnete, als ich am nächsten Morgen in der Schule eintraf?

Richtig geraten. Tina.

Sie reckte die Nase hoch in die Luft, als ob sie fauligen Fisch riechen würde. Dann eilte sie ohne ein Wort zu sagen an mir vorbei.

Doch das war mir egal. Ich dachte an meine kleine Überraschung für Tina unten auf der Titelseite des *Harding Herald*. An diesem Tag würde mir keiner die Laune verderben!

Das war mein Triumphtag – auf den ich so lange gewartet hatte!

Als ich auf dem Weg zu meinem Schließfach um die Ecke bog, rempelten Josh und Greg, zwei Jungen aus meiner Klasse, mich absichtlich an.

»Ricky, hör auf mich anzurempeln«, sagte Josh.

Greg rempelte mich wieder an. Dann stieß er mich gegen Josh.

»He – lass das! Ich hab dir doch gesagt, du sollst aufhören mich anzurempeln!«, schrie Josh.

»Rutsch mir den Buckel runter«, murmelte ich und wich den beiden aus.

Sie stiefelten lachend davon und schubsten sich gegenseitig von einer Seite des Gangs zur anderen.

Spaßvögel, wie? Ungefähr so spaßig wie ein gebrochener Arm.

Ich öffnete mein Schließfach und begann die Bücher aus meinem Schulranzen auszupacken.

»He, Ricky, willst du den Wagen meines Dads waschen?«, rief ein Junge namens Tony über den Gang.

Ich hatte den Kopf im Schließfach und schaute mich

nicht um, aber ich hörte ein paar Kinder über Tonys albernen Witz lachen.

»He, Ricky – willst du irgendwas waschen?«, rief Tony. »Dann wasch dir das Gesicht!«

Was für ein Witzbold!

Wieder lachten alle.

Ich knallte die Schließfachtür zu und marschierte schweigend an ihnen vorüber. Das ist alles Tinas Schuld, sagte ich mir. Aber heute Abend werde ich als Letzter lachen.

Ich bog um die Ecke und steuerte auf mein Klassenzimmer zu. Ich sah Brenda und Warze am Trinkwasserspender an der Wand. Ich versuchte an ihnen vorbeizurennen. Aber ich war nicht schnell genug.

Brenda hielt den Finger unter den Hahn und spritzte mir einen kalten Wasserstrahl vorne aufs Hemd.

»Dusche gefällig, du Pfeife?«, rief Warze.

Schallendes Gelächter dröhnte über den ganzen Gang.

»Mein Dad *verklagt* dich, weil du seinen Wagen ruiniert hast«, verkündete Warze. »Er wird deine Familie bis auf den letzten Penny verklagen!«

»Sag ihm, er soll sich hinten anstellen«, murmelte ich vor mich hin.

»Ricky-Ratte! Ricky-Ratte!«, rief jemand.

Willkommen zum »Hack-auf-Ricky-herum-Tag« an der Harding-Mittelschule.

Unglücklicherweise ist *jeder* Tag ein »Hack-auf-Ricky-herum-Tag«!

Doch im Moment war mir das egal. An diesem Abend würde ich als Gewinner dastehen.

Schon bald würde Tina die Lachnummer sein. An diesem Nachmittag wurde die Schülerzeitung verteilt. Und Tina würde die ganze Nacht wach bleiben und Telefonanrufe beantworten müssen.

Rache ist süß – ich war am Zug.

An diesem Abend musste ich mit meinen Eltern und meinen Cousins, die am anderen Ende der Stadt leben, zum Essen ausgehen. Mom und Dad brachten mich erst gegen halb zehn nach Hause und ich hatte noch etwa zwei Stunden Hausaufgaben vor mir.

Deshalb legte ich mich erst kurz vor zwölf ins Bett – das war ziemlich spät dafür, dass am nächsten Tag Schule war.

Ich war gerade dabei einzuschlummern, als das Telefon neben dem Bett läutete.

Ich blinzelte auf meinen Radiowecker – zwei Minuten vor zwölf.

»Wer ruft mich denn so spät an?«, fragte ich mich.

# 12

Ich tastete im Dunkeln nach dem Telefon und warf es dabei vom Nachtkästchen. Es polterte geräuschvoll auf den Boden.

Ich schwang mich aus dem Bett und schnappte mir den Hörer. Dann blieb ich auf den Knien hocken und lauschte, ob von Mom und Dad etwas zu hören war. Hatten sie das Telefon klingeln gehört? Ich darf nach zehn keine Anrufe mehr bekommen.

Ich räusperte mich und hob den Hörer ans Ohr. »Hallo?«

»Ricky – ich bin es. Iris.«

Ich warf noch einmal einen Blick auf den Radiowecker. »Iris? Es ist Mitternacht. Wieso rufst du so spät noch an?«, fragte ich. »Alles in Ordnung?«

»Mein Vater hing buchstäblich den ganzen Abend lang am Telefon, Ricky, hast du die Schülerzeitung gesehen?«, wollte sie in drängendem Flüsterton wissen.

»Was? Nein«, antwortete ich und setzte mich auf die Bettkante. »Als die Zeitungen verteilt wurden, musste ich in die Bibliothek. Die Bibliothekarin wollte mit mir über ein paar Bücher reden, die ich verloren habe. Und als ich ins Klassenzimmer zurückkam, waren alle Zeitungen weg.«

»Also hast du die Zeitung nicht gesehen?«, hakte Iris mit seltsam schriller Stimme nach.

»Nein«, wiederholte ich. »Ich habe mein Exemplar nicht bekommen. Hat es geklappt? Kann man die Nachricht am unteren Rand gut lesen?«

»Na ja, also…« Iris zögerte.

»Hat es geklappt?«, fragte ich sie aufgeregt.

»Nicht so ganz«, antwortete Iris leise. »Wenn du's genau wissen willst, du steckst… böse in der Tinte.«

»Ich tue was?« Ich presste mir den Hörer ans Ohr. Sie sprach so leise, dass ich sie kaum verstehen konnte. »Iris… ich tue *was?*«

»Du steckst böse in der Tinte«, wiederholte sie.

Ein kalter Schauer lief mir den Rücken hinunter. »Böse in der Tinte? Aber wieso, Iris? Wie m-meinst du das?«, stotterte ich.

»Die Nachricht…«, begann sie.

Dann brach sie ab. Schweigen am anderen Ende.

»Iris – ich kann dich nicht hören!«, sagte ich. »Iris…?«

»Oje«, murmelte sie. »Ich muss Schluss machen. Mein Dad schreit mich an.«

»Aber, Iris…« Ich ließ nicht locker. »Wieso stecke ich in der Tinte? Du *musst* es mir erzählen!«

*»Ich mache ja schon Schluss!«*, hörte ich sie ihrem Vater zurufen. *»Es war nur ein kurzer Anruf, Dad. Ich weiß, dass es Mitternacht ist!«*

»Iris, bitte erzähl's mir. Erzähl es mir, bevor du auflegst!«, bettelte ich. »Ich muss aufhören. Tschüss«, sagte sie. Ich hörte ein Klicken und dann war die Leitung tot.

Wütend knallte ich den Hörer auf die Gabel. Was war

los mit ihr? Warum konnte sie mir nicht sagen, weswegen ich in Schwierigkeiten steckte?

Ich stellte das Telefon auf seinen Platz neben dem Radiowecker zurück und legte mich ins Bett. Ich schob und klopfte mein Kopfkissen zurecht, um es aufzuplustern. Dann zog ich mir die Decke bis ans Kinn hoch.

Ich schloss die Augen und versuchte mich so weit zu beruhigen, dass ich einschlafen konnte.

Da klingelte das Telefon erneut.

Erschrocken schnappte ich nach Luft und setzte mich hastig auf. Diesmal schaffte ich es, den Hörer abzunehmen, ohne das Telefon auf den Boden zu werfen.

»Iris, danke, dass du noch mal anrufst«, flüsterte ich.

»Ich habe deine Nachricht in der Schülerzeitung gesehen«, wisperte eine Stimme.

»Iris …?« Ich schluckte. Dies war nicht Iris, so viel stand fest.

»Ich habe deine Nachricht gesehen«, raunte die Stimme. »Deswegen rufe ich dich an.«

»Bitte? Deswegen rufst du *mich* an?«, rief ich.

»Ja. Ich folge deiner Anweisung«, kam die geflüsterte Antwort.

»He – wer bist du?«, wollte ich wissen.

»Ein Ungeheuer.«

# 13

Ich knallte den Hörer auf die Gabel.

Dann legte ich mich wieder hin, schob und klopfte noch einmal mein Kopfkissen zurecht und zog die Decke bis über die Schultern hoch.

Draußen vor dem Fenster heulte der Wind. Die Straßenlaterne vor unserem Haus warf unheimliche, sich bewegende Schatten auf meine Zimmerwand. In meinem Kopf drehte sich alles.

Wer war das gewesen?

Ich war mir zwar nicht ganz sicher, aber es hatte wie ein Junge geklungen. Wieso hatte er *mich* angerufen? In der Nachricht, die ich in die Zeitung gesetzt hatte, war doch Tinas Telefonnummer angegeben.

Mir blieb nicht viel Zeit zum Grübeln. Das Telefon klingelte wieder. Ich riss den Hörer von der Gabel, bevor das erste Klingeln zu Ende war. Nervös schaute ich zur Zimmertür hinüber. Wenn meine Mom und mein Dad hörten, wie ich all diese Anrufe bekam, dann würde ich *wirklich* böse in Schwierigkeiten stecken!

»Hallo? Wer ist dran?«, wollte ich wissen.

»Hallo. Ich bin ein Ungeheuer.« Eine andere Stimme als vorhin. Wieder ein Junge. Er sprach leise.

»Hä?«, keuchte ich.

»Ich bin ein Ungeheuer. Ich habe gerade deinen Aufruf entdeckt und mich sofort ans Telefon gehängt.«

»Geh hin, wo der Pfeffer wächst!«, schrie ich und knallte den Hörer auf die Gabel.

»Was geht hier vor sich?«, murmelte ich laut. Ich glotzte das Telefon an. Ließ es im dämmrigen Licht nicht aus den Augen. Wartete.

Würde es noch einmal klingeln?

»Ricky…!«, donnerte plötzlich eine laute Stimme.

Ich fuhr senkrecht in die Höhe.

Das Deckenlicht ging an. Dad lehnte in seinem blau-weiß gestreiften Schlafanzug an der Tür. Er kratzte sich an der Backe. »Ricky, was sollen all diese Anrufe?«, fragte er.

Ich zuckte die Achseln. »Anrufe?«

Er kniff die Augen zusammen und beäugte mich argwöhnisch. »Ich habe doch gehört, dass dein Telefon dreimal geklingelt hat«, knurrte er.

»Ach, du meinst *die* Anrufe!« Ich gab mir alle Mühe, unschuldig zu klingen, auch wenn mir klar war, dass ich damit unmöglich durchkam.

»Du weißt genau, dass du nach zehn keine Anrufe bekommen darfst«, sagte Dad barsch. Er gähnte. »Es ist bereits nach Mitternacht. Also, *wer* ruft dich so spät noch an?«

»Es ist so eine Art Streich«, erklärte ich ihm. »Du weißt schon. Kinder aus der Schule.«

Er strich sich das rotblonde Haar aus der Stirn. »Ich finde das gar nicht witzig«, sagte er.

Ich senkte den Kopf. »Ist mir klar. Aber ich kann nichts dafür…«

Er hob die Hand und gebot mir zu schweigen. »Sag deinen Freunden, sie sollen das lassen«, wies er mich an. »Das meine ich ernst. Wenn sie weiter so spät anrufen, muss ich dir das Telefon wegnehmen.«

»Ich werde es ihnen sagen«, versprach ich. Im Stillen dachte ich: *Ich würde ihnen ja gerne sagen, dass sie damit aufhören sollen, wenn ich nur wüsste, wer sie sind!*

Dad gähnte wieder. Er hat das lauteste Gähnen auf der Welt. Es klingt eher wie ein Brüllen.

Als er mit Gähnen fertig war, schaltete er das Licht aus und kehrte ins Schlafzimmer zurück.

Kaum war er gegangen, klingelte das Telefon erneut.

»Bitte …«, begann ich, wurde aber unterbrochen.

»Ich bin ein Ungeheuer«, erklärte mir eine Flüsterstimme. Diesmal war es ein Mädchen. »Ich habe deine Nachricht gesehen. Ich bin bereit. Bereit loszulegen. Bereit die Macht zu übernehmen. Wann treffen sich die Ungeheuer?«

»Was? Treffen?« Ich wartete gar nicht erst die Antwort ab, sondern legte auf.

Völlig durcheinander starrte ich das Telefon an.

Wieso bekomme *ich* all diese Anrufe?, wunderte ich mich.

Liegt da so was wie eine Verwechslung vor?

Und warum sind all diese Anrufe so merkwürdig? Warum hatte das Mädchen gesagt, es wäre bereit loszulegen? Bereit die Macht zu übernehmen?

*Was geht hier bloß vor sich?*

Und wieder klingelte das Telefon …

## 14

Am nächsten Morgen schleppte ich mich völlig übermüdet in die Schule. Das Telefon hatte erst um zwei Uhr morgens aufgehört zu klingeln. Aber erst, nachdem ich den Hörer neben die Gabel gelegt hatte. Den Rest der Nacht hatte ich mich dann im Bett gewälzt und über all die unheimlichen Anrufe nachgedacht. Um sieben schlief ich noch immer nicht. Das war die Uhrzeit, zu der mein Wecker losschrillte, um mich aufzuwecken!

Beim Frühstück wäre mir beinahe der Kopf in die Cornflakes gefallen. Am liebsten wäre ich gleich wieder ins Bett gekrochen. Aber Mom und Dad hatten kein bisschen Mitleid mit mir.

Sie waren stinksauer. Das klingelnde Telefon hatte sie ebenfalls wach gehalten.

»Du sagst diesen Kindern, dass sie dich nicht mehr anrufen sollen«, bläute mir Mom ein. »Sonst komme ich persönlich in die Schule und sage es ihnen selbst!«

»Nein – bitte!«, sagte ich flehentlich. »Ich sage es ihnen. Ich sage es ihnen gleich heute Morgen! Sie werden nicht wieder anrufen. Das verspreche ich!«

Kannst du dir etwas Peinlicheres vorstellen, als dass deine Mom in die Schule marschiert, in dein Klassenzimmer platzt und deinen Mitschülern die Meinung sagt?

Sie machen sich ja so schon Tag für Tag über mich lustig und nennen mich »Doofmann-Ricky«. Kannst du dir vorstellen, wie sie mich erst nennen würden, wenn meine Mom in der Schule aufkreuzen und sie anbrüllen würde?

Oje!

Schon beim bloßen Gedanken daran lief es mir eiskalt den Rücken hinunter.

Ich musste all meine Kraft zusammennehmen, um mich ins Schulgebäude zu schleppen und mir einen Weg durch das Gewimmel auf den Gängen zu meinem Schließfach zu bahnen.

»Da bist du ja!«, rief Iris aus.

Sie stand gegenüber von meinem Schließfach und wartete auf mich. Sie trug ein locker sitzendes kariertes Hemd, das über eine marineblaue Cordhose hing. Ihre langen Plastikohrringe klimperten leise.

Sie lehnte an der gefliesten Wand. Doch nun drängelte sie sich durch eine Gruppe Mädchen hindurch, um zu mir zu kommen. »Hier, Ricky. Guck dir das mal an.«

Sie reichte mir die neueste Ausgabe des *Harding Herald*. Ich nahm sie ihr begierig aus der Hand und schaute sofort nach unten auf die Titelseite.

Ja, da war sie. In kleiner Schrift quer auf dem unteren Seitenrand. Meine Nachricht.

Nur, dass sie ein klein wenig abgeändert worden war.

Ich bewegte stumm die Lippen, während ich las:

»*Aufruf an alle Ungeheuer. Aufruf an alle Ungeheuer. Wenn du ein echtes Ungeheuer bist, dann rufe nach Mitternacht Ricky an.*« Und dahinter stand meine Telefonnummer.

*Meine* Telefonnummer. Nicht die von Tina.

Mein Name und meine Nummer.

Ich stöhnte leise auf und gab kraftlos Iris die Zeitung zurück.

Sie schüttelte den Kopf und machte »tss-tss«. »Du siehst schrecklich aus. Bist du überhaupt zum Schlafen gekommen?«, fragte sie.

»Nein«, murmelte ich.

Ich griff nach der Zeitung und las die Nachricht noch einmal. »Wie konnte das nur passieren?«, rief ich.

Da sah ich plötzlich im Geiste Tinas grinsendes Gesicht vor mir.

»Tina!«, brüllte ich. Und dann rannte ich los, drängelte mich zwischen Gruppen von Kindern hindurch und stolperte über einen Schulranzen.

Ich rannte den langen, gebogenen Gang zu den Räumen der achten Klassen entlang. Und stürmte in Tinas Klassenzimmer, gerade als das erste Klingelzeichen ertönte.

Wild entschlossen suchte ich den Raum mit den Augen ab. Ich entdeckte Tina an der Stirnseite, wo sie einem anderen Mädchen ein Notizbuch reichte.

»Tina …«, rief ich, während ich zu ihr rannte. Ich wedelte mit der Zeitung vor ihrer Nase herum. »Ich ... ich«, stammelte ich außer Atem.

Sie warf ihre roten Locken zurück und lachte. »Ich habe deinen kleinen Streich gerade noch rechtzeitig entdeckt«, sagte sie. »Hast du heute Nacht irgendwelche Anrufe erhalten, Ricky?«

»Ein paar«, murmelte ich wütend.

Die ganze Klasse lachte mich schallend aus. Sogar die Lehrerin.

Den ganzen Vormittag über hatte ich das Gefühl, dass mich alle beobachteten. Und über mich lachten.

Vielleicht bildete ich mir das nur ein. Vielleicht aber auch nicht.

Ich dachte ständig über die Anrufe nach, die ich in der vergangenen Nacht erhalten hatte. Ich war mir sicher, dass sie alle von Kindern aus der Schule gekommen waren. Aber wieso hatten sie so sonderbare Dinge gesagt?

*Ich habe deine Anweisungen gesehen ...*

*Ich bin bereit loszulegen. Bereit die Macht zu übernehmen.*

*Wann treffen sich die Ungeheuer?*

Beim Mittagessen trug ich mein Tablett in die hinterste Ecke der Schulkantine. Mir war nicht danach, mit irgendjemandem gemeinsam zu essen. Ich hatte keine Lust, noch mehr Witze zu hören und ausgelacht zu werden.

Auf dem Weg durch den Saal musste ich an dem Tisch

vorbei, an dem meine vier Siebtklässler-Erzfeinde immer sitzen.

Oje, dachte ich. Warze und David bespritzten sich gegenseitig mit ihren Milchpackungen. Brenda lachte so heftig, dass ihr die Schokomilch aus der Nase lief.

Sie sehen mich. Gleich bekomme ich eine Milchdusche ab, sagte ich mir. Doch es war zu spät, einen anderen Weg einzuschlagen.

Zu meiner Überraschung ging ich jedoch an dem Tisch vorbei, ohne bespritzt oder von irgendetwas anderem getroffen zu werden. Warze rief mir keine gehässigen Witze nach. David und Jacob versuchten nicht mir ein Bein zu stellen.

Was ist denn jetzt los?, wunderte ich mich, während ich eilig auf die Ecke des Raums zu steuerte. Ich war mir sicher, dass sie mich bemerkt hatten.

Wieso hatten sie nicht »Doofmann-Ricky« gerufen und mich mit ihren Getränkepackungen beworfen, wie sie das sonst immer taten? Wieso ließen sie mich unbehelligt vorbeigehen, als ob sie mich gar nicht kennen würden?

Ich schob mein Tablett an den äußersten Rand des Tisches. Niemand sitzt je in dieser Ecke. Hier befindet sich nämlich die Austrittsöffnung der Abzugshauben aus der Küche, wodurch ständig heiße Luft über den Tisch bläst, während man isst.

Ich hatte mir irgendein Sandwich und einen Teller Tomatensuppe geholt. Ich kippte den Stuhl gegen die Wand und beobachtete das Geschehen um mich herum, während ich an meinem Sandwich kaute.

Ich wartete. Wartete darauf, dass irgendjemand zu mir kam und einen Witz darüber machte, dass meine Tomatensuppe wie abgestandenes Blut aussah. Oder dass jemand sich über all die Anrufe lustig machte, die ich nach Mitternacht bekommen hatte.

Ich wartete darauf, dass irgendwelche Kinder im Chor »Doofmann-Ricky« riefen. Oder dass Warze oder einer meiner anderen »Freunde« an seinem Tisch anfangen würde, mit Essen nach mir zu werfen.

Aber nichts dergleichen geschah.

Kein Mensch achtete auf mich. Ich konnte in aller Ruhe mein Mittagessen verzehren.

Die Suppe aß ich ganz auf, das Sandwich nur zur Hälfte. Ich hatte mir eine Schale Schokoladenpudding als Nachspeise mitgebracht. Doch die Haut darauf war so fest, dass ich mit dem Löffel nicht durchkam.

Ich nahm mein Tablett und stand auf, um zu gehen.

Da traf mich plötzlich ein zusammengefaltetes Stück Papier am Kopf, das jemand nach mir geworfen hatte.

»He…!«, rief ich ärgerlich, obwohl ich insgeheim zufrieden war. Ich meine, es war einfach ein seltsames Gefühl, dass die ganze Mittagsstunde vorüberging, ohne dass mich jemand triezte.

Während ich mir die Stirn rieb, schaute ich auf das Papier. Und stellte fest, dass etwas darauf geschrieben stand.

Ich faltete den Zettel auseinander und las rasch die darauf gekritzelte Botschaft.

*Wann treffen sich die Ungeheuer?*

## 15

Ich blickte mich im Raum um, weil ich herausfinden wollte, wer mir die Nachricht zugeworfen hatte. Doch niemand sah in meine Richtung. Warze und seine Freunde schoben die Stühle an den Tisch zurück und trugen ihre Tabletts zum Rückgabefenster.

Ob einer von ihnen mir den Zettel zugeworfen hatte?

Ich las die Nachricht noch einmal, faltete sie dann zusammen und schob sie in die Hosentasche. Anschließend trug ich mein Tablett zum Rückgabefenster und verließ eilig die Cafeteria.

Auf dem Korridor stieß ich mit Iris zusammen. »Wie geht's, wie steht's?«, fragte sie.

Ich zuckte die Achseln. »Die Ungeheuer scheinen mich zu verfolgen.« Ich seufzte. »Aber ich hab's wohl nicht anders verdient.«

»Ich hab dir doch gleich gesagt, dass ich bei deinem Streich ein mieses Gefühl habe«, erwiderte Iris. »War doch klar, dass dich Tina auf keinen Fall damit durchkommen lassen würde.«

»Tritt es nicht auch noch breit«, murmelte ich unglücklich. »Wenn mich heute wieder so viele Kinder anrufen, drehen meine Eltern durch. Dann bin ich mein Telefon los, so viel ist sicher.«

»Vielleicht solltest du es ausstecken, bevor du ins Bett gehst«, schlug Iris vor.

Gute Idee. Iris war echt schlau. Ich würde das Telefon an diesem Abend vor dem Einschlafen ausstecken. So konnte ich gar nicht erst in eine schwierige Situation kommen.

Frohgemut ging ich neben Iris die Treppe hinauf. Oben knallten überall um uns herum die Türen von Schließfächern. Kinder schoben Mäntel hinein, holten Bücher und Hefte heraus und stopften Sachen in ihre Schulranzen. Jeden Moment musste die Schulglocke läuten.

Iris blieb an ihrem Schließfach stehen und wandte sich mir zu. Ihre Wangen zeigten plötzlich runde rote Flecken. »Würdest du mir einen Gefallen tun?«, fragte sie.

»Klar«, antwortete ich.

Wurde sie tatsächlich rot? Was wollte sie mich fragen?

»Es ist nicht so einfach, neu an der Schule zu sein«, sagte sie. »Deshalb dachte ich, ich könnte für den Kuchenverkauf am Samstag etwas ganz Besonderes backen. Du weißt schon. Um alle mit meinem großen Einsatz zu beeindrucken. Rah, rah!« Sie hob beide Hände wie eine Cheerleaderin in die Höhe.

Ich lachte und wartete darauf, dass sie fortfuhr.

»Na ja…« Sie zögerte. »Hättest du Lust, mich morgen nach der Schule zu begleiten und mir dabei zu helfen, die Zutaten einzukaufen? Mehl und Zucker und so? Wir könnten …«

»Natürlich!«, unterbrach ich sie.

Ich war so aufgeregt, dass ich beinahe gesagt hätte: »Mich hat noch nie ein Mädchen gefragt, ob ich es irgendwohin begleiten möchte!«

Aber irgendwie brachte ich es fertig, cool zu bleiben und nicht damit herauszuplatzen.

»Ich treffe dich dann morgen nach der Schule hinter dem Sportplatz«, sagte ich. »Dann können wir alles einkaufen und ich helfe dir beim Tragen.«

Starker Mann, was?

Sie bedankte sich bei mir und ich lief glücklich über den Korridor zu meinem Schließfach. Am liebsten wäre ich gehüpft – oder geflogen! Iris mag mich, dachte ich. Ein Mädchen an meiner Schule *mag* mich.

Wahrscheinlich denkst du, das ist doch keine große Sache. Aber für mich war es eine *riesen*große Sache!

Das änderte meine Stimmung völlig. Es ließ mich all den Ärger vergessen, den ich gehabt hatte. Es ließ mich vergessen, dass ich ich war!

Was für ein toller Tag!, sagte ich mir. Was für ein *umwerfender* Tag! Doch mein Glücksgefühl hielt nur so lange an, bis ich mein Schließfach öffnete.

# 16

Vor mich hin summend, zog ich die Schließfachtür auf. Dann hockte ich mich davor und begann einige Hefte vom Boden des Schließfaches aufzusammeln. Plötzlich stach mir etwas Rotes ins Auge.

Etwas tropfendes Rotes. Eine dicke, tropfende rote Flüssigkeit lief seitlich an der Schranktür hinab.

Ich erschrak. Auf den ersten Blick dachte ich, es wäre Blut.

Doch dann erkannte ich rasch, dass ich auf Farbe starrte. Leuchtend rote Farbe. Jemand hatte etwas in Kopfhöhe auf die Tür geschrieben und von den Buchstaben tropfte Farbe herunter.

Ich sprang auf und las die krakelige Schrift:

*WANN TREFFEN SICH DIE UNGEHEUER?*

»Oh!«, rief ich. Ich steckte den Finger in die Farbe und zog ihn rot verschmiert wieder heraus.

Die Farbe war frisch. Jemand hatte sie erst vor wenigen Minuten darauf gepinselt.

Aber wer?

Und wieso? Wenn das ein Scherz sein sollte, was war daran witzig?

Für mich war das Ganze ein Rätsel.

Die grellrote Aufschrift leuchtete mir wie eine Warnung entgegen. Ich nahm meinen Schulranzen und knallte die Tür zu.

Ich hatte jetzt keine Zeit, mir darüber Gedanken zu machen. Ich musste dringend in mein Klassenzimmer.

An diesem Abend begannen die Anrufe früh.

Gegen halb neun war ich mit den Hausaufgaben fertig. Danach guckte ich mir mit meinem Dad im Wohnzimmer ein Basketballspiel im Fernsehen an. Da klingelte das Telefon und Dad griff nach dem schnurlosen Apparat, der neben ihm auf dem Tisch stand.

Er murmelte ein paar Worte, dann hielt er mir das Telefon hin. »Es ist für dich, Ricky.«

Ich nahm es mit hinaus auf den Flur, um dem Lärm des Basketballspiels zu entkommen. »Hallo?«

»Hier spricht ein Ungeheuer«, antwortete eine Flüsterstimme. »Wann treffen sich die Ungeheuer?«

Ich sagte kein Wort, sondern unterbrach die Verbindung und brachte das Telefon ins Wohnzimmer zurück.

Dort versuchte ich mich wieder auf das Basketballspiel zu konzentrieren. Doch das Telefon klingelte immer wieder. Eine Flüsterstimme nach der anderen ertönte.

»*Ich bin ein Ungeheuer. Ich habe deine Nachricht entdeckt.*«

»*Sind wir so weit, die Saat zu säen?*«

»*Ich bin ein Ungeheuer. Wann treffen wir uns?*«

Das war nicht witzig! Es war viel zu unheimlich, um witzig zu sein.

# 17

Kaum war der Unterricht am nächsten Tag zu Ende, stürmte ich zu meinem Schließfach. Ich stopfte einige Bücher, die ich für die Hausaufgaben benötigte, in meinen Schulranzen. Dann zog ich meinen blauen Parka an und rannte hinaus auf den Sportplatz, um mich mit Iris zu treffen.

Ob ich ein bisschen aufgedreht war?

Du hast es erraten. Ich konnte es kaum erwarten, gemeinsam mit Iris loszuziehen und Backzutaten einzukaufen. Ich werde ihr helfen, die Sachen nach Hause zu tragen, sagte ich mir. Und dann wird sie mich vielleicht fragen, ob ich ihr beim Backen für den Kuchenverkauf helfen will.

Iris und ich werden gemeinsam backen. Kein Mädchen hatte sich je gewünscht, etwas mit mir gemeinsam zu tun. Als Betty Hopper erfahren hatte, dass ich beim Sezieren eines Frosches ihr Laborpartner sein sollte, schwänzte sie zwei Wochen lang die Schule!

Ich musste den Frosch ganz alleine auseinander schneiden. Und natürlich ging es mir gründlich daneben.

Doch Iris war anders. Iris war neu.

Werden bei Kuchenverkäufen eigentlich Preise verliehen?

Wahrscheinlich nicht. Aber falls Preise verteilt wurden, konnten Iris und ich bestimmt einen gewinnen. Und dann würden die anderen Kinder sehen, dass ich gar kein Verlierer war.

Diese Gedanken gingen mir durch den Kopf, während ich auf den Sportplatz zusteuerte. Ich hatte große Pläne. Ganz große Pläne.

Aber aus meinen Plänen wurde nichts. Ich hatte keine Chance.

Weil das Treffen mit Iris nicht klappte. Als ich an der verabredeten Stelle ankam, war sie nicht da. Ich wandte mich zum Schulgebäude um, um nach ihr Ausschau zu halten. Da stürzten sich Warze, David, Jacob und Brenda von hinten auf mich.

»He – lasst mich los!«, schrie ich. Ich versuchte mich loszureißen, aber sie nahmen mich in ihre Mitte und schleppten mich vom Sportplatz fort.

»Lasst mich los! Was habt ihr vor? Lasst mich in Ruhe!«, brüllte ich. Ich wand mich und trat um mich. Doch ich war nicht kräftig genug, um mich zu befreien.

Sie schleppten mich in den Wald gegenüber vom Sportplatz. Meine Schuhe rutschten und schrappten über einen Teppich aus nassem Laub.

Sie zerrten mich zwischen kahlen Bäumen hindurch, die in einer schwachen Nachmittagsbrise schwankten. Ein dürres Eichhörnchen huschte vor uns vorbei, das auf dem winterlichen Boden nach Futter suchte.

»Was wollt ihr von mir?«, kreischte ich. »Lasst mich los! Ich mein's ernst!«

Doch sie beachteten mein Geschrei nicht und schleiften mich durch ein dichtes, helles Gestrüpp. »Hier lang«, murmelte David.

Er führte uns zu einer Reihe hoher Immergrünsträucher. Graue Schneeklumpen hingen an den Zweigen.

Hinter den Immergrünsträuchern waren wir völlig verborgen, sodass wir von der Straße aus nicht gesehen werden konnten. Mit einem heftigen Ruck riss ich mich los.

Na ja, genau genommen glaube ich, sie ließen zu, dass ich mich losriss.

Ich fuhr herum und suchte mit den Augen nach dem besten Fluchtweg. Es würde nicht einfach werden. Die schneebedeckten Immergrünsträucher umgaben uns von allen vier Seiten.

Warze und seine Freunde standen angespannt um mich herum. Sie starrten mich an, als ob sie darauf warteten, dass ich etwas sagte.

»Wieso habt ihr mich hierher geschleppt?«, wollte ich wissen. Ich gab mir alle Mühe ruhig zu klingen, aber meine Stimme überschlug sich. »Was habt ihr mit mir vor?«

Ihre Gesichter blieben ausdruckslos und ernst. Selbst als sich meine Stimme überschlug, lachten sie nicht.

Endlich unterbrach Warze das angespannte Schweigen. »Wir würden dir doch nie etwas tun, Commander«, sagte er.

Ich war mir nicht sicher, ob ich ihn richtig verstanden hatte. »Wie bitte?«, rief ich.

»Wir sind die Ungeheuer«, fuhr Warze fort.

Mir klappte die Kinnlade herunter. »Ihr seid also diejenigen, die mich angerufen haben? Und die mir Nachrichten zukommen ließen?«

Alle vier nickten feierlich. »Ja, Commander«, sagte Brenda. Sie schüttelte sich ein paar nasse Schneeflocken, die von den Bäumen herabgefallen waren, aus ihrem langen schwarzen Haar.

»Eigentlich hätte es mir klar sein müssen, dass ihr das wart«, murmelte ich mit zusammengebissenen Zähnen.

»Ja, das hätte es«, erwiderte Jacob.

»Wir haben dich sofort angerufen, als wir deinen Anruf gelesen haben, Commander«, meinte David.

»Was soll das ständig mit diesem ›Commander‹?«, schnauzte ich. »Wieso nennt ihr mich so?«

»Wir hatten ja keine Ahnung, dass du der Commander bist«, antwortete Warze. »Hätten wir gewusst, wer du bist, hätten wir dich nie gepiesackt und dir all die fiesen Streiche gespielt.«

»Dafür möchten wir uns gerne entschuldigen, Commander«, setzte Brenda hinzu. »Es tut uns Leid.«

»Du hättest dich schon eher zu erkennen geben sollen«, sagte David.

»Wovon redet ihr?«, schrie ich. »Was ist denn los mit euch?«

Versuchten sie, mich in den Wahnsinn zu treiben? Worum ging es bei diesem dämlichen Spielchen eigentlich?

»Ich muss mich mit jemandem treffen«, erklärte ich ihnen ungeduldig. »Für doofe Spielchen habe ich keine Zeit.«

Einige Kinder an meiner Schule waren ganz vernarrt in Fantasyspiele. Sie verbrachten Stunden damit, in die Rollen irgendwelcher Figuren aus verschiedenen Fantasywelten zu schlüpfen. Du weißt schon. Diese Geschichten mit Drachen und Elfen und so.

Aber ich hatte noch nie erlebt, dass Warze und seine Kumpel solche Spiele spielten.

Also, was um alles in der Welt, dachten sie sich bei dem, was sie gerade taten?

Mir war klar, dass das ein doofer Streich war. Es *musste* ein Streich sein.

Aber warum lachten sie dann nicht? Wieso wirkten sie so ernst und grimmig?

Brenda richtete ihre runden dunklen Augen auf mich. »Du brauchst dich nicht länger zu verstellen«, meinte sie. »Jetzt, wo wir wissen, dass du der Commander bist, müssen wir rasch handeln.«

»Wir Ungeheuer haben sehr wenig Zeit«, sagte Warze, der mich ebenfalls fixierte.

»Die Zeit drängt«, fügte David hinzu. »Das ist der Grund, warum wir dich angerufen haben. Damit wir uns so bald wie möglich treffen.«

Ich sah, wie ein Eichhörnchen an einem Ende des Immergrüngebüsches den Kopf hervorstreckte. Ich fragte mich, ob ich entkommen würde, wenn ich einfach losrannte.

»Commander, wir verstehen nicht, wieso du dir so viel Zeit gelassen hast«, sagte Brenda.

»Hört mal, das ist nicht witzig …«, begann ich.

Sie nickten ernst. »Das ist uns klar«, erwiderte Jacob leise. »Uns bleibt nur wenig Zeit, um unsere Mission zu vollenden.«

Mission? Waren sie jetzt alle völlig übergeschnappt?

Wie lange hatte es wohl gedauert, sich diesen blöden Streich auszudenken? Glaubten sie wirklich, dass ich ihnen das abkaufen würde?

»Was soll das Ganze?«, wollte ich wissen.

»In einer Woche werden die Identitätssamen vertrocknet sein«, sagte Brenda.

»Uns bleibt sehr wenig Zeit, sie zu pflanzen«, setzte David mit sorgenvoller Miene hinzu, »und alle an der Schule in Ungeheuer zu verwandeln.«

»Samen? Samen pflanzen?« Ich lachte. Was hätte ich sonst schon tun sollen? Ich lachte ihnen ins Gesicht. »Werde *ich* jetzt verrückt oder *ihr*?«, fragte ich.

»Wenn wir die Samen nicht rechtzeitig säen …«, sagte Warze mit düsterer Miene. Seine Stimme erstarb, bevor er den Satz zu Ende gesprochen hatte.

Brenda nahm Warzes Faden auf. »Wenn wir es nicht schaffen, die Identitätssamen zu säen«, verkündete sie, die Augen auf mich gerichtet, »scheitert unsere Mission.«

Warze legte mir die Hand auf die Schulter und schaute mich ernst an. »Und natürlich ist dir klar, Commander, was passiert, wenn die Mission scheitert.« Er vollführte mit der Hand die Bewegung des Halsabschneidens.

Bedrücktes Schweigen senkte sich über den Wald. Eine kräftige Windbö schüttelte den Schnee von den Immergrünsträuchern und mir war plötzlich kalt.

Brenda langte in ihre Schultasche, zog eine durchsichtige Plastiktüte hervor und hielt sie mir hin. »Ich habe die Identitätssamen dabei, Commander«, erklärte sie.

Ich betrachtete die Samen in dem Beutel. Sie sahen aus wie kleine runde Schokoladenstückchen.

»Wie du weißt, Commander, muss jeder Schüler einen der Samen essen«, sagte Warze. »Ein einziger Samen reicht aus, um einen Menschen in ein Ungeheuer zu verwandeln.«

»Die Ungeheuer müssen an die Macht!«, verkündete Jacob lautstark.

»Die Menschen sind Vergangenheit!«, rief Brenda aus und hob dabei die Tüte mit den Samen hoch. »Den Ungeheuern gehört die Zukunft!«

Sie jubelten und klatschten alle vier. Und währenddessen verwandelten sie sich vor meinen Augen – in MONSTER!

# 18

»Ungeheuer an die Macht! Ungeheuer an die Macht!«, riefen sie im Takt.

Entsetzt schaute ich zu, wie sich ihre Gesichter und Körper verzerrten und veränderten.

Auf ihren Köpfen traten überall Beulen hervor. Auch auf ihren Armen und Händen bildeten sich Beulen so groß wie Einmarkstücke. Gleichzeitig wurde ihre Haut dunkler. In Sekunden waren sie alle leuchtend violett. Die großen lila Beulen zitterten auf ihrer Haut.

Dann wurden ihre Gesichter länger und ihr Haar verschwand in ihren violetten Schädeln. Die Augen sanken tief in ihre flachen violetten Köpfe ein.

Lange, raue Zungen zuckten zwischen Reihen scharfer Zähne hervor. Auch die Zungen waren lila und mit Beulen übersät. Sie glänzten feucht, während sie hin und her peitschten.

Ich glotzte sie an, unfähig mich zu bewegen, unfähig davonzulaufen. Ich konnte die Augen nicht von den vier Ungeheuern losreißen. Den beulenübersäten eidechsenartigen Gestalten.

Sie grunzten und zischten. Ihre Augen drehten sich in den tiefen Höhlen und ihre Eidechsenkiefer klappten auf und zu. Geifer tropfte heraus.

»NEEIINN!«, schrie ich, als Warze auf mich lossprang.

Ich dachte, er griffe mich an.

Doch er rannte an mir vorbei und packte das magere Eichhörnchen. Blitzschnell riss er das violette Maul auf und stopfte das Eichhörnchen hinein.

Er schluckte es, ohne zu kauen, hinunter. Der buschige Schwanz verschwand als Letztes.

Dann leckte er sich mit seiner unförmigen Zunge über die feuchten Lippen. »Tut mir Leid, aber das war nicht genug, um etwas davon abzugeben.« Er grinste die anderen an.

»Wie war es?«, zischte Brenda.

»Ein bisschen trocken«, antwortete Warze.

»Ich mag sie nicht, wenn sie noch in der Haut stecken«, meinte Jacob.

Aus irgendeinem Grund brachte sie das alle zum Lachen. Es war ein hässliches, trockenes Lachen, das halb erstickt klang.

Alle vier ließen die langen, pickeligen Zungen hervorzucken und klatschten sich gegenseitig darauf, so wie man das sonst mit den Händen macht.

Ich holte tief Luft. Meine Beine waren wie aus Gummi. Ich dachte schon, ich würde zu Boden sacken. »Ich ... ich muss jetzt gehen«, stotterte ich.

Mit ihren lila Fingern hielt mir Brenda den Samenbeutel vors Gesicht. »Uns bleibt nur noch eine Woche, Commander«, sagte sie. »Wie willst du sie den Schülern verabreichen? Wir haben so lange auf dich gewartet. Hast du einen Plan?«

»Ja. Mein Plan ist es, von hier zu verschwinden – und zwar jetzt gleich!«, antwortete ich.

Ich wandte mich zum Gehen, aber sie hatten mich eingekreist und musterten mich mit ihren feuchten Augen. Ihre Brust hob und senkte sich geräuschvoll. Die Beulen auf ihrer Haut bebten.

Warze vollführte eine leichte Verbeugung wie ein Diener. »Aber wenn du jetzt schon gehst, Commander, wann werden sich die Ungeheuer wieder treffen?«, fragte er mit leiser Stimme.

»Ja. Wir müssen uns bald noch einmal treffen. Wir müssen einen Plan aushecken«, setzte David in ernstem Ton hinzu.

»Bevor die Woche um ist, muss jeder Schüler an der Harding-Mittelschule einen Identitätssamen geschluckt haben«, erklärte Brenda.

Die anderen nickten.

»Die Ungeheuer werden die Macht übernehmen«, sagte Warze. »Die menschlichen Schüler werden alle zu Ungeheuern!«

Wieder ließen sie die Zungen hervorschnellen und klatschten sich gegenseitig darauf.

Ich muss schleunigst weg von ihnen!, sagte ich mir.

Ich muss sie melden. Ich muss irgendjemandem an der Schule sagen, wer sie sind und was sie vorhaben.

Aber wie?

# 19

Ich entschloss mich, ihr Spiel mitzuspielen, um Zeit zu schinden. So ernst zu tun wie sie.

Wenn sie herausfinden, dass ich gar nicht ihr Commander bin, werden sie mir etwas *Schreckliches* antun!, dämmerte es mir.

Ich rief mir das Bild vor Augen, wie der Eichhörnchenschweif in Warzes Schlund verschwunden war.

Ich fing zu würgen an.

Wie kann ich mich von ihnen absetzen?, fragte ich mich.

Wenn ich erst einmal geflüchtet war, konnte ich jemandem von ihnen berichten – *irgendjemandem*, der gewillt war zuzuhören!

»Brenda, zeig mir noch einmal die Samen«, sagte ich und gab mir Mühe, es wie einen Befehl klingen zu lassen. Meine Stimme kam kräftig und fest heraus. Doch meine Hand zitterte, als ich nach der Tüte griff.

Ich nahm den Beutel und öffnete das Verschlussband. Dann hob ich die Tüte vors Gesicht, betrachtete eine ganze Weile lang die Samen und atmete tief den Geruch ein.

Nein. Das waren eindeutig keine Schokostückchen.

Die Samen verströmten einen leicht säuerlichen Geruch. Nicht wirklich übel. Aber auch nicht süß oder schokoladig.

»Einer pro Kind«, murmelte ich und beäugte sie eingehend. »Ein Samen für jeden.«

Die vier Ungeheuer nickten mit den lila Köpfen. »Mindestens einen pro Schüler«, sagte Brenda. »Mehr braucht es nicht, um sie alle in Ungeheuer zu verwandeln.« Sie ließ ihre scharfen Zähne sehen.

Das wird nicht passieren, entschied ich.

Auf gar keinen Fall.

Ich werde das nicht zulassen. Ich werde mir Hilfe holen und sie davon abhalten.

Doch zuerst musste ich aus dem Wald hinaus.

»Nun, wir Ungeheuer werden uns schon bald wieder treffen«, verkündete ich. Ich gab Brenda den Beutel mit den Samen zurück. »Jeder von uns muss sich den bestmöglichen Plan ausdenken. Dann rufen wir uns gegenseitig an und machen ein neues Treffen aus.«

Ich wandte mich um und ging zwei Schritte in Richtung Straße.

Weiter kam ich nicht.

Warzes lange, quaddelübersäte Zunge schlang sich mir um den Hals. Er drehte mich um, indem er die Zunge einzog. »Aber Commander – ich *habe* bereits einen hervorragenden Plan!«, gab er bekannt.

»Gut«, sagte ich, während ich ein Würgen unterdrückte. Ich konnte noch immer die nasse Zunge voller Beulen auf meiner Haut fühlen. »Wir treffen uns in Kürze und reden über deinen Plan.«

»Nein – *jetzt gleich*!« Warze ließ nicht locker. »Commander, wir müssen uns sofort darüber unterhalten. Wir können schon morgen früh mit der Ausführung meines Plans beginnen!«

»Was? Morgen?«, keuchte ich. »Ich denke, wir sollten besser noch einen Tag warten«, wandte ich ein. »Seht mal, wenn wir abwarten…« Ich verstummte, als ich ihre Mienen sah. Sie starrten mich argwöhnisch an. Ihre violetten Mäuler öffneten und schlossen sich.

Ich wandte mich wieder Warze zu. »Also, wie sieht dein Plan aus?«

Pfeifend holte er tief Atem und begann zu erklären: »Morgen gehen wir früher als sonst in die Schule. Die Köchinnen der Schulkantine kommen alle zeitig zur Arbeit und beginnen sofort mit der Zubereitung des Mittagessens.«

»Ja. So steht der Pudding lang genug herum, dass seine Haut hart werden kann!«, witzelte ich.

Niemand lachte.

»Ich habe mir den Küchenbetrieb eingehend angeschaut«, fuhr Warze fort. »Sobald die Köchinnen am Vormittag das Essen fertig haben, machen sie zehn Minuten Pause. Das ist unsere Gelegenheit. Wenn wir uns während dieser Pause einschleichen, können wir die Samen unter das Essen mischen, das in der Schulkantine serviert wird.«

»Alle essen in der Kantine. Das ist eine Schulregel«, mischte David sich ein. »So wird jeder Schüler mindestens einen Samen essen.«

»Und bis es Nacht wird, ist keiner von ihnen mehr ein Mensch. Sie werden dann alle Ungeheuer sein, so wie wir«, setzte Jacob hinzu.

»Was hältst du von meinem Plan? Wird er funktionieren?«, fragte Warze.

Sie schauten mich alle erwartungsvoll an.

»Der Plan hört sich ziemlich gut an«, antwortete ich schließlich. Ich rieb mir das Kinn und tat so, als ob ich angestrengt nachdenken würde. »Ich werde morgen mit euch in Kontakt treten und euch meine Entscheidung mitteilen.«

Ihr Eidechsengesichter verzogen sich enttäuscht. »Morgen?«, rief Warze unglücklich. »Aber wir könnten es morgen früh schon durchziehen, Commander. Wir könnten ihnen die Samen verabreichen und morgen Abend ...«

Ich hob die Hand, um ihm das Wort abzuschneiden. »Morgen«, sagte ich mit Nachdruck.

Sie brummelten aufgebracht miteinander, als ich mich umdrehte und davoneilte. Ich erwartete, dass einer von ihnen mich packen und zurückholen würde. Doch dieses Mal ließen sie mich gehen.

Ich schob mich durch eine Lücke zwischen den Immergrünsträuchern. Dann rannte ich los. Ich lief zwischen den kahlen, schwankenden Bäumen hindurch. Über die Straße. Und den Block entlang nach Hause.

Was soll ich bloß tun?, fragte ich mich im Laufen. Ich kann doch nicht zulassen, dass sie alle an der Schule in Ungeheuer verwandeln. Ich kann nicht zulassen, dass sie ihre Identitätssamen unter das Essen in der Schulkantine mischen.

Aber wie kann ich sie davon abhalten?

Wenn ich ihnen befehle, es bleiben zu lassen, wird ihnen klar werden, dass ich nicht ihr Commander bin. Sie werden merken, dass sie einen Fehler gemacht haben.

Und was dann? Was werden sie mit mir anstellen, wenn sie herausfinden, dass ich kein Ungeheuer bin? Werden sie mich auffressen, so wie Warze das arme Eichhörnchen verschlungen hat?

Ich bekam Seitenstechen, aber ich lief trotzdem weiter. Ich stellte mir bildlich vor, wie sich alle Kinder an meiner Schule in beulenübersäte lila Ungeheuer verwandelten. Wie sie im Wald Eichhörnchen fangen und in einem Stück hinunterschlingen würden.

Ich malte mir aus, wie wir alle durch die Gegend latschen und uns gegenseitig in die Zunge klatschen würden.

Igitt!

»Was soll ich nur tun?«, fragte ich mich laut.

Ich war der Einzige, der über die Ungeheuer Bescheid wusste, – und der Einzige, der sie aufhalten konnte.

Und ich musste schnell handeln.

# 20

»Reich mir doch bitte mal den Kartoffelbrei rüber«, sagte Dad, den Mund voller Hühnerfleisch. »Und die Brötchen, bitte.«

Ich reichte ihm die gewünschten Speisen über den Tisch. Mom und Dad arbeiten beide viel, deshalb haben sie keine Zeit zum Kochen. Gewöhnlich bringen sie auf dem Nachhauseweg irgendetwas Fertiges mit. An diesem Abend gab es gegrilltes Hühnchen mit verschiedenen Beilagen.

Sie sind immer fast am Verhungern, wenn sie nach Hause kommen. Es hat keinen Sinn, mit ihnen zu reden, bevor sie nicht mit der ersten Portion fertig sind. Bei den lauten Kaugeräuschen, die sie machen, können sie einen sowieso nicht richtig hören!

Ich war nicht besonders hungrig. Mein Magen fühlte sich an, als wäre er vollkommen verknotet. Jedes Mal, wenn ich das Hühnchen anschaute, kam mir sofort das Bild des Eichhörnchens vor Augen.

Ich wartete, bis sie den größten Teil des Hühnchens verspeist hatten. Dann holte ich tief Luft und fing mit meiner Geschichte an.

»Es gibt da etwas, was ich euch erzählen muss«, sagte ich leise.

Sie blickten beide von ihren Tellern auf. Dad hatte einen Klacks Kartoffelbrei an der Backe kleben. Mom langte hinüber und wischte ihn mit den Fingern weg.

»Hast du schon wieder Ärger in der Schule, Ricky?«, fragte sie streng. »Haben die anderen dich wieder gepiesackt?«

»Nein. Das ist es nicht«, erwiderte ich rasch. »Ich muss euch etwas erzählen. Ich meine, ich brauche eure Hilfe. Wisst ihr … diese vier Kinder …«

»Hol mal tief Luft«, sagte Dad. »Und fang am Anfang an.«

»Beruhige dich«, setzte Mom hinzu. »Weswegen bist du denn so aus dem Häuschen?«

»Lasst es mich doch bitte einfach erzählen!«, rief ich.

Sie lehnten sich beide zurück und ließen die Gabeln auf den Tisch sinken.

»Diese vier Kinder«, begann ich noch einmal. »Die sind eigentlich gar keine Kinder. Ich dachte, sie wären Siebtklässler. Aber das sind sie nicht. Sie sind Ungeheuer. Sie sind überhaupt keine Kinder. Ich meine, sie sind neu an der Schule. Ich habe sie vor diesem Schuljahr noch nie gesehen. Aber ich dachte …«

Mom und Dad tauschten Blicke aus. Dad öffnete den Mund, als ob er etwas sagen wollte, aber dann überlegte er es sich anders.

»Sie sind in einer Mission hierher gekommen«, erklärte ich ihnen. »Sie wollen alle Kinder an der Schule in Ungeheuer verwandeln. Sie haben dazu so genannte Identitätssamen, eine große Tüte voll. Diese Samen werden sie allen Kindern verabreichen.«

Ich geriet außer Atem. Ich hatte völlig vergessen, Luft

zu holen. Nun machte ich einen langen Atemzug und fuhr dann mit meiner Geschichte fort:

»Sie denken, ich wäre auch ein Ungeheuer. Sie halten mich für ihren Commander. Wegen eines Aufrufs, den ich unten auf die Titelseite der Schülerzeitung gesetzt habe. Sie wollen, dass ich ihnen dabei helfe, alle Kinder in Ungeheuer zu verwandeln. In grauenhafte Monster!«

Ich holte noch einmal tief Luft. Ich war so aufgeregt, so nervös, dass ich das Gefühl hatte, mein Herz würde mir jeden Moment in der Brust zerspringen.

Ich beugte mich über den Tisch und schaute erst Mom, dann Dad eindringlich an. »Wir müssen sie aufhalten!«, rief ich. »Ihr müsst mir dabei helfen. Wir können nicht zulassen, dass sie alle an der Schule in Ungeheuer verwandeln. Aber was können wir tun? Wie können wir sie aufhalten? Ihr müsst mir helfen. Das *müsst* ihr einfach!«

Ich atmete geräuschvoll aus und ließ mich gegen die Lehne meines Stuhls zurücksinken. Ich bemühte mich, meinen rasenden Herzschlag zu verlangsamen.

Meine Eltern blickten sich gegenseitig an. Ich konnte den verwirrten Ausdruck auf ihren Gesichtern sehen.

Dad war der Erste, der das Wort ergriff. »Ricky«, sagte er leise, »deine Mom und ich sind ebenfalls Ungeheuer.«

# 21

Ich schnappte nach Luft und wäre beinahe vom Stuhl gefallen. Mom und Dad lachten schallend los.

»Nein. Wenn du's genau wissen willst: Wir sind Marsianer!«, erklärte Dad kichernd.

»Das stimmt doch gar nicht. Wir sind keine Marsmenschen«, hielt Mom dagegen. »Wir sind Werwölfe!« Sie nahm sich einen Hühnerknochen und tat so, als würde sie wie ein Wolf darauf herumbeißen.

»Wir sind Werwölfe vom Mars!«, rief Dad. Er warf den Kopf zurück und heulte wie ein Wolf.

Dann prusteten die beiden wieder los. Sie hielten sich für umwerfend komisch.

»Ihr müsst mich ernst nehmen!«, forderte ich.

Aus irgendeinem Grund lachten sie darüber nur noch lauter. Dad standen vor lauter Lachen tatsächlich Tränen in den Augen. Er nahm seine Serviette zur Hand und tupfte sich die Augen ab.

»Ricky, manchmal hast du echt die tollsten Geschichten auf Lager«, sagte er. Er langte über den Tisch und klopfte mir auf die Schulter.

»Was für eine Vorstellungskraft«, meinte Mom bewundernd. Sie schüttelte den Kopf. »Du solltest diese Geschichte wirklich aufschreiben, Ricky. Dafür könntest du einen Preis bekommen.«

»Aber es ist keine Geschichte!«, schrie ich. Ich sprang

auf und warf wütend meine Serviette auf den Teller. »Wieso glaubt ihr mir nicht?«

»Oh, wir glauben dir – Commander!«, rief Dad. »Commander der Ungeheuer!«

Wieder brachen die beiden in lautes Gelächter aus.

Ich stieß einen zornigen Schrei aus, drehte mich um und stapfte aus dem Esszimmer hinaus. Ich konnte sie immer noch lachen hören, als ich die Treppe zu meinem Zimmer hinaufstürmte.

Ich knallte die Tür hinter mir zu und schüttelte die Fäuste in der Luft.

Ich musste Hilfe finden. Ich musste *irgendjemanden* dazu bringen, mir zu glauben!

Ich ließ mich aufs Bett plumpsen und blieb lange Zeit sitzen, während ich aus dem Fenster in die Dunkelheit starrte. Ich wartete darauf, dass mein Herz zu hämmern aufhörte und dass in meinen Gedanken wieder Ruhe einkehrte. Doch ich fand keine Ruhe. Mein ganzer Leib prickelte. In meinem Kopf drehte sich alles.

Ich schnappte mir das Telefon vom Nachtkästchen und tippte Iris' Nummer ein. Iris wird mir zuhören, sagte ich mir. Iris wird wissen, dass das keine wilde Geschichte ist, die ich mir ausgedacht habe.

Das Telefon klingelte dreimal. Viermal. Fünfmal.

Niemand zu Hause?

»Nun komm schon, Iris!«, flehte ich den Telefonhörer an. »Sei da!« Ich ließ es zwölfmal klingeln, bevor ich endlich auflegte.

Geräuschvoll stellte ich das Telefon zurück auf das Nachtkästchen. Nachdem ich mich ein wenig beruhigt hatte, setzte ich mich an den Schreibtisch und versuchte meine Hausaufgaben zu erledigen.

Aber ich konnte mich nicht darauf konzentrieren.

Zumindest klingelt das Telefon heute Abend nicht pausenlos, dachte ich. Heute Abend rufen mich die Ungeheuer nicht an.

Sie warteten darauf, von mir zu hören. Sie warteten darauf, dass ich Warzes Plan zustimmte, am folgenden Tag früher in die Schule zu gehen und die Samen in der Schulkantine ins Essen zu mischen.

Ich schlug mein Naturkundebuch zu.

»Ich *werde* morgen früher in die Schule gehen«, sagte ich laut.

Aber nicht, um mich mit den vier Ungeheuern zu treffen. Nicht, um die Identitätssamen ins Essen zu streuen.

Ich werde früher in die Schule gehen und mit Ms Crawford reden, unserer Rektorin. Ich werde ihr die ganze Geschichte erzählen und ihr mitteilen, was die Ungeheuer in ihrer Schule zu tun gedenken.

Dann wird sie mir dabei helfen, die Ungeheuer aufzuhalten. Ganz bestimmt.

Mein Radiowecker schrillte eine halbe Stunde früher los als gewöhnlich. Ich schaltete ihn ab und lauschte einem leisen Prasseln am Fenster.

Nach ein paar Minuten stand ich auf, stakste durchs

Zimmer und spähte zwischen den Vorhängen hindurch. Der Tag draußen war grau. Eisregen fiel vom Himmel.

Ich gähnte. Ich hatte mich die ganze Nacht im Bett hin und her gewälzt.

Rasch zog ich mich an, schlüpfte in ein weites rot-braunes Flanellhemd und eine ausgebeulte braune Cordhose. Dann stürzte ich ein rasches Frühstück aus Orangensaft und Cornflakes hinunter.

»Du bist heute aber früh auf«, bemerkte Mom schläfrig. Sie stand neben der Kaffeemaschine und wartete darauf, dass der Kaffee fertig wurde.

»Ja. Ich muss los«, murmelte ich. Ich schnappte mir Parka und Schulranzen und eilte zur Hintertür hinaus.

Draußen zog ich mir die Baseballkappe tief in die Augen und trabte durch den kalten Sprühregen. Was für ein trübsinniger Tag! Alles sah an diesem Morgen grau aus. Nirgends gab es leuchtende Farben.

Auf dem Weg zur Schule legte ich mir im Kopf zurecht, was ich Ms Crawford sagen würde. Ich wollte, dass sie alles in der richtigen Reihenfolge erfuhr. Ich wollte sicherstellen, dass ich nichts Wichtiges ausließ und ihr alles richtig erzählte.

Ich kam an einem Mann in einer grauen Regenjacke vorbei, der seinen Dalmatiner Gassi führte. Sonst sah ich niemanden auf der Straße.

Die Schule wirkte leer und verlassen, als ich ankam. In den Korridoren war es still. Meine nassen Schuhe rutschten auf dem Boden.

Ich trat ins Sekretariat ein. Der Raum war leer. Die beiden Sekretärinnen waren noch nicht zur Arbeit erschienen. Doch ich sah Licht aus dem Büro der Rektorin nebenan. Und ich hörte ein Husten.

»Ms Crawford, sind Sie da drin?«, rief ich.

»Ja«, antwortete sie. »Wer ist da?«

Ich hörte, wie ihr Stuhl über den Boden schrappte. Dann streckte sie den weißhaarigen Kopf zur Tür heraus. »Ricky!« Sie blinzelte mich überrascht an. »Du hast mich erschreckt! Du bist viel zu früh dran, nicht wahr?«

»Ich… ich muss mit Ihnen reden«, stotterte ich.

Sie winkte mir, in ihr Büro zu kommen. »Was für ein Problem hast du?«, fragte sie mich, während sie die Tür hinter mir zumachte.

»Das ist eine lange Geschichte«, begann ich.

Würde sie mir glauben?

## 22

Ms Crawford erinnert mich immer an einen Schwarzweißfilm. Sie hat kurzes gelocktes weißes Haar, graue Augen und ein sehr blasses Gesicht. Und sie trägt immer Schwarz – schwarze Hosenanzüge oder schwarze Röcke und Oberteile.

Ich habe keine Ahnung, wie alt sie ist. Ich schätze, sie ist ganz schön alt. Aber sie ist ziemlich lebendig und sportlich. Manchmal spielt sie beim Volleyball in der Turnhalle ein Weilchen mit.

Ich setzte mich auf einen Stuhl mit gerader Lehne vor ihrem Schreibtisch. Sie schob einige Aktenordner beiseite und beugte sich über den Tisch zu mir. »Ich bin froh, dass du vorbeigekommen bist«, sagte sie, aber ihr Lächeln verblasste.

»Wie bitte? Ehrlich?«

»Ich hatte sowieso vorgehabt, mich mit dir zu unterhalten«, fuhr sie fort. »Ich habe gehört, dass es bei der Autowaschaktion am letzten Samstag Ärger gab.«

Sie wartete darauf, dass ich etwas sagte. Aber ich hatte keine Ahnung, was ich sagen sollte.

»Man hat mir erzählt, dass du letzten Samstag eine Wasserschlacht angezettelt hast«, sagte Ms Crawford streng.

»*Ich?*«, rief ich. »Ich hab aber nicht damit angefangen! Ich … ich …«

Sie schnitt mir mit einer Handbewegung das Wort ab. »Mr Warzmann – Richards Vater – hat mich angerufen und sich beschwert. Er sagte, dass der Innenraum seines Wagens triefend nass war. Er hat mir erzählt, dass …«

»Genau über ihn will ich mit Ihnen reden«, unterbrach ich sie. Es war offensichtlich, dass dieses Gespräch nicht so verlief, wie ich das geplant hatte. Deshalb hielt ich es nun für besser, so schnell wie möglich zum Punkt zu kommen.

»Ich will mit Ihnen über Warze sprechen«, sagte ich. »Ich meine, über Richard. Er ist kein Kind, wissen Sie. Er hat es mir selbst erzählt. Er ist ein Ungeheuer.«

Ms Crawford blieb der Mund offen stehen. Sie starrte mich verständnislos an.

»Und kennen Sie seine drei Freunde?«, platzte ich heraus. »Das sind auch Ungeheuer. Sie sind Monster. Lila Monster.«

Ms Crawford verzog ärgerlich das Gesicht. »Ricky …«, setzte sie an.

»Nein – wirklich!« Ich ließ mich nicht beirren. »Sie sind Monster. Sie nennen sich selbst Ungeheuer! Das haben sie mir selbst erzählt. Ich habe sie *gesehen*! Warze hat ein Eichhörnchen gefressen! Er ist ein Ungeheuer!«

Es lief gar nicht gut. Das sagten mir die Falten auf Ms Crawfords Stirn, die immer tiefer wurden. Es lief ganz und gar nicht so, wie ich es im Sinn gehabt hatte. Doch nun war es zu spät. Jetzt musste ich mit der kompletten Geschichte herausrücken.

»Ich bin ihr Commander«, erklärte ich der Rektorin. »Oder besser gesagt, sie *denken*, ich wäre ihr Commander. Aber in Wirklichkeit bin ich es nicht. Und sie …«

Ms Crawford sprang auf. »Ricky, ist mit dir alles in Ordnung?«, erkundigte sie sich.

»Sie möchten Samen säen und alle an der Schule in Ungeheuer verwandeln«, fuhr ich verzweifelt fort. »Sie wollen …«

Sie trat um den Schreibtisch herum und legte mir die

Hand auf die Stirn. »Hast du Fieber? Du fühlst dich ein wenig warm an.«

Sie trat zurück und musterte forschend mein Gesicht. »Möchtest du zur Schulkrankenschwester gehen? Sie kommt normalerweise ziemlich früh.«

»Nein, ich will nicht zur Schulkrankenschwester!«, schrie ich außer mir. »Sie haben mich nicht verstanden. Wir dürfen nicht zulassen, dass irgendjemand das Essen in der Schulkantine isst! Weil sie Monster sind!«

Ms Crawford kratzte sich am Scheitel. »Soll ich dich nach Hause schicken?«, fragte sie. »Ist dir übel? Ich könnte dich von jemandem heimfahren lassen.« Sie streckte die Hand nach dem Telefon aus. »Sind deine Eltern noch zu Hause? Ich könnte sie anrufen.«

»Nein – bitte!« Ich sprang auf. »Mir geht es gut. Wirklich.«

Sie glaubte mir nicht. Es hatte keinen Sinn weiterzuerzählen.

»War nur ein Scherz«, sagte ich und wich rückwärts zur Tür zurück. »Nur ein Scherz. Wirklich. Das mit Mr Warzmanns Wagen tut mir Leid. Es war ein Missgeschick. Mir ist der Schlauch ausgerutscht.«

Ich tastete nach der Tür, öffnete sie und schob mich rückwärts hinaus.

»Ricky, warte«, rief Ms Crawford. »Ich denke wirklich, dass du die Schulschwester aufsuchen solltest. Rede einfach nur mit ihr. Du kommst mir sehr aufgebracht vor. Vielleicht, wenn du mit ihr sprichst …«

»Mir geht's prima. Wirklich«, versicherte ich ihr noch einmal. Dann wandte ich mich um und rannte durch das Sekretariat auf den langen, leeren Korridor hinaus.

Mein Herz schlug Purzelbäume in meiner Brust. Ich bog eilig um die Ecke – und rannte geradewegs in Warze und seine drei Freunde hinein.

»Ohh!« Ich stieß einen erschrockenen Schrei aus. »Was macht *ihr* denn hier?«

»Freut mich, dass du dazugestoßen bist, Commander«, sagte Warze mit gesenkter Stimme. Er blickte links und rechts den Gang entlang. »Dann mal los.«

»Los? Wohin?«, wollte ich wissen.

»In die Schulkantine«, antwortete er.

## 23

Ich drehte mich um und hielt Hilfe suchend nach Ms Crawford Ausschau. Doch sie war in ihrem Büro geblieben. Der lange Korridor war völlig leer.

Warze und David marschierten links und rechts von mir. Brenda ging voraus die Treppe hinunter, die zur Schulkantine und zur Küche führte. Jacob bildete das Schlusslicht.

Sie hatten mich in die Mitte genommen. Mir blieb keine andere Wahl, als mit ihnen zu kommen.

Als wir das Treppenende erreichten, sah ich, dass die Tür zur Küche offen stand. Helles weißes Licht fiel auf den Gang heraus.

Ich atmete tief ein.

Was war das für ein Geruch? Tunfischkasserolle?

Ich hörte Frauenstimmen, die Köchinnen, die an den Herden arbeiteten.

Brenda ging voran, als wir fünf uns lautlos auf den Eingang zur Küche zubewegten. Nun konnte ich das Klappern von Töpfen hören und das Zischen von etwas, das auf dem Herd kochte. Eine Frau hustete. Eine andere lachte.

Brenda drehte sich plötzlich um, sodass ich beinahe in sie hineingerannt wäre. Sie drückte mir etwas in die Hand.

Die Plastiktüte mit den Samen.

»Du hast die Ehre, Commander«, flüsterte sie feierlich. »Du darfst die Samen unter das Essen mischen.«

»Ähm… also…« Ich presste mich mit dem Rücken gegen die Wand. Ich hatte nicht vor, da reinzugehen. Auf die Ehre, die Samen säen zu dürfen, konnte ich verzichten.

»Vielleicht sollten wir später wiederkommen«, meinte ich. »Erinnert ihr euch noch an meinen Vorschlag, wir sollten warten? Ich habe euch gesagt, wir sollten es aufschieben, bis…«

»Wir haben keine Wahl«, wisperte Jacob. »Du willst doch auch, dass die Mission ein Erfolg wird.«

»Viel Glück«, sagte Brenda leise.

Dann schickten mich David und Jacob mit einem kräftigen Schubs in die Küche.

Die Tüte mit den Samen in den Händen blinzelte ich in das grelle Licht. Ich konnte drei Frauen in weißen Kitteln und mit weißen Schürzen sehen. Sie standen an den Herden an der gegenüberliegenden Wand des großen Raums.

Sie kehrten mir den Rücken zu. Aus den hohen Suppentöpfen, die auf den Herden standen, blubberte und dampfte es.

Ich schluckte. Wenn sich eine der Frauen umdrehte, würde sie mich sofort sehen.

Rasch stellte ich mich neben einen Schrank, der in der Nähe der Tür stand. Vor mir befand sich eine lange, glänzende Anrichte aus Aluminium. Darauf standen riesige Töpfe und Pfannen mit Essen zum Abkühlen. Ich sah eine große Reine mit Makkaroni und Käse, eine Auflaufform mit gedünstetem Brokkoli und eine riesige Form mit Tunfischauflauf.

Ich schätzte, dass ich die Anrichte mit etwa zehn Schritten erreichen konnte.

Um zu der Anrichte zu laufen, die Samen in eine der riesigen Formen zu streuen und zur Tür hinauszurennen, würde ich wahrscheinlich nicht länger als zehn Sekunden benötigen.

Selbst wenn sich eine der Köchinnen umdrehte, konnte ich meine Mission erledigen und zur Tür hinaus sein, bevor sie auch nur einen Schrei herausbrachte.

*Was denke ich da eigentlich?*, fragte ich mich plötzlich, an die Seitenwand des Schranks gepresst.

*Ich WILL die Mission doch gar nicht erledigen!*

Ich schaute zum Eingang der Küche zurück. Dort standen, dicht aneinander gedrängt, alle vier Ungeheuer und beobachteten mich. Sie winkten mir wild mit den Händen, um mir zu bedeuten, die Sache anzugehen.

Ich hatte keine Wahl. Keine Fluchtmöglichkeit.

Ich musste weitermachen und die Samen ins Essen streuen.

Ich holte tief Luft und hielt den Atem an. Dann huschte ich, die Augen auf die weiß uniformierten Rücken der drei Köchinnen gerichtet, rasch zu der langen Anrichte.

Ein, zwei Schritte davor hielt ich inne. Vor mir auf der Anrichte stand eine riesige viereckige Metallpfanne mit Makkaroni und Käse. Sie dampften heiß, frisch aus dem Ofen. Der durchdringende Käsegeruch stieg mir in die Nase.

Ich kann das nicht tun!, beschloss ich. Das kann ich einfach nicht! Ich drehte mich um. Die vier Ungeheuer lehnten im Türrahmen und versperrten mir den Fluchtweg. Alle vier signalisierten mir mit Händen und Füßen, dass ich die Samen endlich ins Essen streuen sollte.

Ich wandte mich wieder der Makkaronipfanne zu.

Langsam hob ich die Tüte mit den Samen und öffnete sie.

Sie beobachteten mich. Sie beobachteten mich mit Argusaugen. Ich musste es tun. Oder ihnen würde klar werden, dass ich nicht ihr Commander war.

Ich musste es erledigen.

Doch da kam mir eine Idee!

## 24

Ich hielt die Samentüte in einer Hand und hob sie hoch.

Ich wandte mich um und zeigte den vier Ungeheuern einen hochgereckten Daumen. Dann machte ich einen Schritt auf die Anrichte zu.

Noch einen Schritt.

Und dann tat ich so, als stolperte ich über etwas.

Ich taumelte vorwärts, riss die Arme hoch und die Tüte mit den Samen flog durch die Luft.

Ich täuschte einen entschlossenen Versuch sie zu fangen vor, während ich zu Boden ging.

Doch die Tüte fiel gegen die Seitenwand der Aluminiumanrichte, drehte sich kopfüber und landete auf der Erde, wobei die Samen über den ganzen Boden verstreut wurden. Ich sah, wie sie in alle Richtungen davonkullerten.

Die Tüte lag vor mir. Leer.

*Jawollll!*, dachte ich glücklich. Ich habe es geschafft! Ich habe ihren Plan vereitelt!

Ich zwang mich dazu, eine unglückliche Miene aufzusetzen. Und krabbelte auf Händen und Knien zur Küchentür hinaus.

Warze zerrte mich hoch und von der offenen Tür weg.

Ich schüttelte betrübt den Kopf. »Tut mir Leid«, murmelte ich. »Tut mir schrecklich Leid. Ich habe versagt und euch alle enttäuscht.« Ich tat so, als wäre ich den Tränen nahe. »Wirklich. Es tut mir Leid.«

»Kein Problem«, erwiderte Jacob.

Er zog eine weitere Tüte mit Samen aus der Jackentasche und drückte sie mir in die Hand.

»Wir haben immer eine Extraration dabei«, wisperte Brenda. »Man kann doch nie wissen, wann man mal mehr Identitätssamen braucht.«

»Ähm... das ist aber Glück«, antwortete ich.

»Und nun mach endlich!«, rief Warze leise und klopfte mir auf den Rücken. »Diesmal wirst du nicht versagen, Commander.«

Die vier schoben mich wieder durch die Tür hinein.

Ich blinzelte und wartete, bis sich meine Augen an das grelle Küchenlicht gewöhnt hatten. Die drei Köchinnen waren noch immer an den Herden beschäftigt. Und sie wandten mir noch immer den Rücken zu.

Ich pirschte mich an die Anrichte heran und schaute auf die riesige Pfanne mit den kochend heißen Makkaroni hinab. Die Tüte mit den Samen hatte ich fest in der rechten Hand. Der kleine Beutel fühlte sich an, als wöge er hundert Kilo!

Ich hob die Tüte über die dampfenden Makkaroni.

Dann warf ich einen Blick zum Eingang zurück. Die vier Ungeheuer lehnten in der Türöffnung, die Augen gebannt auf mich gerichtet.

Ich wandte mich wieder der Anrichte mit dem Essen zu. Hob die Tüte höher über die Makkaronipfanne.

Ich habe keine andere Wahl, sagte ich mir. Ich muss das jetzt durchziehen.

Ich leerte den kompletten Inhalt der Samentüte über den Makkaroni mit Käse aus. Dann drehte ich mich rasch zur Tür um und machte mich daran, leise und auf Zehenspitzen aus der Küche zu schleichen.

»Rühr um!«, raunte mir Brenda zu. Sie machte mit der Hand eine Rührbewegung.

»Was?« Ich blieb ein paar Schritte von der Tür entfernt stehen.

»Rühr die Samen unter!«, wisperte sie drängend. »Du musst dafür sorgen, dass sie nicht zu sehen sind!«

»Oh. Stimmt.«

Ich machte kehrt und schlich mich zu der großen Pfanne mit Makkaroni und Käse zurück. Ich nahm einen langen hölzernen Kochlöffel und rührte die Samen unter die Makkaroni. Dann wollte ich mich wieder hinausstehlen.

Ich war gerade drei Schritte gegangen – da packten mich zwei kräftige Hände von hinten unsanft an der Schulter. »Was machst *du* hier drin, junger Mann?«, blaffte eine Frau.

# 25

Die Hände rissen mich herum und ich blickte in das zornige Gesicht von Mrs Marshall. »Was hast du hier drin zu suchen?«, fragte sie noch einmal.

Mrs Marshall ist eigentlich die netteste der Köchinnen. Wir mögen sie alle am liebsten. Sie scherzt immer mit allen, wenn sie mittags das Essen ausgibt.

Doch nun war sie ganz und gar nicht zum Scherzen aufgelegt. Schließlich hatte ich in der Küche nichts verloren.

Ihre schwarzen Locken wurden von einem Haarnetz zusammengehalten. Sie legte den Kopf schief und wartete, die Hände in den Taschen der weißen Schürze, darauf, dass ich ihre Frage beantwortete.

Ich schaute zur Tür zurück. Sah die vier Ungeheuer hereinlugen.

»Mrs Marschall«, wisperte ich. »Geben Sie diese Makkaroni nicht zum Essen aus.«

Sie schaute mich mit zusammengekniffenen Augen an. »Wie bitte? Sprich lauter, junger Mann.«

»Geben Sie diese Makkaroni nicht zum Essen aus«, flüsterte ich ein wenig lauter. Viel lauter konnte ich es nicht sagen. Warze und seine drei Freunde hätten mich sonst gehört. »Bitte – lassen Sie niemanden diese Makkaroni essen«, flehte ich.

»Was sagst du?«, wollte sie mit lauter Stimme wissen. »Wieso flüsterst du so?«

»Geben Sie diese Makkaroni nicht zum Essen aus«, wiederholte ich immer noch flüsternd. »Sie sind vergiftet!«

Sie stöhnte genervt auf. »Junger Mann, unsere Makkaroni sind ausgesprochen lecker«, erklärte sie. »Ich habe die Witze über unser Essen gründlich satt.«

»Sie hat Recht!«, mischte sich Mrs Davis, eine andere Köchin, vom hinteren Ende des Raums ins Gespräch. Sie drohte mir mit einem langen Kochlöffel. »Wir machen hier gutes, vollwertiges Essen. Es ist so gut wie zu Hause gekocht. Und wir haben von all diesen schrecklichen Witzeleien die Nase gestrichen voll.«

»Wir haben auch Gefühle, weißt du«, setzte Mrs Marshall hinzu.

»Wir nehmen richtigen Käse für die Makkaroni«, rief Mrs Davis, die mir noch immer mit dem Kochlöffel drohte. »Nicht dieses künstliche Zeug. Und echte Makkaroninudeln.«

»Das stimmt!«, rief die dritte Köchin. Sie war neu. Ich kannte ihren Namen nicht. »Gib ihm eine Kostprobe, Alice. Gib ihm eine Kostprobe von den Makkaroni. Dann wird er sehen, wie gut sie sind.«

Mrs Marshall beugte sich über mich. »Gute Idee. Hättest du gerne einen kleinen Teller Makkaroni?« Sie trat zur Anrichte.

»Koste sie. Dann machst du nie wieder Witze darüber«, sagte Mrs Davis.

Mrs Marshall begann, Makkaroni für mich auf einen kleinen Teller zu schaufeln.

Ich wich in Richtung Tür zurück. »Nein. Nein, danke«, stotterte ich.

Ich griff nach dem Türrahmen. »Ich ... ich habe heute schon ausgiebig gefrühstückt«, erklärte ich ihnen.

Damit drehte ich mich um und rannte hinaus. Ich lief geradewegs den vier Ungeheuern in die Arme. Sie freuten sich alle lautstark.

»Commander... du hast es geschafft!«, rief Warze freudestrahlend. »Du hast die Samen ausgestreut!«

Wieder johlten und klatschten sie und schlugen mir auf den Rücken. Die vier grinsten von einem Ohr zum anderen.

»Nun brauchen wir nur noch bis heute Nachmittag abzuwarten«, verkündete Brenda. »Dann wimmelt es an dieser Schule nur so von Ungeheuern!«

## 26

In der Mittagspause ging ich nicht einmal in die Nähe der Schulkantine. Stattdessen versteckte ich mich im Treppenhaus. Mir knurrte der Magen, aber das war mir einerlei.

Ich brachte es nicht fertig zuzusehen, wie all die Kinder Makkaroni futterten. Und die kleinen Samen schluckten, die sie in Eichhörnchen fressende Ungeheuer verwandeln würden. Eine Schule voller lila Eidechsenmonster, dachte ich niedergeschlagen. Und es war alles meine Schuld... meine Schuld.

Den ganzen Nachmittag bekam ich nicht ein Wort von dem mit, was die Lehrerinnen sagten. Iris versuchte mit mir zu reden, doch ich tat so, als würde ich angestrengt den Worten der Lehrerin lauschen.

Ich saß an meinem Tisch und musterte die anderen Kinder. Hielt nach Anzeichen dafür Ausschau, dass sie sich verwandelten. Wartete darauf, dass die Samen, die ich ins Essen gemischt hatte, ihre böse Wirkung zeigten.

Doch ich bekam nichts Sonderbares zu sehen. Keine beulenübersäte lila Haut. Keine langen zuckenden Zungen.

Die Kinder kamen mir alle ganz normal vor.

Nach der Schule warteten die vier Ungeheuer auf dem Sportplatz auf mich. Sie umringten mich und führten mich zu der versteckten Stelle im Wald auf der anderen Straßenseite.

Warze kickte zornig einen Stein aus dem Weg. David und Jacob maulten unglücklich und kopfschüttelnd vor sich hin.

»Es hat nicht geklappt«, sagte Brenda leise. »Die Samen haben keine Wirkung gezeigt. Niemand hat sich verändert.«

»Was ist schief gelaufen?«, fragte Warze. »Was kann daneben gegangen sein?«

Sie starrten mich alle an.

Plötzlich war mir die Antwort klar. Ich wusste genau, warum sich keines der Kinder in ein Ungeheuer verwandelt hatte. »Niemand hat Makkaroni gegessen«, platzte ich heraus.

Am liebsten hätte ich mich dafür *geohrfeigt*. Wieso hatte ich ihnen das erzählt? Wieso hatte ich ihnen den entscheidenden Hinweis gegeben?

Sie blickten mich mit zusammengekniffenen Augen an. »Was?«

»Niemand isst hier je Makkaroni«, sagte ich. Ich hatte das Thema angeschnitten, nun musste ich es erklären. »Das ist so eine Art Schulregel. Seit vielen Jahren hat nie jemand die Makkaroni angerührt!«

Die vier stöhnten auf.

Warze trat auf mich zu und starrte mich argwöhnisch an. »Woher weißt du das, Commander?«, wollte er wissen. »Du bist doch nur wenige Tage vor uns hier angekommen. Wie kannst du also wissen, dass seit Jahren niemand Makkaroni gegessen hat?«

Ich musste mir rasch etwas einfallen lassen. Wenn sie entdeckten, dass ich gar kein Ungeheuer war, würden sie mich wahrscheinlich in Luft auflösen – oder mich fressen – oder irgendetwas!

»Ähm… eines der Kinder in meiner Klasse hat es mir erzählt«, antwortete ich. Ich senkte den Kopf. »Ich hätte eher daran denken sollen. Ich habe versagt. Unsere Mission ist ein Reinfall gewesen.«

»Nein, das ist sie nicht«, meinte Brenda. »Ich habe

noch mehr Samen – und einen neuen Plan. Einen besseren Plan.«

Die anderen Ungeheuer wandten sich ihr zu. »Erzähl uns deinen Plan«, verlangte Jacob. »Uns bleibt nicht mehr allzu viel Zeit, bevor die Samen ihre Kraft verlieren.«

»Er ist einfach«, antwortete Brenda mit einem Achselzucken. »Wir backen die Samen in Kekse. Dann verschenken wir die Kekse beim Kuchenverkauf der Schule am Samstag.«

»Ausgezeichnete Idee!«, rief David.

»Jaaaa!«, jubelten Warze und Jacob.

»Jeder bekommt einen Keks umsonst«, sagte Brenda mit einem bösartigen Grinsen im Gesicht. »Und alle werden zu Ungeheuern.«

Brendas Grinsen ließ mich frösteln. Ich schluckte. Mein Mund war plötzlich wie ausgedörrt.

Mir war klar, dass ihr Plan funktionieren würde. Niemand an meiner Schule würde einen kostenlosen Keks ausschlagen.

Was kann ich tun?, fragte ich mich. Wie kann ich sie aufhalten?

Sie blickten mich an. »Sollen wir die Kekse backen, Commander?«, wollte Warze wissen. »Sollen wir Brendas Idee in die Tat umsetzen?«

Ich erwiderte ihre Blicke. Sie warteten gespannt darauf, dass ich antwortete. Ich fragte mich, ob sie sehen konnten, wie meine Knie zitterten.

»Na ja …« Ich holte tief Luft. Ich musste etwas unternehmen. Ich musste mir *irgendetwas* einfallen lassen, womit ich sie aufhalten konnte.

»Mir gefällt Brendas Plan nicht«, sagte ich mit bemüht tiefer und fester Stimme. »Ich finde, wir sollten die Samen für einen späteren Zeitpunkt präparieren. Ich denke, wir sollten die Samen im Boden vergraben und sehen, ob sie sprießen. Auf diese Weise erhalten wir viel, viel mehr Samen!«

Ich weiß, ich weiß. Das war eine echt lahme Idee.

Doch es war das Einzige, was mir einfiel.

Würden sie mir das abkaufen?, fragte ich mich.

Würden sie Brendas Plan fallen lassen und meiner Idee folgen?

Würden sie sich damit einverstanden erklären, die Samen zu vergraben?

Nie und nimmer.

Es dauerte nur Sekunden, bis mir klar wurde, dass ich den schlimmsten Fehler meines Lebens begangen hatte.

## 27

»Die Samen vergraben?«, schrie Brenda. »Sie *vergraben*?«

Die vier rückten näher. Sie bildeten einen engen Kreis um mich.

Nervös schaute ich mich um, suchte den Wald nach dem besten Fluchtweg ab. Doch ich saß in der Falle.

»Bist du sicher, dass du unser Commander bist?«, wollte Warze wissen.

David und Jacob starrten mich misstrauisch an. »Ein Commander der Ungeheuer würde uns niemals raten, die Identitätssamen zu *vergraben*«, sagte Jacob drohend.

Warze schob sein Gesicht dicht an meines heran. »Beweise, dass du unser Commander bist«, befahl er.

»Ja, beweise, dass du ein Ungeheuer bist!«, rief David.

»Beweise es! Beweise es!«, begannen alle vier im Takt zu rufen.

Ich keuchte und versuchte zurückzuweichen. Doch sie hatten mich in ihrer Mitte eingeschlossen.

»Beweise es! Beweise es!«

Und während sie das riefen, begannen sie sich wieder zu verwandeln. Ihre Haut färbte sich violett und bildete Beulen aus. Ihr Haar verschwand in ihren Köpfen und ihre Kiefer verlängerten sich zu riesigen Schnauzen voller Zähne.

»Beweise es! Beweise es!«, riefen sie im Chor. »Beweise, dass du ein Ungeheuer bist!«

Ich starrte sie an, unfähig, mich zu bewegen oder davonzurennen. Was sollte ich tun?

»Beweise, dass du ein Ungeheuer bist!«, forderten sie. »Beweise es – jetzt sofort!«

Ihre Augen blitzten wild und die Beulen, die ihre Körper von oben bis unten bedeckten, bebten, als sie noch näher auf mich zu rückten.

Und da wusste ich, dass ich verloren war.

## 28

»Beweise es! Beweise es!«

Ihre langen, quaddelübersäten Zungen zuckten mir entgegen, während sie immer lauter und aufgeregter im Chor riefen.

»Beweise, dass du einer von uns bist! Verwandle dich! Wir wollen sehen, wie du dich verwandelst – so wie wir!«

Ich schluckte schwer. Sie ließen mich während des Rufens nicht aus den Augen und warteten, dass ich mich verwandelte.

Da konnten sie sehr, sehr lange warten!

»Verwandle dich! Verwandle dich! Verwandle dich!«

Sie würden bald die Wahrheit über mich erfahren.

Ich beschloss, zu gestehen. Und sie dann um Gnade zu bitten. »Ähm … hört mal …?«, begann ich.

Doch da übertönte der Ruf eines Mädchens den Schlachtschrei der Ungeheuer. »Hört sofort auf!«, brüllte sie.

Wir drehten uns alle um und erblickten Iris, die hinter den hohen Immergrünsträuchern hervorgelaufen kam.

Die vier Ungeheuer grunzten überrascht. Die Augen in ihren lila Eidechsenköpfen rotierten wild.

»Ich bin die rechte Hand des Commanders!«, erklärte Iris und ihre langen Ohrringe klimperten laut. »Ich bin seine Sergeantin!«

Die Ungeheuer zogen verblüfft die langen rauen Zungen in die Schnauzen zurück und starrten Iris schweigend an.

»Der Commander und ich ziehen es vor, uns jetzt nicht zu verwandeln«, erklärte ihnen Iris in strengem Ton. »Dazu haben wir jetzt keine Zeit. Wir müssen dringend die Kekse backen. Wir müssen die Samen für den Kuchenverkauf vorbereiten.«

»Jaaaa!«, jubelten die Ungeheuer Iris zu.

»Danke, Sergeantin«, sagte Brenda. »Ich freue mich, dass dir mein Plan gefällt.«

»Dein Plan wird funktionieren«, erwiderte Iris. »Wir werden alle an der Schule in Ungeheuer verwandeln. Rasch! Lasst uns schnell zu mir nach Hause gehen und die Kekse backen.«

Wieder johlten die vier Ungeheuer vor Begeisterung. Sie klatschten sich auf die Zungen und dann nahmen sie rasch wieder die Gestalt von Kindern an.

Die violette Farbe ihrer Haut verblasste, die zitternden Beulen zogen sich in die Haut zurück und ihre Schnauzen schrumpften. Allmählich glichen ihre Gesichter wieder denen der Kinder, die ich kannte.

Während sie sich zurückverwandelten, beugte ich mich

zu Iris und flüsterte ihr ins Ohr. »Iris – bist du wirklich eine von ihnen?«

»Ja, Commander«, antwortete sie, die Augen auf die vier Ungeheuer gerichtet. »Mach dir keine Sorgen. Dieser neue Plan wird nicht schief gehen.«

Ich öffnete den Mund, um etwas zu sagen, brachte aber keinen Ton heraus. Ich konnte es einfach nicht fassen. Iris – ein Ungeheuer!

Wir machten uns auf den Weg durch den Wald zurück zur Straße. Iris führte uns zu ihr nach Hause.

Die Nachmittagssonne versank hinter den kahlen Bäumen. Die Luft war plötzlich kalt und schwer. Ich konnte nichts dagegen tun, dass mir ein kalter Schauer nach dem anderen den Rücken hinunterlief.

Das war ziemlich knapp gewesen. Iris hatte mich gerettet. Doch mir war klar, dass meine Probleme damit noch nicht ausgestanden waren.

Ich schwebte in schrecklicher Gefahr.

So wie alle anderen Kinder an der Schule auch.

Wir traten in Iris' Küche. Wieso hat Iris mich gerettet?, rätselte ich. Sie wusste, dass ich keiner von ihnen war. Sie wusste, dass ich kein Ungeheuer war.

Wieso hatte sie mich also vor den anderen vier Ungeheuern gerettet?

Während die vier Mehl und Eier und die übrigen Zutaten zusammensuchten, nahm ich Iris beiseite. »Du weißt, dass ich kein Ungeheuer bin«, flüsterte ich. »Warum hast du mich gerettet?«

»Ich bin auch kein Ungeheuer«, wisperte sie zurück. »Aber ich habe gesehen, dass du ziemlich in der Klemme gesteckt hast.«

»Woher hast du denn gewusst …?«, begann ich und hielt inne. Ich warf einen Blick über die Schulter in die Küche, um sicherzugehen, dass uns die Ungeheuer nicht beobachteten.

»Du wolltest dich doch auf dem Sportplatz mit mir treffen – weißt du noch?«, flüsterte Iris. »Ich habe gesehen, wie sie dich in den Wald geschleppt haben. Ich bin euch gefolgt und habe alles mit angehört. Und ich habe alles gesehen.«

»Danke jedenfalls dafür, dass du mich gerettet hast«, antwortete ich. »Aber nun bist du auch in Gefahr.«

Sie nickte. »Ich weiß. Aber ich musste dich doch retten – oder?«

»Wie sollen wir den Rest der Schule retten?«, wisperte ich.

»Gute Frage«, erwiderte Iris leise. »Wir müssen die Kekse jetzt backen. Da bleibt uns keine andere Wahl. Aber bis wir damit zum Kuchenverkauf gehen, finden wir bestimmt einen Weg, wie wir die anderen davon abhalten können, die Kekse zu essen.«

»Klar, sicher.« Ich verdrehte die Augen.

Wie sollte man Kinder davon abhalten, Kekse zu nehmen, die nichts kosteten?

Wie?

# 29

Am Samstagmorgen brachten Iris, die vier Ungeheuer und ich zwei große Platten mit Keksen in die Turnhalle.

Was für ein Gewimmel!

Alle Kinder unserer Schule waren da. Sie rannten hin und her, brachten Platten mit Leckereien zu den Tischen, redeten und lachten und alberten herum.

Unter dem Basketballkorb am einen Ende der Halle war ein Podium errichtet und ein Mikrofon aufgestellt worden. Lange Tischreihen erstreckten sich von Wand zu Wand.

Als Iris und ich zu den Tischen gingen, hielten sich die Ungeheuer dicht bei uns. Zum Schutz der Kekse. Sie beobachteten jede unserer Bewegungen.

Die Kekse, in denen die Identitätssamen steckten, lagen hoch aufgetürmt auf den beiden Platten. Wir hatten hunderte davon gebacken. Mehr als genug für alle Kinder an der Schule.

Wir kamen an einer Gruppe Kinder vorbei, die Marmorkuchen aßen. An einem Tisch in der Nähe war Ms Williamson, unsere Lehrerin, damit beschäftigt, einen Käsekuchen zu zerteilen. Auf allen Tischen sah ich dutzende von Tellern mit Keksen.

Überall waren Schildchen angebracht, auf denen die Preise standen. So gut wie alles kostete einen Dollar. Umsonst gab es nichts.

Nur unsere Kekse kosteten nichts.

Wie sollte ich also die Kinder davon abhalten, sie zu nehmen? Wie sollte ich sicherstellen, dass niemand davon aß?

Wir steuerten auf die Tische zu. Doch da trat uns Warze in den Weg. »Fangt gleich damit an, sie zu verteilen«, sagte er drängend.

»Ja, es gibt keinen Grund länger zu warten«, pflichtete Brenda ihm bei. »Lass uns die Kekse gleich verteilen. Die Turnhalle ist rappelvoll mit Kindern. In wenigen Minuten wird es dutzendweise neue Ungeheuer geben.«

Warze griff nach einer der Platten. David und Jacob zogen die Frischhaltefolie von den Keksen.

Ich musste etwas unternehmen – und zwar sofort!

Aber was konnte ich tun?

Als Warze mir die Platte aus den Händen nahm, kam mir plötzlich eine Idee.

Ich drückte mich an ihm vorbei. Bahnte mir einen Weg an einem Grüppchen vorbei, das Schokoladenkuchen futterte. Sprang auf das Podium, wo Tina sich anschickte, eine Begrüßungsrede zu halten. Und schnappte mir das Mikrofon. »Achtung! Alle mal aufgepasst!«, schrie ich.

Ein lautes Pfeifen aus den Lautsprechern verschaffte mir die Aufmerksamkeit aller. Meine Stimme, in der Panik mitschwang, hallte von den hohen Wänden der Turnhalle wider.

»Esst bloß nicht die Gratiskekse!«, rief ich. »Bitte – hört mir alle zu! Esst auf keinen Fall die Kekse, die es umsonst gibt! Sonst werdet ihr zu Ungeheuern! Dann wachsen euch überall Beulen und ihr werdet wie violette Eidechsenmonster aussehen! Und … und … ihr fresst Eichhörnchen samt Haut und Haar!«

Alle lachten. Das Gelächter übertönte meine verzweifelte Ansprache.

»Ihr *müsst* mir glauben!«, kreischte ich ins Mikrofon. Ich konnte sehen, dass Warze und David auf das Podium zu liefen. »Das müsst ihr *unbedingt*! Lasst die Finger von den Gratiskeksen!«

Das Gelächter schwoll an, bis ich mich selbst nicht mehr hören konnte.

»Weg von dem Mikrofon!«, schrie Tina und versuchte mir das Mikrofon aus den Händen zu reißen.

Zwei Lehrerinnen eilten herbei, um mich wegzuziehen.

»Doofmann-Ricky! Doofmann-Ricky!«, begann Tina im Takt zu rufen. Und die gewaltige Masse der Kinder stimmte ein.

»Doofmann-Ricky! Doofmann-Ricky!« Die Turnhalle hallte von ihrem Ruf und schallendem Gelächter wider.

Mir rutschte das Herz in die Hose.

»Doofmann-Ricky! Doofmann-Ricky!« Das Geschrei war so laut, dass ich das Gefühl hatte, mir würde jeden Moment der Kopf platzen.

Am liebsten hätte ich mir die Ohren zugehalten. Ich wollte davonlaufen und verschwinden.

Wie soll ich sie retten, wenn sie mich nur auslachen?,

fragte ich mich. Was kann ich tun, wenn sie sich weigern, mir zuzuhören?

Und da kam mir eine neue Idee. Ein noch verwegenerer Plan, als eine flehende Ansprache zu halten.

»Doofmann-Ricky! Doofmann-Ricky!« Tina führte den Sprechchor an.

Ich gab mir Mühe, das Gelächter und die schreienden Stimmen zu überhören. Mir war klar, dass mir nur wenige Sekunden blieben, um zu handeln.

Würde mein Plan funktionieren?

Wahrscheinlich nicht. Doch es war das Einzige, was mir in meiner Panik einfiel.

Ich futtere alle Kekse alleine auf, beschloss ich.

Ich schnappe mir die Platten und esse alle Kekse auf – und rette damit die Schule.

Mit einem wilden Satz stürmte ich an einer Gruppe johlender Kinder vorbei, riss Warze das Tablett mit den Keksen aus den Händen und öffnete den Mund, um sie zu vertilgen.

## 30

»Au!«

Ich schrie auf, als mir jemand gegen die Stirn schlug.

Nicht, weil es besonders wehtat. Sondern vor Schreck.

Ich griff mit der Hand nach oben und fühlte etwas Nasses und Weiches. Jemand hatte mir ein Stück Schokoladenpastete an den Kopf geworfen.

Kinder lachten. Tina kam angerannt und machte ein Foto von mir.

»He …!«, schrie ich zornig.

»Doofmann-Ricky! Doofmann-Ricky!«, riefen ein paar Kinder im Chor.

»Ricky-Ratte! Ricky-Ratte!«, grölten einige andere.

Jemand warf ein Stück Schokokuchen nach mir. Ich duckte mich und es flog über meine Schulter hinweg. Beinahe hätte ich dabei das Tablett mit den Keksen fallen lassen. Lachend schoss Tina noch ein Foto.

»Was ist los mit euch?«, schrie ich. »Ich versuche gerade euch zu retten!«

»Doofmann-Ricky! Doofmann-Ricky!«

»Ricky-Ratte! Ricky-Ratte!«

Kapieren sie nicht, in welcher Gefahr sie schweben?, fragte ich mich. Wieso machen sie sich über mich lustig? Wieso machen sie sich *ständig* über mich lustig? Ich versuche doch nur sie zu retten!

»Doofmann-Ricky! Doofmann-Ricky!«

Jemand traf mich mit einem klebrigen Stück Käsekuchen an der Brust.

Ich hob die Platte mit den Keksen hoch. Ich muss sie retten, sagte ich mir. Ich darf ihre Hänseleien, ihr Geschrei und ihr Gelächter gar nicht beachten. Ich muss sie alle retten!

Warze und Brenda hatten mich erreicht. »Commander, worauf wartest du?«, fragte Warze. »Verteil die Kekse!«

»Kümmere dich nicht um ihr Geschrei«, sagte Brenda. »Sobald sie die Kekse gegessen haben, werden sie alle zu Ungeheuern. Dann bist du ihr Anführer. Und sie sind deine Sklaven!«

Ich muss sie retten, sagte ich mir wieder und wieder. Ich muss sie retten. Muss sie retten …

Dann drangen plötzlich Brendas Worte in mein Bewusstsein. »Wie bitte? Was hast du gesagt?«

»Ich habe gesagt, dass sie alle deine Sklaven sein werden!«, rief Brenda über das Geschrei und das Gelächter hinweg.

Meine Sklaven?

Meine *Sklaven*?

*Meine* Sklaven?

Ich duckte mich, als jemand ein weiteres Stück Käsekuchen nach mir warf.

»Doofmann-Ricky! Doofmann-Ricky!«, sprachen sie im Chor.

»Hier, Tina, nimm dir einen Keks!«, rief ich. Ich hielt ihr die Platte hin und sah zu, wie sie sich einen nahm.

»Keks gefällig? Kostenlose Kekse!«, brüllte ich, so laut ich konnte.

Hände griffen begierig nach den Keksen. Ich bewegte mich rasch und fröhlich durch die Turnhalle und reichte jedem Kind einen Keks.

»Genug für alle!«, schrie ich. »Ja, ihr habt richtig

gehört – sie sind umsonst! Und es sind die *besten*! Gratiskekse! Bitte sehr, bedient euch! Jeder bekommt einen! Gratiskekse, leckere, leckere Gratiskekse!«

Ich zeigte meinen vier Freunden triumphierend einen hoch gereckten Daumen. Und ich nahm mir selbst auch einen Keks.

Gar nicht übel. Ein bisschen zäh, aber sehr süß.

Ich schaute mich in der Turnhalle um und beobachtete zufrieden, wie alle ihren Gratiskeks kauten.

*Von nun an,* sagte ich mir, *wird hier alles ganz anders laufen.*

*Und ich kann es kaum erwarten!*

# Die Monster vom Fluss

Aus dem Amerikanischen
von Günter W. Kienitz

# 1

Die Idee, Caroline einen Schrecken einzujagen, kam uns auf unserem Klassenausflug.

Mr Melvin, unser Klassenlehrer, und Ms Prince, ebenfalls Lehrerin der sechsten Klassen, standen vor dem gelben Schulbus und zählten uns alle beim Einsteigen ab.

Caroline war die Erste in der Schlange, na klar. Caroline ist immer die Erste. Ihre Freundin Denise kletterte direkt hinter ihr in den Bus.

Es war ein grauer Tag. Dunkle Sturmwolken zogen über den Himmel und hielten die Sonne ab. Der Typ im Radio hatte gesagt, dass die Wahrscheinlichkeit für Regen bei neunzig Prozent lag.

Mir war das egal. Ich war froh, aus der Schule herauszukommen.

Ich schubste meinen Freund Mütze gegen den Jungen, der vor ihm stand. In Wirklichkeit heißt er Herbie, aber alle nennen ihn Mütze. Das liegt daran, dass er nie ohne seine Baseballmütze auf dem Kopf herumläuft. Ich kenne Mütze schon seit der vierten Klasse, aber ich habe noch nie seine Haare gesehen.

Der Junge vor ihm fuhr herum und schubste Mütze gegen mich.

»He, hört auf damit!«, schrie Mütze und knuffte mich fest in die Schulter. »Jetzt habe ich wegen dir meinen Kaugummi verschluckt, Eddie.«

»He, bleibt cool«, sagte Mr Melvin und blickte uns stirnrunzelnd an. Er ist einer von den Lehrern, die immer Dinge wie »bleibt cool« sagen und so tun, als wären sie dein Freund. Aber er ist ein ziemlich guter Lehrer.

Und er unternimmt eine Menge Schulausflüge mit uns, was *echt* cool ist.

»Wieso fahren wir eigentlich in den Wald?«, brummte Mütze, der sich einen frischen Kaugummi in den Mund schob. »Was sollen wir uns da ansehen?«

»Wahrscheinlich Bäume«, antwortete ich. Mir fiel nicht mehr ein, warum wir in den Grüner-Wald fuhren. Ich konnte mich nur noch daran erinnern, dass wir uns dort Notizen machen sollten.

»Eddie, möchtest du einen Kaugummi?«

Ich drehte mich um und erblickte meine Freundin Charlene, die unmittelbar hinter mir in der Schlange stand. Sie und Molly, meine andere Freundin, hatten dicke rosa Kaugummis im Mund und kauten eifrig darauf herum.

»Molly, wie kannst du mit deiner Zahnspange überhaupt diese Kaugummis kauen?«, fragte ich sie.

Sie öffnete den Mund zu einem breiten Grinsen und ließ ihre Zähne sehen. »Ach, er klebt fast gar nicht.«

Mollys Zahnspange ist blau und rot. Sie zeigt sie andauernd herum. Ich habe keine Ahnung, warum.

Molly und Charlene sehen sich sehr ähnlich, fast wie

Schwestern. Sie haben beide kurzes braunes Haar und braune Augen. Außerdem sind sie gleich groß, etwas über einen Meter fünfzig, und sie haben ständig verwaschene Jeans und übergroße T-Shirts an. Der einzige Unterschied zwischen Molly und Charlene ist, dass Molly eine Brille und eine Zahnspange trägt und Charlene nicht.

»Ich werde euch beide im tiefen dunklen Wald beschützen«, scherzte ich. »Ihr wisst schon. Für den Fall, dass ihr von Flöhen angegriffen werdet oder so.«

»Eddie ist ein richtiger Held«, sagte Mütze grinsend. »Er ist echt mutig.« Er knuffte mich wieder fest in die Schulter, sehr fest.

Ich tat so, als hätte es nicht wehgetan.

»Ihr beide *habt* Flöhe«, bemerkte Charlene.

»Wir werden *dich* beschützen, Eddie«, erbot sich Molly. »Es könnte da ein paar bösartige Würmer geben.«

Darauf lachten Mütze, Molly und Charlene schallend. Molly spielte darauf an, dass wir einmal zu viert beim Angeln gewesen waren und ich ein kleines Problem damit hatte, den Wurm an den Haken zu hängen.

»Ich habe mich vor diesem Wurm nicht gefürchtet!«, rief ich ärgerlich. »Er war nur eklig, das ist alles.«

Ich schaute Molly grimmig an, aber richtig wütend war ich nicht. Ich bin daran gewöhnt, gehänselt zu werden. Ständig machen sich andere über meine Sommersprossen und mein rotes Haar lustig. Und Kevin, mein älterer Bruder, nennt mich manchmal sogar Bugs Bunny oder Doc, weil meine beiden Vorderzähne vorstehen.

»Na, Doc? Wie geht's, Doc?« Das ist alles, was Kevin zu mir sagt. Seine Freunde von der High School finden ihn zum Schießen und er sich selbst auch.

Ich stieg in den Bus und drängelte mich schnell an Mütze vorbei, um einen Platz am Fenster zu ergattern. Caroline und Denise hatten sich gleich in der ersten Reihe breit gemacht, na klar. Caroline bürstete ihr langes blondes Haar, wobei sie das Fenster als Spiegel benutzte. Denise schrieb irgendetwas in ihr Notizbuch.

Mütze prallte gegen mich, sodass ich den Gang entlangstolperte. Dann setzte er sich in Windeseile auf den Fensterplatz. »He – das ist gemein!«, rief ich.

Er kicherte sein schrilles Kichern und grinste mich an. Obwohl Mütze mein bester Freund ist, muss ich zugeben, dass er ein bisschen doof aussieht. Ich meine, er grinst pausenlos, ein bisschen wie dieser eine Zwerg im Zeichentrickfilm *Schneewittchen und die sieben Zwerge*. Und er hat echt große Ohren, die von seiner Baseballkappe heruntergedrückt und praktisch zusammengefaltet werden.

Aber er ist ein guter Kumpel. Er bringt Molly, Charlene und mich ständig zum Lachen.

»Dann darf ich aber auf der Rückfahrt am Fenster sitzen«, maulte ich, während ich mich neben Mütze niederließ. Charlene verwurstelte mir im Vorbeigehen die Haare.

»Wieso heißt der Wald eigentlich ›Grüner-Wald‹?«, fragte Mütze. Er drückte die Nase ans Fenster und beobachtete, wie die Scheibe von seinem Atem beschlug. »Warum nicht, ›Blauer-Wald‹ oder ›Roter-Wald‹?«

»Weil er einmal einem Mann gehört hat, der Grüner hieß«, erklärte ich ihm. »Als er starb, hat er das Land der Stadt vermacht.«

»Das hab ich gewusst«, sagte Mütze. »Ich wollte bloß sehen, ob du's auch weißt.« Was für ein Lügner!

Ich drehte seine Baseballkappe herum, sodass der Schirm nach hinten zeigte. Das kann er absolut nicht ausstehen. Aber das hatte er sich dafür verdient, dass er mir den Fensterplatz weggeschnappt hatte!

Ein paar Minuten später sahen wir bereits den Wald vor uns. Und wieder einige Minuten später kletterten wir aus dem Bus und blickten auf die hohen Bäume, die in den dunklen, wolkenverhangenen Himmel ragten.

»Teilt euer Arbeitsblatt in zwei Spalten auf«, wies Ms Prince uns alle an. »Eine für die Tier- und eine für die Pflanzenwelt.«

»Ich setze *dich* unter Pflanzenwelt«, sagte ich zu Charlene.

Sie streckte mir die Zunge heraus. An ihrer Spitze hing ein Kaugummi. Als Mütze das sah, schlug er ihr so kräftig auf den Rücken, dass der Klumpen davonflog.

Charlene schrie wütend auf und versuchte ihm eine zu knallen, doch Mütze wich zurück und brachte sich in Sicherheit. Er war zu schnell für sie.

Die Lehrer teilten uns in zwei Gruppen auf und wir zogen los, um den Wald zu erforschen. Wir folgten einem schmalen Pfad, der sich zwischen den Bäumen hindurchschlängelte.

Es war kühl im Wald und dunkel. Ich wünschte mir, die Sonne wäre herausgekommen.

»Was ist das für ein grünes Zeug an dem Baum da?«, fragte Mütze und deutete darauf. »Ist das Moos? Gehört Moos zu den Pflanzen oder zu den Tieren?«

»Das müsstest du doch eigentlich wissen«, antwortete ich. »Schließlich wächst es dir auf dem Rücken!«

Molly und Charlene lachten, aber Mütze fand das weniger komisch. »Kannst du nie ernst sein?« Er kritzelte etwas auf sein Arbeitsblatt.

Ich schaute auf meines hinab, das noch völlig leer war. Ich meine, ich hatte bisher nur einen Haufen Bäume und ein bisschen Unkraut gesehen. Warum sollte ich mir die Mühe machen, das aufzuschreiben?

»Die Tiere verstecken sich«, erklärte Ms Prince der Gruppe vor uns. »Sucht deshalb nach ihren Verstecken. Haltet nach Löchern im Boden und in Bäumen Ausschau. Achtet auf verborgene Nester.«

Ich schaute an den Bäumen ringsherum empor. Das Laub war zu dicht, als dass ich irgendwelche Nester hätte entdecken können. Ich wollte gerade Mütze empfehlen, unter ein paar Steinen nachzuschauen, weil das der Ort sei, von dem er selbst herstamme. Doch bevor ich dazu ansetzen konnte, vernahm ich hinter uns einen gedämpften Ruf.

»Pssttt! Seht nur: ein Reh!«

Wir wandten uns alle neugierig um, um zu sehen, wer das gerufen hatte. Natürlich war es Caroline. Wer *sonst* hätte als Erstes ein Reh entdecken können?

Sie und Denise standen starr wie Statuen und blickten durch eine schmale Lücke zwischen den Bäumen. Caroline legte ein ums andere Mal den Finger auf die Lippen, um uns zu bedeuten, still zu sein.

Mütze, Molly, Charlene und ich liefen zu ihr hinüber, um einen Blick auf das Reh zu erhaschen. »Ich kann nichts sehen«, sagte ich, während ich mit zusammengekniffenen Augen in den Wald spähte.

»Es ist davongerannt«, erklärte mir Caroline.

»Ihr habt es verpasst«, setzte Denise hinzu. Ich sah, wie sie auf ihrem Arbeitsblatt das Wort *Reh* in die Spalte *Tierwelt* setzte. Sie hatte bereits vier weitere Tiere auf ihrer Liste. Ich hatte noch kein Einziges entdeckt.

»Hast du die schlafende Fledermaus gesehen?«, fragte mich Caroline.

»Fledermaus?« Ich kann Fledermäuse nicht ausstehen. Sie sind schrecklich hässlich. Und was ist, wenn dich eine beißt?

»Sie hing an dem Baum dort«, gab Caroline bekannt und wies mit der Hand zurück. »Wie hast du die bloß übersehen können?«

Ich zuckte die Achseln.

»Da steht eine Birke«, sagte Denise zu Caroline. »Und dort drüben ist eine Trauerweide. Setz die beiden auf deine Liste.«

Mütze, Molly und Charlene waren bereits weitergegangen und ich lief los, um sie einzuholen. Meiner Meinung nach nahmen Caroline und Denise ihre Aufgabe zu ernst. Schulausflüge waren dazu da, dass man herumalberte und Spaß hatte.

Wir schlenderten langsam durch den Wald. Nach einer Weile kam die Sonne heraus und schickte dicke gelbe Lichtstrahlen zwischen den Bäumen hindurch.

Ich versuchte Mütze in Giftefeu zu schubsen. Doch er wich mir geschickt aus und ich verlor das Gleichgewicht und fiel der Länge nach hin.

Ich war noch damit beschäftigt, mich abzubürsten, als ich plötzlich eine Schlange entdeckte.

Direkt neben meinem linken Schuh.

Sie war grau-braun mit einem rötlichen Schimmer.

Ich schaute mit angehaltenem Atem auf sie hinab.

Beinahe wäre ich auf sie getreten.

Während ich sie hilflos anstarrte, hob sie den Kopf, sperrte das Maul auf und kam auf mich zu.

Ich riss den Mund zu einem Schrei auf, doch ich brachte keinen Ton heraus.

# 2

Die Schlange fuhr auf mich zu. Ich schloss die Augen und wartete auf den Schmerz.

»Ohh.« Ein leiser, angstvoller Schrei drang mir über die Lippen.

Ich öffnete die Augen und erblickte Caroline, die die Schlange in die Höhe hielt. »Caroline… ich… ich…«, stotterte ich.

»Eddie, du hast doch nicht etwa vor *der hier* Angst, oder?«, wollte Caroline wissen und hielt mir die Schlange unter die Nase. Die Schlange starrte mich mit ihren schwarzen Augen an und ließ die Zunge hervorschnellen.

»Das ist eine harmlose Blindschleiche, Eddie«, sagte Caroline. »Du kannst dich doch *unmöglich* vor einer Blindschleiche fürchten!«

Ich hörte Denise hinter mir kichern.

»Ähm… ich habe mich nicht wirklich gefürchtet«, murmelte ich leise. Doch meine Stimme zitterte. Ich konnte sehen, dass mir Caroline nicht glaubte.

»Eine harmlose Blindschleiche«, wiederholte sie. Sie legte die Schlange auf die Erde zurück.

Ich machte einen Satz rückwärts, weil ich dachte, die Schlange würde gleich wieder auf mich losgehen. Doch sie verzog sich lautlos ins Gebüsch.

Mütze lachte, aber es klang aufgeregt und nervös.

Denise schüttelte verächtlich den Kopf.

»Setz die auch auf die Liste«, wies Caroline sie an. »Blindschleiche. Damit haben wir schon sieben in unserer Tierweltspalte.«

»Wir sollten *Angsthase* dazuschreiben«, sagte Denise mit einem Blick auf mich. »Damit wären es dann acht.«

»Sehr witzig«, entgegnete ich grimmig. Ich winkte meinen Freunden, mir zu folgen, und wir liefen eilig weiter. Hinter uns konnten wir Caroline und Denise lachen hören.

»Mach dir keinen Kopf deswegen«, meinte Mütze und klopfte mir auf die Schulter. »Nur weil sie dich zum Idioten gemacht hat.«

Molly lachte über diese Bemerkung, aber Charlene nicht. »Caroline hat bloß mal wieder angegeben«, sagte Charlene zu mir.

»Ach, hätte diese Schlange sie doch in ihre perfekte Nase gebissen!«, setzte Molly hinzu. »Ihr wisst schon. Sie hätte ihr eine Schramme verpassen können.«

»Ich hatte wirklich keine Angst«, wiederholte ich mit schriller Stimme. »Die Schlange hat mich nur überrascht, das ist alles. Mir war gleich klar, dass sie harmlos ist.«

»Klar. Logo«, erwiderte Mütze und verdrehte seine kleinen schwarzen Knopfaugen. Ich griff nach seiner Baseballkappe, erwischte aber nur Luft.

»Platz da! Zur Seite!«, rief plötzlich Caroline. Sie und Denise eilten an uns vorbei und schwangen ihre Arbeitsblätter in der Hand. Denise drehte sich um und zischte mich wie eine Schlange an. Caroline lachte.

»Ich schätze, sie werden mich wegen dieser Blindschleiche wohl noch die nächsten hundert Jahre lang aufziehen«, sagte ich und seufzte.

»Wir werden dich *alle* die nächsten hundert Jahre lang damit aufziehen«, versprach Molly.

Geknickt trottete ich weiter. Goldener Sonnenschein fiel zwischen den Bäumen herab, doch meine Laune wurde davon nicht besser. Ein putziges Eichhörnchen mit rotbraunem Fell huschte vor mir über den Pfad. Es interessierte mich nicht.

Der Tag war bereits völlig vermurkst.

Verpfuscht von Caroline und dieser doofen Blindschleiche.

Ein Stück vor uns hörte ich ein paar Mitschüler über die Geschichte lachen. Jedes Mal, wenn ich Mütze einen Blick zuwarf, grinste er mich an, als wollte er sagen: Für dich ist der Tag gelaufen, Eddie.

Es ist keine große Sache, sagte ich mir wieder und wieder. Gut, ich habe mir von einer Schlange Angst einjagen lassen. Und ich musste mir von Caroline aus der Patsche helfen lassen. Na und?

»Pass auf, Eddie. Da läuft eine Raupe. Sie könnte dich beißen!«, rief mir ein Junge aus der Nähe zu.

»Lass mich in Ruhe!«, schrie ich ärgerlich.

Während ich weiter den Pfad entlangging, verschwamm der Wald vor meinen Augen zu einer unscharfen grünen Wand. Die anderen Kinder waren eifrig dabei, die Listen auf ihren Arbeitsblättern länger und länger zu machen.

Doch ich entdeckte nichts, das ich hätte hinzufügen können. Die Luft wurde warm und feucht. Das T-Shirt klebte mir am Rücken. Kleine weiße Mücken schwirrten mir ums Gesicht.

Ich war heilfroh, als der Pfad endete und wir ganz in der Nähe des Parkplatzes aus dem Wald traten. Wir waren im Kreis gegangen. Der Schulbus stand am Waldrand, die Türen einladend geöffnet.

Doch niemand stieg ein.

Zu meiner Überraschung sah ich eine ganze Schar Kinder, die einige Meter vom Bus entfernt einen Kreis gebildet hatten und eng nebeneinander standen. Sie schauten starr und schweigend vor sich hin.

»Was … was ist los?«, rief ich Charlene zu, die auf den Kreis von Kindern zuhastete.

»Es ist Caroline!«, rief sie zurück.

Ich lief ebenfalls los.

Die Kinder drängten sich stumm aneinander. Niemand rührte sich.

War Caroline etwas Schreckliches zugestoßen?

# 3

Was war mit ihr passiert? War sie ohnmächtig geworden oder so etwas? Hatte irgendein Waldtier sie gebissen?

Ich rannte durchs Gras und schob mich in den Kreis der Kinder.

Und da sah ich Caroline in der Mitte stehen, ein aufgeregtes Lächeln im Gesicht.

Ich hatte mich getäuscht, Caroline war nichts Schlimmes zugestoßen.

Sie zog nur mal wieder eine Show ab.

Sie hatte die Hand erhoben und zeigte allen die offene Handfläche, über die zwei dicke Hummeln spazierten.

Ich atmete scharf ein und schaute gemeinsam mit allen anderen hin. Als Carolines Blick auf mich fiel, wurde ihr Grinsen breiter.

Eine der Hummeln hatte ihr Handgelenk überquert und lief nun an ihrem Arm hoch. Die andere Hummel war in der Mitte der Handfläche stehen geblieben.

Mr Melvin und Ms Prince standen gegenüber von Caroline im Kreis. Auf ihren Gesichtern lag Bewunderung. Mr Melvin lächelte. Ms Prince sah allerdings ein wenig besorgt aus. Sie hatte die Arme fest vor der Brust verschränkt.

»Hummeln stechen nicht, so lange man sie nicht ärgert«, sagte Caroline leise.

»Wie fühlen sie sich an?«, fragte ein Junge.

»Sie kitzeln ein bisschen«, erklärte ihm Caroline.

Einige Kinder hielten sich die Augen zu, andere stöhnten und schauderten.

»Sieh zu, dass du sie *loswirst*!«, drängte jemand.

Die Hummel auf Carolines Arm krabbelte auf den Ärmel ihres T-Shirts zu. Ich überlegte, was Caroline wohl tun würde, wenn ihr die Hummel ins T-Shirt kroch.

Würde sie dann in Panik geraten?

Würde sie völlig durchdrehen, schreien, mit den Armen um sich schlagen und versuchen, sie herauszuschütteln?

Nein. Auf keinen Fall. Nicht Caroline.

Caroline, die Coole, Besonnene würde nie in Panik geraten.

Die andere Hummel marschierte langsam über ihre Hand.

»Es kitzelt. Aber wie«, kicherte Caroline. Ihr blondes Haar schimmerte in der Sonne. Ihre blauen Augen blitzten vor Eifer und Begeisterung.

*Mach schon, Hummel – stich sie! STICH SIE!*, flehte ich im Stillen.

Ich fragte mich, ob sich sonst jemand heimlich dasselbe wünschte.

Es war ein fieser Gedanke, das gebe ich zu. Aber Caroline legte es doch echt darauf an.

*Mach schon – nur ein klitzekleiner Stich!* Ich konzentrierte mich mit aller Macht auf diesen Wunsch.

Doch die Hummel auf Carolines Arm machte kehrt,

als sie den Ärmel des T-Shirts erreichte, und krabbelte gemächlich in Richtung Ellbogen zurück.

»Hummeln sind ausgesprochen sanftmütig«, sagte Caroline leise.

Nun saßen beide Hummeln wieder auf ihrer Handfläche.

Caroline lächelte mich an. Ich fühlte, wie mir ein Schauder den Rücken hinunterlief. Wie *macht* sie das bloß?, fragte ich mich.

Ich muss gestehen, dass ich vor Hummeln Angst habe. Ich fürchte mich vor ihnen, seit ich als kleines Kind einmal von einer gestochen worden bin.

»Möchte irgendjemand es auch einmal versuchen?«, wandte sich Caroline an uns.

Hier und da wurde ein nervöses Lachen laut. Niemand war so verrückt, sich freiwillig zu melden.

»Hier, Eddie – fang!«, rief Caroline.

Und bevor ich mich bewegen, schreien, mich ducken oder *irgendetwas* tun konnte – holte sie mit dem Arm aus und warf mir beide Hummeln zu!

# 4

Ich kreischte und wich einen Schritt zurück.

Rings um mich herum hörte ich erschrockenes Keuchen.

Eine der Hummeln traf mich an der Schulter und fiel ins Gras.

Die andere Hummel landete vorne auf Mützes T-Shirt und blieb dort sitzen.

»Runter von mir! Hau ab!«, kreischte Mütze. Er schüttelte das T-Shirt mit beiden Händen und tanzte vor Angst wie wild im Kreis herum.

Einige Kinder schrien, aber die meisten lachten laut.

Ich ließ die Hummel im Gras nicht aus den Augen. Laut summend hob sie vom Boden ab und flog geradewegs auf mein Gesicht zu.

»Hilfe!«, schrie ich, ließ mich auf die Knie fallen und schlug mit den Händen um mich.

»Ich denke, es ist an der Zeit, in die Schule zurückzukehren«, sagte Mr Melvin mit erhobener Stimme, um das allgemeine Gelächter zu übertönen.

Caroline grinste mich süffisant an, als ich im Bus an ihr vorbeikam. Ich schaute starr geradeaus und ging schnell weiter, ohne mich um sie zu kümmern.

Einige Mitschüler ahmten das Brummen von Hummeln nach. Sie fanden es total komisch, dass Mütze und ich uns wie Angsthasen benommen hatten.

Mit einem Seufzer ließ ich mich auf die letzte Sitzbank fallen, die sich über die ganze Breite des Busses zog. Mütze setzte sich neben mich und zog sich die Baseballkappe über die Augen.

Kurz darauf gesellten sich auch Molly und Charlene zu uns. Charlene kaute wild auf ihrem Kaugummi herum.

Molly bemühte sich, den Kaugummi von ihrer Zahnspange abzubekommen.

Bis der Bus losfuhr, sprach keiner von uns ein Wort.

Dann tuschelten wir leise über Caroline und ihr angeberisches Benehmen. »Sie hält sich für die Allergrößte«, jammerte Mütze unglücklich.

»Sie tut so, als hätte sie vor gar nichts Angst«, bemerkte Charlene. »Als wäre sie eine Superfrau oder so etwas.«

»Die Hummeln auf Eddie zu werfen war echt fies«, setzte Molly hinzu, die noch immer damit beschäftigt war, den Kaugummi von ihrer Spange abzuzupfen.

»Sie weiß, was Eddie für ein Angsthase ist«, sagte Mütze. »Ihr war natürlich klar, dass er schreien und sich wie ein Idiot benehmen würde.«

»Na, du doch auch!«, rief ich empört. Meine Stimme klang schriller und kindischer, als ich beabsichtigt hatte.

»He, ich bin auf *deiner* Seite!«, versicherte mir Mütze und schubste mich.

Ich schubste ihn zurück. Ich war echt wütend. Vor allem wohl auf mich selbst.

»Es muss doch irgendetwas geben, wovor Caroline sich fürchtet«, sagte Charlene nachdenklich.

Der Bus hielt vor einer roten Ampel an. Ich schaute zum Fenster hinaus und sah, dass wir bei dem Wald waren, der zum Sumpfbach führte. »Vielleicht fürchtet sie sich ja vor den Schlammmonstern«, überlegte ich laut.

Meine drei Freunde lachten grimmig. »Nie und nimmer«, sagte Charlene. »Niemand glaubt wirklich noch an die Schlammmonster. Das ist eine alberne alte Sage. Dass Caroline vor ihnen Angst hat, ist ausgeschlossen.«

In unserer Stadt geht die Legende um, dass in den Schlammbänken des Baches Schlammmonster hausen. Und manchmal, bei Vollmond, erheben sich diese Kreaturen matschtriefend aus dem Fluss und halten nach Opfern Ausschau, um diese mit sich hinab in den Schlamm zu ziehen.

Es ist eine gute Geschichte. Ich habe daran geglaubt, als ich noch ein kleines Kind war. Kevin, mein Bruder, hat mich immer mit hinaus in diesen Wald genommen und mir davon erzählt, wie sich die Schlammmonster aus dem Fluss erheben. Dann fing er plötzlich an zu zittern, zeigte auf den Fluss und behauptete, er hätte sie gesehen. Ich gab mir Mühe, meine Angst zu unterdrücken. Aber ich konnte nichts dagegen tun. Ich schrie jedes Mal los und rannte um mein Leben!

»Dreht dein Bruder immer noch diesen Film über die Schlammmonster?«, erkundigte sich Mütze bei mir.

Ich nickte. »Ja. Du solltest mal die widerlichen Kostüme sehen, die er und seine Freunde sich angefertigt haben. Die sind echt zum Fürchten.«

Kevin drehte mit ein paar Freunden für einen Kurs an der High School ein Video. Es sollte ein Horrorfilm mit dem Titel *Die Schlammmonster vom Sumpfbach* werden.

Ich hatte ihn gebeten, mich mitspielen zu lassen. Doch er witzelte nur, er könne das Risiko nicht eingehen. »Was wäre, wenn ein *echtes* Schlammmonster aus dem Bach steigen und dich verfolgen würde?«, hatte er mich grinsend gefragt.

Ich hatte ihm versichert, dass ich mittlerweile zu alt war, um noch an solchen Kram zu glauben. Aber trotzdem zögerte Kevin, mich in dem Videofilm mitspielen zu lassen.

Der Bus fuhr mit einem Ruck wieder an. Ich schaute nach vorne und sah, dass Caroline und Denise zu mir nach hinten guckten und lachten.

Ich wandte mich an meine Freunde. »Wir müssen einen Weg finden, Caroline Angst einzujagen«, sagte ich hitzig. »Das müssen wir *unbedingt*!«

»Eddie hat Recht«, pflichtete Mütze mir rasch bei. »Wir müssen einen Weg finden, Caroline Angst zu machen und sie vor allen Kindern bloßzustellen. Sonst wird sie uns den heutigen Tag für alle Zeiten aufs Butterbrot schmieren.«

»Aber sie ist so mutig, so furchtlos«, sagte Charlene kopfschüttelnd. »Wie sollen wir es bloß anstellen, ihr einen Schrecken einzujagen?«

Wir stöhnten alle leise auf und dachten angestrengt nach.

Da merkte ich auf einmal, wie sich auf Mollys Gesicht ein boshaftes Grinsen breit machte. Sie schob sich die Brille auf die Nase hinauf. »Ich glaube, ich habe eine Idee«, flüsterte sie mit funkelnden Augen.

## 5

»Mein Bruder hat eine eklige Gummischlange«, wisperte Molly. Ihr Grinsen wurde noch breiter.

Wir setzten uns aufgeregt auf die Kante der Rückbank vor und drängten uns dicht aneinander. Jedes Mal, wenn der Bus holperte, fielen wir fast vom Sitz.

»Caroline hat keine Angst vor Schlangen«, fiel ihr Mütze ins Wort. »Sie streichelt sie sogar gerne. Schon vergessen?«

»Das war doch nur eine blöde Blindschleiche«, flüsterte Molly. »Die Gummischlange meines Bruders ist riesig und schwarz. Ihr Maul steht offen und man sieht ihre großen, spitzen weißen Zähne. Sie hat einen wilden Ausdruck im Gesicht und …«

»Sieht sie echt aus oder wie eine Attrappe?«, fragte ich.

Der Bus rumpelte über einen Buckel. Wir wurden alle zwei, drei Handbreit in die Höhe geschleudert.

»Sie sieht total echt aus«, antwortete Molly. Ihre Augen blitzten hinter den Brillengläsern. »Und sie fühlt sich warm und irgendwie klebrig an.«

»Igitt«, rief Charlene und verzog angewidert das Gesicht.

»Er hat mir damit schon ein Dutzend Mal einen Schrecken eingejagt«, gestand Molly. »Sie wirkt so echt und ist so Grauen erregend, dass ich immer wieder darauf hereinfalle. Einmal habe ich mitten in der Nacht unter mein Kopfkissen gegriffen und da lag sie. Ich habe mindestens eine Stunde lang gekreischt und war nicht mehr zu beruhigen.«

»Großartig!«, erklärte Mütze.

Ich hatte noch immer meine Zweifel. »Du glaubst wirklich, dass die Schlange Caroline zum Schreien bringen würde?«

Molly nickte. »Sie wird sich ins Hemd machen. Sie wird sich buchstäblich ins Hemd machen. Diese Gummischlange ist so grässlich, dass selbst einer *echten* Schlange angst und bange werden würde!«

Darüber mussten wir laut lachen. Einige Kinder vor uns drehten uns neugierig die Köpfe zu, weil sie wissen wollten, was so lustig war. Ich konnte sehen, wie Caroline und Denise auf den vorderen Sitzplätzen etwas in ihre Arbeitsblätter schrieben. Wahrscheinlich kopierten sie gegenseitig ihre Einträge. Sie wollten beide in jeder Beziehung perfekt sein.

»Ich kann es kaum abwarten, Caroline Angst einzujagen«, sagte ich, als der Bus von unserer Schule vorfuhr. »Bist du sicher, dass du die Schlange von deinem Bruder bekommen kannst, Molly?«

Molly grinste mich an. »Ich weiß, in welcher Schublade er sie aufbewahrt. Ich werde sie mir einfach heimlich borgen.«

»Aber was machen wir mit ihr?«, wollte Charlene wissen. »Wie können wir Caroline mit der Schlange erschrecken? Wo wollen wir sie verstecken?«

»In ihrer Pausenbrottüte natürlich«, antwortete Molly.

Als wir aus dem Bus stiegen, grinsten wir alle vier von einem Ohr zum anderen.

Die Pausenbrotbeutel werden auf einem niedrigen Regal an der Rückwand des Klassenzimmers aufbewahrt. Meine Klasse isst immer im Klassenzimmer zu Mittag. Unsere Schule ist sehr klein, deshalb wurde keine Schulkantine eingerichtet. Carolines Lunchtüte ist immer leicht zu erkennen. Es ist die Größte im Regal.

Ihre Mutter packt ihr immer *zwei* belegte Brote und *zwei* Packungen Fruchtsaft ein. Dazu eine Tüte Kartoffelchips und einen Apfel, etwas Käse und normalerweise einen oder zwei Fruchtriegel.

Ich habe keine Ahnung, wieso Carolines Mom ihr immer so viel zu essen mitgibt. Caroline kann das unmöglich alles alleine aufessen. Und so ist sie zur großen Heldin der Mittagspause geworden, weil sie immer eine Menge ihrer Sachen mit anderen Kindern teilt, die nur etwas Mickriges mitbekommen haben.

Am Morgen nach dem Klassenausflug kam ich ein klein wenig verspätet in die Schule. Die Pausenbrote lagen bereits alle auf dem niedrigen Regal. Ich entdeckte Carolines prallvolle braune Papiertüte an der einen Seite des Regals. Ich musterte die Tüte forschend, während ich mein eigenes Pausenbrot an der anderen Seite ablegte. Hatte Molly mit ihrer Aktion Erfolg gehabt? Hatte sie die Gummischlange in den Beutel gesteckt?

An der Tüte konnte ich das leider nicht feststellen. Aber Mollys Miene verriet es mir. Ihr Gesicht war knallrot und sie warf mir pausenlos nervöse Blicke zu.

Ja. Molly hatte es getan.

Nun mussten wir nur noch die dreieinhalb Stunden bis zur Mittagspause überstehen.

Wie sollte ich mich bloß auf irgendetwas konzentrieren? Ich drehte mich ständig um und schaute nach hinten zu Carolines voll gestopfter Pausenbrottüte.

Immer wieder stellte ich mir vor, was passieren würde. Ich malte mir die wunderbare Szene in den lebhaftesten Farben aus: Wie Caroline mit Denise plappern würde, die ihr gegenüber am Tisch saß, und währenddessen die Hand in die braune Papiertüte schob. Wie sie entsetzt aufschreien würde, wenn die Schlange mit gebleckten Zähnen und glühenden Augen aus der Tüte hervorschnellte.

Ich konnte schon genau vor mir sehen, wie alle anderen die kreischende Caroline auslachen und sich über sie lustig machen würden. Ich würde dann ganz locker zu ihr gehen und die Schlange in die Hand nehmen. »Oje, die ist doch bloß aus Gummi, Caroline«, würde ich sagen und die Schlange hochhalten, damit jeder sie sehen konnte. »Du brauchst dir wegen einer Gummischlange wirklich nicht ins Hemd zu machen. Sie ist harmlos. Absolut harmlos!«

Was für ein Triumph!

Den ganzen Vormittag über grinsten Mütze, Molly, Charlene und ich uns gegenseitig an und tauschten heimliche Blicke aus. Ich glaube, wir bekamen nicht ein Wort von dem mit, was Mr Melvin vorne erzählte.

Ich könnte dir nicht sagen, was für neue Wörter auf der Tafel standen. Und ich könnte dir auch nicht sagen, was auf meinem Mathearbeitsbogen stand. Für mich war das alles nur ein verschwommenes Durcheinander aus Zahlen und schnörkeligen Zeichen.

Meine drei Freunde und ich verbrachten den größten Teil des Vormittags damit, auf die Uhr zu starren. Endlich war die Mittagspause da.

Wir blieben alle vier sitzen und sahen schweigend zu, wie Caroline und Denise gemeinsam nach hinten gingen und sich ihr Mittagessen holten.

Wir beobachteten, wie Caroline sich vor dem Regal bückte. Zuerst reichte sie Denise ihre Essenstüte. Dann nahm sie sich ihre eigene.

Die beiden kehrten an die Bank zurück, an der sie immer sitzen. Sie zogen die Stühle unter der Bank hervor und setzten sich einander gegenüber.

Jetzt ist es so weit, dachte und hielt gespannt den Atem an.

Jetzt ist der große Augenblick gekommen.

# 6

Meine Freunde und ich eilten los, um uns unser Mittagessen zu holen. Wir wollten keinen unnötigen Verdacht erregen, indem wir uns anders als sonst verhielten.

Dann setzten wir uns an unseren üblichen Tisch. Meine Augen klebten an Caroline. Ich war so nervös und angespannt, dass ich dachte, ich würde gleich platzen!

Caroline begann ihre Essenstüte zu öffnen.

Genau in dem Moment hörte ich hinten im Raum jemanden leise stöhnen. Es war Mr Melvin. »O nein«, rief er. »Ich habe mein Mittagessen vergessen.«

»Das ist kein Problem«, erwiderte Caroline.

Mr Melvin ging zu ihrem Tisch, beugte sich zu ihr und sprach mit ihr. Ich konnte nicht hören, was sie sagten. In der Mittagspause ist es immer ziemlich laut im Klassenzimmer, weil alle durcheinander reden und lachen und weil die Papiertüten rascheln, wenn das Essen ausgepackt wird.

Mütze, Molly, Charlene und ich waren die Einzigen im Raum, die leise waren. Wir sahen aufmerksam zu, wie Caroline und Mr Melvin sich unterhielten.

»Worüber quasseln die beiden?«, flüsterte Mütze mir zu. »Wieso lässt er sie nicht die Tüte öffnen?«

Ich zuckte die Achseln, ohne den Blick von Caroline abzuwenden. Sie hatte einen nachdenklichen Ausdruck im Gesicht. Dann lächelte sie Mr Melvin an und reichte ihm ihre Pausenbrottüte.

»Nein, wirklich, das ist schon in Ordnung«, sagte Caroline zu Mr Melvin. »Sie können gerne etwas von meinem Mittagessen abhaben. Meine Mom packt mir sowieso immer viel zu viel ein.«

»O nein«, stöhnte ich. Mir war plötzlich hundeelend.

»Sollen wir ihn warnen?«, fragte mich Mütze.

Aber dafür war es zu spät.

Mr Melvin, der noch immer neben Carolines Bank stand, öffnete bereits die Tüte und griff hinein. Verdutzt kniff er die Augen zusammen.

Dann stieß er einen schrillen Entsetzensschrei aus, als er die lange schwarze Schlange hervorzog.

Die Papiertüte fiel zu Boden. Die Schlange wand sich kurz in seiner Hand.

Molly hatte Recht gehabt. Die Schlange sah wirklich sehr echt aus!

Mr Melvin stieß noch einen Schrei aus und die Schlange fiel zu Boden.

Überall im Raum ertönten erschrockene Rufe und Schreie.

Caroline sprang von ihrem Stuhl auf, schob Mr Melvin mit einem freundlichen Schubs aus dem Weg und fing an, heldenhaft auf der Schlange herumzutrampeln. Sie trat mit aller Kraft darauf.

Wenige Sekunden später hob sie die Schlange hoch und grinste Mr Melvin triumphierend an. Die Schlange war entzweigegangen. Caroline hatte ihr durch ihre Tritte den Kopf abgetrennt.

»Mein Bruder wird mir den Hals umdrehen!«, jammerte Molly.

»Na, immerhin haben wir Mr Melvin einen Schrecken eingejagt«, meinte Charlene nach der Schule. Charlene ist immer bemüht, die positive Seite bei allem zu sehen.

»Ich fasse es nicht, dass er den ganzen restlichen Nachmittag darauf verwendet hat herauszufinden, wer die Schlange in die Tüte gesteckt hat«, rief Mütze.

»Caroline hat ständig zu uns herübergeschielt«, sagte ich. »Glaubt ihr, dass sie uns in Verdacht hat?«

»Wahrscheinlich«, antwortete Mütze. »Ich bin nur froh, dass wir endlich aus der Schule draußen sind.«

Molly sprach kein Wort. Wahrscheinlich machte sie sich darüber Gedanken, was ihr Bruder mit ihr anstellen würde, wenn er entdeckte, dass seine Gummischlange verschwunden war.

Wir waren auf dem Weg zu mir nach Hause. Wir hatten beschlossen, uns zusammenzusetzen und gemeinsam einen besseren Plan auszuhecken, um Caroline Angst einzujagen.

Es war ein wunderschöner warmer Tag, der erste trockene Tag seit über einer Woche. Es war die regnerische Zeit in Südkalifornien. Doch heute stand die Sonne leuchtend gelb am klaren, smogfreien Himmel.

Alle dachten daran, dass wir beinahe erwischt worden waren – und wie wir dabei versagt hatten, Caroline einen Schrecken einzujagen.

Wir hatten versagt. Und Caroline war einmal mehr die strahlende Heldin gewesen.

»Das mit der Gummischlange war eine blöde Idee«, murmelte Mütze, als wir die Straße zu meinem Block überquerten.

»Das musst du uns nicht erzählen«, brummte Molly und verdrehte die Augen.

»Caroline wird nie auf eine Attrappe hereinfallen«, fuhr Mütze fort. »Wir brauchen etwas Echtes, um Caroline Angst zu machen. Etwas Lebendiges.«

»Was? Etwas Lebendiges?«, fragte ich zurück.

Mütze setzte zu einer Antwort an, aber bevor er etwas sagen konnte, ertönte die Stimme einer Frau.

Als ich mich umwandte, sah ich Mrs Rudolph, eine unserer Nachbarinnen, auf uns zulaufen. Ihr blondes Haar war völlig zerzaust und ihre Miene drückte tiefe Besorgnis aus.

»Eddie, bitte – du musst mir helfen!«, rief sie.

## 7

Ich spürte, wie mir ein kalter Schauer den Rücken hinunterlief. Mrs Rudolph wirkte sehr verängstigt.

»W-was ist passiert?«, stotterte ich.

Sie deutete zum Himmel. »Kannst du mir helfen?«

»Was?« Ich folgte ihrem Blick. Es dauerte ein Weilchen, bis mir klar wurde, dass sie auf einen Ast an einem Baum zeigte und nicht in den Himmel.

»Es geht um Minny, meine Katze«, erklärte Mrs Rudolph, die sich mit einer Hand die Augen vor der Sonne abschirmte, während sie mit der anderen noch immer nach oben wies.

»Ich sehe sie«, sagte Mütze. »Auf dem Ast dort.«

»Ich habe keine Ahnung, wie sie es geschafft hat, aus dem Haus zu kommen«, fuhr Mrs Rudolph fort. »Sie klettert nie auf Bäume. Irgendwie ist sie da hinaufgestiegen und nun kommt sie nicht mehr herunter.«

Ich blickte hinauf ins dichte Laub. Ja, da saß Minny. Ziemlich hoch oben. Sie miaute ängstlich und bewegte vorsichtig eine Pfote auf dem dünnen Ast.

Wir schauten alle schweigend zu der verschreckten Katze hinauf.

Plötzlich spürte ich Mrs Rudolphs Hand auf meiner Schulter. »Kannst du hinaufklettern und sie herunterholen, Eddie?«

Ich schluckte. Ich bin nicht gerade der weltbeste Kletterer. Genau genommen *hasse* ich es, auf Bäume zu steigen. Ich reiße mir jedes Mal die Hände an der rauen Rinde auf oder schürfe mir am Bauch die Haut ab oder sonst was.

»Bitte beeil dich«, bat Mrs Rudolph. »Minny hat schreckliche Angst. Sie – sie wird noch herunterfallen.«

Was war schon dabei, wenn sie herunterfiel? Hatten Katzen nicht angeblich neun Leben?

Diese Gedanken gingen mir durch den Kopf, aber natürlich sprach ich sie nicht laut aus.

Stattdessen stammelte ich etwas davon, wie hoch oben Minny sei.

»Du kannst doch gut auf Bäume klettern, oder?«, sagte Mrs Rudolph. »Ich meine, alle Jungs in deinem Alter klettern auf Bäume, oder nicht?« Sie starrte mich mit missbilligender Miene durchdringend an.

Sie hält mich für einen Feigling, dämmerte es mir.

Wenn ich nicht auf den Baum klettere und ihre blöde Katze rette, erzählt sie Mom, was für eine Memme ich bin. Dann wird es in der ganzen Nachbarschaft die Runde machen: Mrs Rudolph hat Eddie um Hilfe gebeten, aber er hat nur wie ein Feigling dagestanden und sich lahme Ausreden einfallen lassen.

»Ich bin nicht ganz schwindelfrei«, gestand ich.

»Nun mach schon, Eddie«, drängte Mütze. »Du kannst das.« Ein schöner Freund, wirklich.

Die Katze maunzte laut und kläglich. Sie klang wie ein weinendes Baby. Ihr Schwanz stand senkrecht in die Höhe.

»Du schaffst das, Eddie«, ermunterte mich Charlene, während sie zu der Katze hinaufblickte.

»Bitte beeil dich«, flehte Mrs Rudolph. »Wenn Minny irgendetwas zustößt, bricht das meinen Kindern das Herz.«

Zögernd schaute ich an dem hohen Baumstamm mit der rauen Rinde empor.

Die Katze maunzte wieder.

Ich sah, wie der Ast ins Schwanken geriet und die Katze verzweifelt mit den Beinen ruderte.

Dann verlor sie mit den Hinterbeinen den Halt und miaute laut, als sie zu fallen begann…

## 8

Wir schrien alle auf.

Der Ast wippte auf und ab. Die Katze krallte sich mit den Vorderpfoten am Ast fest, während ihre Hinterbeine zappelnd in der Luft hingen.

»Oh-nein-oh-nein-oh-nein!«, jammerte Mrs Rudolph und hielt sich mit einer Hand die Augen zu.

Die Katze maunzte kläglich.

Irgendwie gelang es ihr, sich zurück auf den wippenden Ast zu ziehen. Dann miaute sie wieder. Ihre verängstigten Rufe klangen beinahe menschlich.

Mrs Rudolph nahm die Hand von den Augen weg und blickte mich entrüstet an. »Ich schätze, ich rufe wohl besser die Feuerwehr.«

Mir war klar, dass ich nun den Baumstamm hätte packen und hochklettern müssen. Doch ich bin wirklich nicht schwindelfrei und alles andere als ein guter Kletterer.

Mit einem enttäuschten Seufzer wandte Mrs Rudolph sich um und lief auf ihr Haus zu. Doch sie blieb stehen, als sie eine Mädchenstimme rufen hörte.

»He, was gibt's für ein Problem?«

Caroline fuhr mit ihrem schnieken roten Rennrad auf den Gehsteig hinauf, sprang ab und ließ das Rad auf die Erde fallen. Sie hatte eine weiße Latzhose über einem leuchtend gelben T-Shirt an.

»Wo brennt's, Leute?«, fragte sie, während sie eilig zu uns trat.

»Meine Katze …«, sagte Mrs Rudolph und deutete zu dem Baum hinauf.

Die Katze maunzte in Panik.

Caroline schaute zu dem schwankenden Ast empor.

»Ich hole sie runter«, verkündete sie, umfasste den Baumstamm und begann schnell hinaufzuklettern.

Die Katze miaute und hätte beinahe wieder den Halt verloren.

Caroline kletterte geschickt und mühelos. Sie umklammerte den Stamm mit den Beinen und zog sich mit beiden Händen höher und höher.

Sekunden später schob sie sich auf den Ast, auf dem Minny saß, packte die Katze mit einer Hand um den Leib und zog sie an sich heran. Dann kletterte sie gewandt wieder herunter.

»Hier ist ihre arme Katze«, sagte Caroline, streichelte Minny sanft übers Fell und reichte sie Mrs Rudolph. Carolines weiße Latzhose und ihr gelbes T-Shirt waren schmutzig geworden und mit kleinen dunklen Rindenstückchen übersät. In ihrem Haar hingen Fetzen grüner Blätter.

»Oh, ich danke dir«, sagte Mrs Rudolph überglücklich und schloss die Katze, die immer noch kläglich miaute, in die Arme. »Vielen, vielen Dank, meine Liebe. Das hast du großartig gemacht!«

Caroline wischte sich den Schmutz von der Kleidung. »Ich klettere gerne auf Bäume«, erklärte sie Mrs Rudolph. »Das macht echt Spaß.«

Mrs Rudolph wandte sich mir zu und ihr Lächeln erlosch. »Ich bin so froh, dass es wenigstens *einen* Menschen in der Nachbarschaft gibt, der Mut hat«, sagte sie und verzog verächtlich das Gesicht. Sie bedankte sich noch einmal überschwänglich bei Caroline, dann drehte sie sich um und brachte die Katze ins Haus zurück.

Ich fühlte mich hundeelend. Am liebsten hätte ich mich mit den Würmern im Boden verkrochen und mich nie wieder blicken lassen.

Stattdessen stand ich einfach nur da, die Hände tief in den Taschen meiner Jeans vergraben.

Caroline grinste mich an. Selbstgefällig und voller Schadenfreude. Mit hämischer Miene ließ sie mich ihre Überlegenheit spüren.

Mütze, Molly und Charlene sprachen kein Wort. Als ich zu ihnen schaute, vermieden sie meinen Blick. Mir war klar, dass sie sich für mich schämten. Und sie waren wütend auf Caroline, die uns mal wieder wie Pappnasen aussehen ließ.

Caroline hob ihr Fahrrad auf und wandte sich zum Gehen. Als sie schon ihr Bein über den Lenker geschwungen und sich auf den Sattel gesetzt hatte, drehte sie sich unvermittelt noch mal um.

»Sag mal, Eddie – warst *du* das eigentlich, der mir diese blöde Schlange in die Pausenbrottüte gesteckt hat?«

»Natürlich nicht!«, rief ich und trat mit dem Fuß gegen ein Grasbüschel.

Sie starrte mich unverwandt an, musterte mit ihren blauen Augen forschend mein Gesicht.

Mir war klar, dass ich rot anlief. Meine Wangen wurden ganz heiß. Doch es gab nichts, was ich dagegen hätte tun können.

»Ich dachte, dass du es vielleicht gewesen wärst«, sagte Caroline und warf ihr Haar über die Schulter zurück. »Vielleicht wolltest du damit ja versuchen, es mir heimzuzahlen. Du weißt schon. Die Geschichte mit der Blindschleiche.«

»Natürlich nicht«, murmelte ich. »Ich war's nicht, Caroline.«

Meine drei Freunde fühlten sich offenkundig unbehaglich. Mütze fing an ein Lied zu summen.

Schließlich stellte Caroline die Füße auf die Pedale und radelte davon.

»Wir müssen einen Weg finden, ihr einen Schrecken einzujagen«, sagte ich mit zusammengebissenen Zähnen, sobald sie außer Sicht war. »Das müssen wir *unbedingt*!«

»Wie wär's, wenn wir ihr eine lebende Tarantel über den Rücken laufen lassen würden?«, schlug Mütze vor.

## 9

Der Plan war einfach.

Mr Dollinger, der Naturkundelehrer, hielt im Laborraum oben im zweiten Stock zwei Taranteln in einem Käfig.

Mütze und ich würden uns am Donnerstag nach dem Unterricht in das Labor schleichen, uns eine der Taranteln »ausleihen« und sie über Nacht in meinem Schließfach verstecken.

Am nächsten Morgen hätten wir gleich in der ersten Stunde Sport. In der Turnhalle gibt es eine schmale Empore, auf der die Turngeräte abgestellt sind. Mütze und ich würden uns mit der Tarantel auf diese Empore schleichen.

Dann würden Molly und Charlene ein Gespräch mit Caroline anfangen und sie unter die Empore locken. Wenn Caroline an der richtigen Stelle unter der Empore stand, würde einer von uns die Tarantel auf Carolines Kopf fallen lassen.

Natürlich würde sie kreischen und heulen. Die Tarantel würde sich in ihrem Haar verfangen und Caroline würde es nicht schaffen, sie abzuschütteln, und deshalb würde sie noch mehr schreien und völlig durchdrehen, und wir würden alle eine Menge zu lachen haben.

Ein einfacher Plan.

Und vor allem einer, der sicher funktionieren würde.

Was konnte dabei schon schief gehen?

Am Donnerstag nach dem Unterricht wünschten Molly und Charlene uns viel Glück. Mütze und ich gingen in den Werkraum und taten so, als würden wir fleißig an unseren Holzprojekten arbeiten. In Wirklichkeit warteten wir aber nur darauf, dass alle Schüler das Schulgebäude verlassen hatten.

Ziemlich bald war es draußen auf den Korridoren still. Ich linste vorsichtig aus der Werkraumtür hinaus. Alles leer.

»Okay, Mütze«, flüsterte ich und winkte ihm zu, mir zu folgen. »Los, bringen wir's rasch hinter uns.«

Wir huschten auf den Gang hinaus. Beim Gehen schrappten unsere Schuhe geräuschvoll über den harten Fliesenboden. Es ist irgendwie unheimlich in der Schule, wenn alle gegangen sind und es völlig still ist.

Wir schlichen am Lehrerzimmer neben der Haupttreppe vorbei. Die Tür stand einen Spaltbreit offen und ich konnte hören, dass darin eine Lehrerkonferenz oder so etwas Ähnliches stattfand.

Das ist großartig, sagte ich mir. Solange die Lehrer unten beisammen sitzen, haben wir den Naturkunderaum ganz für uns.

Mütze und ich eilten die Treppe hinauf. Wir stützten uns auf das Geländer und versuchten so leise wie möglich aufzutreten.

Der Naturkunderaum liegt im zweiten Stock am Ende des Gangs. Wir kamen an ein paar Achtklässlern vorbei, die wir nicht kannten. Aber sonst sahen wir niemanden. Hier oben schienen keine Lehrer zu sein. Wahrscheinlich waren sie alle in der Konferenz.

Mütze und ich spähten in den Naturkunderaum. Durch die Fenster fiel die späte Nachmittagssonne herein. Wir mussten die Augen zusammenkneifen, als wir den Blick über die langen Reihen mit Labortischen wandern ließen.

»Mr Dollinger?«, rief ich. Ich wollte nur sicher gehen, dass er auch wirklich nicht da war.

Keine Antwort.

Mütze und ich versuchten uns beide gleichzeitig durch die Tür zu quetschen, doch so passten wir nicht hindurch. Mütze lachte. Es klang nervös und schrill. Ich legte den Finger auf die Lippen, um ihm zu bedeuten, dass er leise sein sollte. Ich wollte auf keinen Fall, dass uns jemand hörte.

Mütze folgte mir in den Mittelgang des langen Raumes und ging hinter mir her zur Wand mit dem Lehrerpult. Mein Herz klopfte zum Zerspringen und ich schaute mich dauernd unruhig um.

Das Sonnenlicht schien noch heller zu werden. Die Bilder des Regenwaldes, die wir alle mit Wasserfarben gemalt hatten, hingen hinter Mr Dollingers Pult an der Wand. Wasser tropfte in einem der Laborwaschbecken rechts von uns. *Plonk. Plonk. Plonk.*

Die Tür des hohen metallenen Geräteschrankes neben Mr Dollingers Pult stand offen. Ich wies Mütze darauf hin. »Das bedeutet wahrscheinlich, dass er nach der Lehrerkonferenz hierher zurückkommt«, wisperte ich.

Mr Dollinger ist ein Ordnungsfanatiker. Er würde den Geräteschrank niemals über Nacht offen stehen lassen.

Mütze rempelte mich an. »Wir sollten uns lieber beeilen.«

»Hör auf, mich anzurempeln«, brummte ich.

Wir steuerten auf den Behälter mit den Taranteln zu, der auf einem Metalltisch an der Wand stand. Der Behälter war eine rechteckige Kiste aus Sperrholz mit einem Maschendrahtdeckel.

Ein lautes Scheppern ließ mich wenige Schritte vor dem Käfig anhalten. Ich schnappte erschrocken nach Luft und wandte mich zu Mütze um. »Was war das?«

Das Geräusch wiederholte sich. Da stellten wir beide fest, dass es von einer Jalousie kam, die hinter uns vom Wind gegen das offene Fenster geweht wurde.

Erleichtert atmete ich mit einem Zischen aus. Ich schaute Mütze an, der meinen Blick erwiderte. Aufgeregt rückte er die Baseballkappe auf seinem Kopf zurecht. »Eddie, vielleicht ist das doch alles keine gute Idee«, flüsterte er. »Vielleicht sollten wir lieber von hier verschwinden.«

Ich hatte große Lust, Mütze beizupflichten und so

schnell ich konnte aus dem Raum zu rennen. Doch dann fiel mir Carolines hochnäsiges Grinsen wieder ein, als sie mit der Katze im Arm vom Baum geklettert war. »Nein, wir sollten den Plan ausführen«, widersprach ich.

Ich wollte Caroline unbedingt einen Schrecken einjagen. Das war mir wichtiger als alles andere auf der Welt.

Mütze und ich guckten durch den Maschendraht auf die beiden Taranteln. Die größere von ihnen krabbelte an einer Seite des Käfigs herum. Die kleinere, deren Farbe mehr ins Bräunliche ging, hockte wie ein toter Klumpen auf der anderen Seite.

»Pfui Spinne«, sagte ich mit gedämpfter Stimme. »Die sind ja echt widerlich.«

Ihre Beine waren haarig und wirkten stachelig. Ihre Leiber sahen wie hässliche, braune Säcke aus.

»Lass uns die Größere nehmen«, schlug Mütze vor und griff nach dem Deckel. Auf seinem Gesicht breitete sich ein Grinsen aus. »Wenn die auf Carolines Kopf landet, wird es laut *plop* machen.«

Wir lachten beide. Mütze machte ein paar komische *Plop*-Geräusche.

Er nahm den Maschendrahtdeckel von der Kiste herunter und griff mit einer Hand hinein, um die größere Tarantel zu packen. Doch dann hielt er plötzlich inne und sein Grinsen verschwand.

»Wir haben ein kleines Problem«, meinte er.

»Wie? Was?« Nervös warf ich einen Blick zur Tür. Aber es war niemand zu sehen.

»Wo packen wir sie rein?«, wollte Mütze wissen.

Mir klappte die Kinnlade herunter. »Oh.«

»Wir haben vergessen, etwas mitzubringen, wo wir sie reinsetzen können«, bemerkte Mütze. Er schloss den Käfigdeckel wieder. Nun krochen die beiden Taranteln gemächlich aufeinander zu.

»Stimmt. Wir brauchen eine Tüte oder so etwas«, sagte ich und ließ den Blick suchend über die Tische wandern.

»Eine Tüte bringt nichts«, antwortete Mütze mit grimmigem Gesicht. »Taranteln können Tüten sicher aufreißen und sind in null Komma nichts draußen.«

»Ja, klar. Du hast Recht.«

»Warum haben wir nicht schon früher daran gedacht?«, sagte Mütze. »Wieso sind wir bloß so dämlich? Was haben wir uns überhaupt dabei gedacht? Man kann doch eine Tarantel nicht einfach so in den Schulranzen stecken und sie darin spazieren tragen.«

»Krieg dich wieder ein«, entgegnete ich und bedeutete ihm mit einer Handbewegung, die Stimme zu senken. Es war offenkundig, dass er drauf und dran war, in Panik zu geraten. »Es muss hier doch *irgendetwas* geben, in das man eine Tarantel packen kann.«

»Das ist echt blöd«, knurrte Mütze. »Hast du etwa gedacht, ich würde sie mir in die Tasche stecken?«

»Warte«, sagte ich zu ihm. Ich hastete zum nächststehenden Tisch und nahm eine Plastikdose in die Hand. Sie war etwa so groß wie eine Packung Hüttenkäse und hatte einen Plastikdeckel. »Die ist perfekt«, wisperte ich und hielt sie hoch, damit Mütze sie sehen konnte. »Ich mache nur schnell noch ein paar Löcher in den Deckel.«

»Beeil dich«, drängte Mütze. Er nahm die Baseballkappe ab und fuhr sich mit der Hand durch das dunkle Haar.

Mit einem Bleistift piekste ich rasch einige Luftlöcher in den Deckel. Dann brachte ich die Plastikdose zum Käfig. »Hier«, sagte ich und reichte sie Mütze.

»Du musst sie halten«, wies Mütze mich an. »Ich kann nicht gleichzeitig die Schachtel halten und die Tarantel herausholen.«

»Oh«, antwortete ich wenig begeistert. Ich wollte der Tarantel nicht zu nahe kommen, aber Mützes Begründung klang vernünftig.

Meine Hand begann ein wenig zu zittern. Trotzdem hielt ich die Dose dicht an den Käfig, bereit, den Deckel zu schließen, sobald Mütze eine der widerlichen Kreaturen hatte hineinfallen lassen.

Er nahm den Deckel vom Käfig ab und langte hinein. Mütze hatte echt Mumm. Er packte die größere Tarantel mit der Hand und hob sie mühelos heraus. Dabei zögerte Mütze keinen Augenblick und verzog noch nicht einmal angewidert das Gesicht.

Ich war beeindruckt.

Fast hätte ich den Plastikbehälter fallen lassen, als Mütze die Tarantel hineinsetzte, denn meine Hand zitterte wie verrückt. Doch irgendwie schaffte ich es, die Dose festzuhalten.

Die Tarantel zappelte wie wild und rutschte auf der glatten Plastikfläche herum.

»Es gefällt ihr nicht da drin«, sagte ich mit bebender Stimme.

»Zu dumm«, erwiderte Mütze, während er den Käfig mit dem Maschendraht verschloss. »Schnell, Eddie – mach die Plastikdose zu.«

Nervös bemühte ich mich, den Deckel auf den kleinen Behälter zu setzen.

Ich hatte es fast geschafft, als ich draußen vor der Tür Schritte hörte. Und Stimmen.

Mütze und ich schauten einander erschrocken an, als uns klar wurde, dass Mr Dollinger jeden Moment hereinkommen würde.

## 10

Ein heiserer Laut drang über meine Lippen. Der helle Sonnenschein erstrahlte plötzlich in grellem Weiß. Der Boden schwankte unter meinen Füßen.

Ich fühlte, wie mich Panik niederdrückte. Plötzlich hatte ich das Gefühl, als wöge ich tausend Kilo.

Ich konnte Mr Dollinger direkt vor der Tür zum Naturkunderaum mit einem anderen Lehrer reden hören. In wenigen Sekunden würde er eintreten und… und…

»Rasch – unter den Tisch!«, raunte Mütze mir zu, die Augen unter der Kappe vor Angst weit aufgerissen.

Ich wollte ihm schon unter den Tisch folgen. Doch dann wurde mir klar, dass der Tisch kein gutes Versteck bot. Mr Dollinger würde uns sofort sehen, wenn er zu seinem Pult ging.

»Nein, das bringt nichts!«, krächzte ich. »Das bringt nichts. Ähm …«

Verzweifelt blickte ich mich im Raum um. Wo konnten wir uns verstecken?

»Der Geräteschrank!«, rief ich gedämpft, packte Mütze am Arm und zog ihn hinter mir her.

Der hohe Metallschrank war so geräumig, dass wir beide darin Platz hatten.

Würden wir es rechtzeitig schaffen?

Wir huschten in den Schrank und stießen uns dabei gegenseitig voran.

Ich zog die Tür hinter uns zu. Sie schloss sich gerade, als Mr Dollinger den Raum betrat.

Zitternd standen Mütze und ich in der Dunkelheit und lauschten auf die näher kommenden Schritte. Ich umklammerte mit einer Hand fest den Behälter mit der Tarantel.

Mr Dollinger summte leise vor sich hin. Ich konnte hören, wie er direkt vor dem Geräteschrank stehen blieb.

Mein Herz hämmerte so laut, dass ich mich fragte, ob der Lehrer es wohl draußen vor der Tür hören konnte.

Ich verlagerte vorsichtig mein Gewicht und stieß mit

Mütze zusammen. Es gab keinen einzigen Zentimeter Platz mehr im Schrank. Ich konnte Mützes flachen Atem hören. Mir war klar, dass er genauso viel Schiss hatte wie ich.

Was sollten wir tun, wenn Mr Dollinger sich einfallen ließ, die Schranktür zu öffnen?

*Bitte schalten Sie einfach nur das Licht aus und gehen Sie nach Hause*, flehte ich in Gedanken.

Ich konnte hören, wie er auf seinem Pult mit Papieren hantierte und die Schublade des Pults auf und zu machte. Dann wurde ein Buch zugeschlagen. Schließlich erklangen wieder Schritte und in eines der Waschbecken lief Wasser.

Er drehte das Wasser ab. Noch immer summte er leise vor sich hin. Dann entfernten sich seine Schritte und der Lichtschalter klickte.

Endlich herrschte Stille.

Ich spitzte die Ohren, um über mein Herzklopfen hinweg etwas zu hören. Stille. Kein Summen. Keine Schritte.

Mütze und ich standen wie erstarrt in der Dunkelheit und lauschten angestrengt. »Er … er ist fort«, stotterte ich nach einer Weile. »Er ist gegangen, Mütze.«

»Puuuuh!«, seufzte Mütze laut.

»Dann nichts wie raus hier!«, rief ich. Ich streckte die Hand nach dem Riegel aus, konnte ihn aber nicht gleich finden.

Ich tastete im Dunkeln herum und strich mit der Hand über die Metalltür. Endlich fand ich einen schmalen

Metallriegel und zog daran, aber er ließ sich nicht bewegen.

»He …«, rief ich. Ich strich mit der Hand langsam aufwärts, auf der Suche nach einem Riegel oder einem anderen Mechanismus zum Öffnen der Tür.

»Beeil dich. Mach die Schranktür auf«, flehte Mütze. »Es wird heiß hier drin.«

»Ich weiß«, antwortete ich genervt. »Ich … ich kann nichts finden.«

»Lass mich mal ran«, sagte Mütze ungeduldig. Er schob meine Hand weg und fummelte an dem metallenen Griff herum.

»Es muss doch einen Riegel geben oder so etwas«, sagte ich mit schriller Stimme.

»Sehr hilfreich«, knurrte Mütze. Er begann mit der flachen Hand gegen die Tür zu schlagen.

Ich packte ihn am Arm. »Hör auf damit. So bekommst du sie auch nicht auf. Aber es könnte dich jemand hören.«

»Versuch du's noch mal«, verlangte er. Seine Stimme klang kläglich und angsterfüllt.

Ich schluckte. Plötzlich hatte ich einen dicken Kloß im Hals. Es fühlte sich an, als wäre mir das Herz in den Hals gehüpft.

Verzweifelt zog, drehte und drückte ich an allem, was mir zwischen die Finger kam. Doch die Tür ließ sich nicht öffnen.

»Ich geb's auf. Wir … wir sind eingeschlossen, Mütze«, stammelte ich.

»Das glaub ich einfach nicht«, murmelte er.

Unwillkürlich begann mir die Dose aus der Hand zu gleiten. Ich packte sie mit beiden Händen – und machte eine schockierende Entdeckung.

Der Deckel war aufgegangen.

»O nein«, rief ich leise.

»Was ist denn schon wieder?«, wollte Mütze wissen.

Ich holte tief Luft, dann schüttelte ich den Behälter.

Er war leer. Keine Tarantel.

Ich wollte Mütze Bescheid sagen, dass die Tarantel ausgebüxt war, doch mir blieben die Worte im Hals stecken. Heraus kam nur ein ersticktes Würgen.

Und da spürte ich auch schon ein stacheliges Beinchen am Fußknöchel direkt über meiner Socke.

Und dann piekste es wieder, wie ein Nadelstich, dieses Mal ein kleines Stückchen höher.

»Mütze… die Tarantel…«, brachte ich krächzend hervor. »Sie… krabbelt mein Bein hoch.«

## 11

Die Nadelstiche an meinem Bein bewegten sich ein Stück aufwärts.

Ich spürte, wie der warme, haarige Körper der Tarantel über meine Haut strich.

»Sie... sie wird mich b-beißen«, stotterte ich. »Ganz bestimmt.«

»Rühr dich nicht«, wies Mütze mich an, der noch verängstigter klang als ich. »Rühr dich bloß nicht.«

Die Beine der Kreatur bohrten sich wie spitze Nadeln in meine Haut.

»Ich... ich muss hier *raus*!«, schrie ich voller Panik. Ohne darüber nachzudenken, was ich tat, warf ich mich mit dem ganzen Gewicht gegen die Schranktür.

Mit einem lauten *Plop* sprang sie auf.

Ein leiser Schrei drang über meine Lippen, als ich hinausstürzte. Ich landete hart auf der Seite und die leere Plastikdose kullerte durchs Zimmer.

Schwer atmend rappelte ich mich auf und schüttelte wie wild mein Bein.

Die Tarantel plumpste zu Boden und krabbelte augenblicklich über das Linoleum davon. »Fang sie! Fang sie!«, kreischte ich.

Mütze sprang aus dem Schrank hervor und stürzte sich auf die Tarantel.

Ich hob die Dose vom Boden auf und hastete Mütze hinterher. Er hob die Tarantel hoch. Sie wand sich und ruderte mit den Beinen, aber Mütze ließ sie nicht los.

Er steckte das hässliche Tier in den Behälter. »Mach den Deckel diesmal aber fest zu«, mahnte er mich.

»Keine Sorge«, stöhnte ich. Mit zitternden Händen setzte ich den Deckel fest auf die Dose und überprüfte dreimal, ob er auch richtig saß.

Kurz darauf liefen Mütze und ich die Treppe hinunter, um die Plastikdose mit der Tarantel in mein Schließfach zu sperren. Ich konnte noch immer die kribbelnden Nadelstiche an meinem Bein spüren, obwohl mir klar war, dass die Tarantel mich nicht gebissen hatte.

»Wow. Das war echt zum Fürchten!«, erklärte Mütze. »Das war wirklich schauerlich!«

»Aber dafür wird der restliche Teil unseres Plans bestimmt perfekt funktionieren«, versicherte ich ihm.

Am folgenden Morgen, um kurz vor neun, versteckten Mütze und ich uns erneut. Dieses Mal verbargen wir uns auf der schmalen Empore in der Turnhalle.

Während alle anderen aus unserer Klasse in ihre Sportklamotten schlüpften, schlichen Mütze und ich uns unbemerkt aus dem Umkleideraum der Jungen hinaus. Mütze verbarg den Behälter mit der Tarantel unter seinem Sweatshirt, als wir eilig zur Empore hinaufstiegen.

Wir vier hatten die halbe Nacht miteinander telefoniert, um alles genau festzulegen. Der Plan war ziemlich einfach.

Alles, was Molly und Charlene zu tun hatten, war, Caroline dazu zu bringen, sich unter die Empore zu stellen. Dann würde Mütze ihr die Tarantel aufs Haar fallen lassen und wir würden alle dabei zusehen, wie sie schrie, kreischte, einen Veitstanz aufführte und sich total zum Narren machte.

So einfach war das.

»Was ist, wenn Caroline nicht ausflippt?«, hatte mich Molly am Telefon gefragt. »Was ist, wenn sie sich die Tarantel einfach nur aus den Haaren zupft und ganz ruhig fragt, ob die jemand verloren hat?«

»Das ist ausgeschlossen«, hatte ich geantwortet. »Caroline ist zwar ruhig und gelassen – aber *so* gelassen kann selbst sie nicht sein! Sie *muss* einfach brüllen und Theater machen, mit einer Tarantel in den Haaren. Wenn sie das nicht tut, ist sie kein Mensch! Dann ist sie eine Statue oder so etwas.«

»Bist du bereit, Mütze?«, fragte ich, während ich über die Brüstung der Empore hinabspähte.

Er nickte feierlich, die Augen auf das Volleyballnetz unter uns gerichtet.

Behutsam nahm er den Deckel von der Plastikdose. Die Tarantel streckte zwei Beine heraus, als ob sie nach ihm greifen wollte.

Von unten hörte ich Stimmen. Ein paar Mädchen waren aus dem Umkleideraum in die Turnhalle gekommen. Eines von ihnen schnappte sich einen Volleyball, nahm Anlauf und setzte zu einem Wurf in den Basketballkorb an, der fest an einer Wand der Turnhalle installiert war. Der Ball prallte gegen den Korbring und sprang davon.

»Runter mit dir. Sie können dich sonst sehen«, raunte Mütze mir zu.

Ich senkte den Kopf. Hier oben auf der Empore war es heiß, wärmer als unten auf dem Hallenboden, und mir brach der Schweiß aus.

Wir hockten beide auf den Knien. Mütze drückte sich den Behälter mit der Tarantel mit beiden Händen an die Brust.

Nun hörte ich von unten weitere Stimmen. Einige der Jungen waren aus dem Umkleideraum hereingekommen, dribbelten mit einem Volleyball die Halle hinauf und hinunter und warfen sich Pässe zu.

»Kannst du irgendwo Caroline sehen?«, wisperte Mütze.

Ich richtete mich ein wenig auf und spähte hinunter. »Ja!«

Molly und Charlene hatten Caroline zwischen sich in die Mitte genommen und redeten aufgeregt auf sie ein. Worüber sie sprachen, konnte ich allerdings nicht verstehen.

Caroline schüttelte den Kopf. Sie lachte und schüttelte dann erneut den Kopf. Sie trug ein lose sitzendes violettes T-Shirt und eine weiße Shorts über violetten Leggings. Ihr blondes Haar hatte sie zu einem Pferdeschwanz zusammengebunden.

Das perfekte Ziel, dachte ich schadenfroh. Ich grinste Mütze an. Ich hatte ein gutes Gefühl bei der Sache. Ein sehr gutes Gefühl.

Als ich den Blick über das Volleyballnetz hinweg auf die gegenüberliegende Seite der Halle richtete, sah ich, dass Mr Russo, der Sportlehrer, sich an der Tür mit einem anderen Lehrer unterhielt.

Gut, dachte ich. Wir wollen doch nicht, dass Mr Russo

das Volleyballspiel anpfeift, bevor wir uns um Caroline gekümmert haben.

Molly und Charlene redeten noch immer auf Caroline ein. Während sie sprachen, kamen sie immer weiter auf uns zu, bis sie die richtige Position beinahe erreicht hatten.

»Nur noch zwei, drei Schritte und Caroline steht unter der Empore«, flüsterte ich Mütze zu. »Es klappt, Mütze. Es klappt tatsächlich.«

Ich platzte fast vor Aufregung. Schweißperlen liefen mir über die Stirn und in die Augen. Ich wischte sie mit dem Ärmel meines T-Shirts weg und schaute wieder nach unten.

Ja!

Molly und Charlene hatten es geschafft. Sie waren mit Caroline unter der Empore angekommen. Die drei standen nun direkt unter uns.

Perfekt!

»Mütze – du bist dran!«, wisperte ich.

Mütze zögerte keine Sekunde. Die Gelegenheit war perfekt. Zu perfekt!

Die Augen auf die drei Mädchen direkt unter uns gerichtet, griff er in den Behälter und nahm die haarige Tarantel heraus.

Dann richtete er sich ein wenig auf, bis er über die Brüstung schauen konnte, zielte sorgfältig – und ließ die Tarantel fallen.

# 12

Mütze und ich beugten uns beide über die Brüstung der Empore und beobachteten, wie die Tarantel hinabfiel.

Entsetzt schrien wir beide auf, als sie mit einem unappetitlichen *Plop* in Mollys Haaren landete.

»Mütze, du hast sie verfehlt!«, rief ich fassungslos.

Aber Molly schrie noch lauter. Ihr Gesicht war rot wie eine Tomate und ihre Augen traten aus den Höhlen hervor. Sie brüllte aus voller Kehle und vollführte einen seltsamen Tanz. Sie hüpfte wild auf und ab und schlug mit den Armen um sich.

Mehrere Mitschüler kamen mit erstaunten und erschrockenen Gesichtern angerannt. »Was ist denn mit Molly los?«, rief ein Junge.

»Wieso macht sie das?«

»Was geht denn hier vor sich?«

Während ich das Geschehen gebannt beobachtete, lehnte ich mich so weit über die Brüstung, dass ich der Tarantel fast gefolgt wäre. Aber ich merkte es gerade noch rechtzeitig.

Die arme Molly riss und zerrte nun an ihren Haaren, während sie immer noch kreischend herumhüpfte.

Erleichtert seufzte ich, als es ihr schließlich gelang, die Tarantel aus ihrem Haar zu zupfen. Sie jonglierte die Tarantel in einer Hand und hätte sie fast fallen lassen. Dann warf sie, immer noch schreiend, das Tier nach Charlene!

Neben mir auf der Empore fing Mütze zu lachen an. Aber ich war viel zu aufgebracht, um die Sache komisch zu finden.

Wie konnte Mütze bloß so einen einfachen Wurf vermurksen?

Charlene stieß einen gellenden Schrei aus, der die Deckenbalken in der Turnhalle beben ließ, und warf die Tarantel zwischen ihren beiden Händen hin und her.

Schließlich ließ sie das Tier auf den Boden fallen und machte einen Satz rückwärts. Schreiend presste sie sich die Hände ans Gesicht.

Die übrigen Schüler standen mittlerweile eng im Kreis um sie herum. Einige Kinder schauten verunsichert drein, andere lachten. Zwei Mädchen bemühten sich, die aufgelöste Molly zu beruhigen, deren Haare zu Berge standen.

»Oje. Ojemine«, wiederholte Mütze ein ums andere Mal und schüttelte dazu den Kopf. »Oje.«

Ich umklammerte mit beiden Händen die Brüstung und beobachtete, wie Caroline sich bückte und die Tarantel behutsam vom Turnhallenboden aufhob. Sie setzte sie sich auf die Handfläche und schien beruhigend auf sie einzureden.

Innerhalb weniger Sekunden bildeten alle einen Kreis um Caroline. Als sie sich die Tarantel vors Gesicht hielt, wurden alle leise und schauten ihr gespannt zu.

»Das ist nur eine Tarantel«, sagte Caroline und strich ihr mit einem Finger über den haarigen Rücken. »Taranteln beißen nicht allzu oft. Und wenn sie es doch einmal tun, dann ist das nicht besonders schmerzhaft.«

Um sie herum begannen alle zu murmeln und zu flüstern, wie mutig Caroline doch war. Charlene strich Molly übers Haar. Molly zitterte noch immer am ganzen Leib.

»Wo kommt diese Tarantel her?«, fragte Caroline.

Ich sah, dass Molly wütend zu uns heraufschaute. Sie hob drohend die Faust.

Ich duckte mich hinter die Brüstung, um nicht gesehen zu werden.

»Der Plan hat wohl nicht ganz richtig funktioniert«, murmelte Mütze.

Ist er der Meister der Untertreibung – oder was?

Zu diesem Zeitpunkt war uns aber noch nicht klar, dass die Katastrophe damit noch nicht zu Ende war.

»Lass uns von hier verschwinden«, flüsterte ich.

Aber zu spät. Als wir aufblickten, sahen wir Mr Russo, der uns vom Eingang zur Empore aus zornig anfunkelte. »Was macht ihr Jungs hier oben?«, fragte er uns misstrauisch.

Ich wandte mich zu Mütze um, der mich mit leerem Blick anschaute.

Keinem von uns fiel eine passable Antwort ein.

»Kommt nach unten«, sagte Mr Russo mit gefährlich leiser Stimme und hielt die Tür für uns auf. »Dann werden wir uns mal ausführlich unterhalten.«

Es hätte schlimmer kommen können.

Klar, Mütze und ich waren dazu verdonnert worden, zwei Wochen lang täglich nach der Schule dazubleiben und den Naturkunderaum sauber zu machen. Und natürlich mussten wir jeder einen Strafaufsatz schreiben, der mindestens tausend Wörter lang sein sollte. Das Thema lautete: Warum es falsch ist, Lebewesen zu stehlen und sie seinen Mitmenschen auf den Kopf fallen zu lassen.

Und natürlich sprachen Molly und Charlene kein Wort mehr mit Mütze und mir.

Aber es hätte schlimmer kommen können.

Ich meine, was wäre zum Beispiel gewesen, wenn Mütze und ich nicht aus dem Geräteschrank herausgekommen wären? Das wäre doch schlimmer gewesen, oder nicht? Am Nachmittg nach dem Streich mit der Tarantel hockte ich zu Hause auf dem Bett und dachte niedergeschlagen über den Sportunterricht und unseren fehlgeschlagenen Plan nach.

Schuld an allem war Caroline, sagte ich mir, während ich gedankenverloren an einem kleinen Riss in der Tagesdecke auf meinem Bett herumzupfte.

Caroline hatte sich in letzter Sekunde bewegt.

Sie *musste* sich einfach bewegt haben. Es war unmöglich, dass Mütze so schlecht zielen konnte!

Einmal mehr seufzte ich grimmig, als ich mir ins Gedächtnis rief, wie gelassen Caroline die Tarantel vom Boden aufgehoben und gestreichelt hatte. *»Das ist nur eine Tarantel«*, hatte Caroline gesagt. So herablassend. So überlegen. *»Das ist nur eine Tarantel. Die beißen nicht allzu oft.«*

Wieso hatte die Tarantel Caroline nicht in die Hand gebissen?

Damit hätte sie Caroline die überhebliche Miene vom Gesicht gewischt.

Warum musste dieses Mädchen bloß so mutig sein?

Caroline hat es sich wirklich verdient, so erschreckt zu werden, dass ihr Hören und Sehen vergeht, dachte ich missmutig. Ich zupfte weiter an dem kleinen Riss in der Tagesdecke herum und verwandelte ihn langsam, aber stetig in einen großen Riss.

Sie *bittet* doch förmlich darum, so erschreckt zu werden, dass es ihr die Sprache verschlägt.

Aber wie?

Ich saß mit gesenktem Kopf und hängenden Schultern auf der Bettkante und grübelte. Niedergeschlagen beugte ich mich vor und zupfte an der Decke herum, ohne es richtig mitzubekommen.

Wieder rief ich mir ins Gedächtnis, wie Mütze die Tarantel hatte fallen lassen und wie sie auf Mollys Kopf gelandet war.

Nein! Nein! Nein!

Abermals sah ich vor mir, wie Molly ihren verzweifelten Veitstanz aufführte. Das Bild verschwand aus meinem Kopf, als ich plötzlich feststellte, dass ich nicht länger allein im Zimmer war. Ich schaute zur Tür und schnappte nach Luft.

Ein großes, schlankes Monster, dem dunkles Blut übers Gesicht lief, taumelte auf mich zu.

## 13

Das große Monster streckte beim Gehen die tropfenden Arme aus, bereit, mich zu packen.

»Kevin – *raus* hier!«, schrie ich. »Du tropfst mir den ganzen Boden mit Blut und Schlamm voll!«

Mein älterer Bruder ließ die Arme sinken. »Das ist kein echter Schlamm«, sagte er. »Das ist bloß Schminke.«

»Das ist mir schnuppe«, entgegnete ich mit schriller Stimme. Ich sprang vom Bett auf und stieß ihn vor die Brust. »Du versaust mir alles.«

Er lachte. »Ich hab dir einen Schrecken eingejagt, stimmt's?«

»Von wegen!«, erwiderte ich. »Mir war gleich klar, dass du es bist.«

»Du hast mich für ein Schlammmonster gehalten«, sagte er und grinste mich durch die dicke bräunliche Pampe an, die ihm vom Gesicht tropfte. »Gib's zu, du Wicht.«

Ich kann es nicht ausstehen, wenn er mich Wicht nennt. Wahrscheinlich nennt er mich genau deshalb so. »Du siehst überhaupt nicht wie ein Schlammmonster aus«, erklärte ich ihm giftig, »eher wie ein Müllhaufen.«

»Wir haben heute Nachmittag ein paar kleinen Kindern einen Heidenschrecken eingejagt«, sagte Kevin schadenfroh. »Du hättest ihre Gesichter sehen sollen. Wir sind auf sie zugelaufen und haben ›Buh‹ gebrüllt. Da haben zwei von ihnen angefangen zu heulen.« Er kicherte.

»Na toll«, murmelte ich. Ich stieß ihn noch einmal in Richtung Tür und verschmierte mir dabei die Hände mit der braun-roten Pampe. Aber Kevin ging einfach nicht aus dem Zimmer.

»Das Video ist fast fertig«, erzählte er mir, während er absichtlich mit der Hand über mein Hausaufgabenheft wischte. Er schaute auf den dunklen Fleck hinab, den er auf meiner Mathehausaufgabe hinterlassen hatte. »Vielleicht zeige ich es dir, wenn wir es fertig haben.«

»Pfoten weg von meinen Sachen, Kevin!«, fauchte ich wütend. Da fiel mir wieder ein, was ich ihn fragen wollte, und änderte den Tonfall. »Darf ich in eurem Video mitspielen?«, bat ich ihn. »Bitte! Du hast gesagt, dass ich vielleicht mitmachen kann – weißt du noch?«

»Besser nicht, du Wicht.« Er schüttelte den Kopf. »Du würdest dich nur fürchten.«

»Was?« Schon wieder dieselbe Leier. Ältere Brüder können ganz schön nerven.

»Du würdest dich nur fürchten, Eddie«, wiederholte er und kratzte sich an der schlammbedeckten Stirn. »Ganz alleine im tiefen, dunklen Wald, in dem drei Schlammmonster ihr Unwesen treiben. Du würdest durchdrehen. Du würdest total durchdrehen.«

»He…«, rief ich verärgert. »Das ist nicht witzig, Kevin. Du hast mir versprochen…«

»Nein, habe ich nicht«, widersprach Kevin. Ein großer, brauner Klumpen der Schminke fiel von seiner Schulter ab und landete mit einem *Platsch* auf dem Boden. »Ach herrje. Das wirst du wohl aufwischen müssen«, sagte er mit einem fiesen Grinsen.

»Ich werde dich dazu zwingen, es *aufzuschlecken*!«, rief ich zornig und verschränkte die Arme vor der Brust.

Er lachte nur.

Plötzlich kam mir eine Idee. »Kevin, könntest du mir bei etwas helfen?«, fragte ich ihn nachdenklich.

»Wahrscheinlich nicht«, erwiderte er, immer noch grinsend.

»Hast du eine Idee, wie man jemandem einen fürchterlichen Schrecken einjagen kann?«, fragte ich weiter.

Er schaute mich mit zusammengekniffenen Augen an. Dann deutete er auf das bräunliche Zeug, das seinen ganzen Körper bedeckte. »Ist das nicht gruselig genug?«

»Nein. Ich meine nicht so«, sagte ich und überlegte, wie ich es ihm am besten erklären sollte. Ich beschloss, ihm das Ganze einfach geradeheraus zu erzählen. »Ein paar Freunde und ich wollen einem Mädchen namens Caroline einen Schrecken einjagen.«

»Und wieso?«, wollte Kevin wissen und legte seine triefende Hand auf meine Kommode.

»Du weißt schon. Nur so zum Spaß«, erklärte ich ihm.

Er nickte.

»Aber bis jetzt ist es uns nicht gelungen, ihr auch nur ein bisschen Angst zu machen«, fuhr ich fort. »Alles, was wir versucht haben, ging in die Hose.« Ich ließ mich auf das Kopfkissen zurückfallen.

»Womit habt ihr es denn versucht?«, erkundigte sich Kevin.

»Ach, mit so einigem. Mit einer Schlange und mit einer Tarantel«, antwortete ich. »Aber sie fürchtet sich einfach nicht.«

»Zu klein«, murmelte er und trat von der Kommode zurück. Ich konnte sehen, dass er an der Seitenwand einen großen braunen Fleck hinterlassen hatte.

»Wie? Was meinst du mit ›zu klein‹?«, wollte ich wissen.

»Zu klein«, wiederholte er. »Ihr versucht, ihr mit zu kleinen Dingen Angst zu machen. Ihr müsst sie mit etwas Großem erschrecken. Vielleicht mit etwas, das größer ist als sie.«

Ich ließ mir seine Worte durch den Kopf gehen. Was er sagte, klang vernünftig. »Was stellst du dir unter ›groß‹ vor?«, fragte ich ihn. »Meinst du, so groß wie ein Elefant?«

Er runzelte die Stirn und schüttelte den Kopf. »Eddie, wo willst du denn einen Elefanten hernehmen? Ich denke an so etwas wie einen großen Hund. Du weißt schon, einen großen, knurrenden Hund.«

»Ein Hund?« Ich kratzte mich am Kopf.

»Ja. Sagen wir mal, dieses Mädchen, Caroline, spaziert

die Straße entlang oder vielleicht ist sie auch im Wald – und plötzlich hört sie ein wütendes Knurren und Grollen. Sie sieht auf und erblickt einen riesigen Hund, der mit aufgerissenem Maul und gebleckten Zähnen auf sie zu stürmt. Das macht ihr bestimmt Angst.«

»Nicht übel«, meinte ich nachdenklich. »Gar nicht übel. Du bist ein Genie, Kevin. Echt.«

»Wem sagst du das?«, erwiderte er. Er verließ das Zimmer und zog eine Schlammspur hinter sich her.

Ein riesiger, knurrender Hund, dachte ich. Ich stellte ihn mir bildlich vor, malte mir aus, wie er den Kopf zum Mond hob und wie ein Wolf heulte.

Dann sah ich im Geiste vor mir, wie Caroline arglos eine dunkle Straße entlangspazierte. Sie hört ein Geräusch. Ein tiefes Knurren. Sie bleibt stehen und reißt vor Angst die Augen auf.

Was ist das für ein Geräusch?, fragt sie sich.

Und da sieht sie ihn. Den größten, bösartigsten, lautesten, wütendsten Hund, der je gelebt hat. Seine Augen glühen rot. Er zieht die schweren Lefzen zurück, sodass man seine spitzen, scharfen Zähne sehen kann. Mit einem Knurren, das die Erde beben lässt, springt er auf sie zu. Er geht direkt auf ihre Kehle los.

Caroline schreit um Hilfe. Dann dreht sie sich um und rennt um ihr Leben. Sie kreischt dabei und schreit wie ein verängstigtes Baby.

»Los, alter Junge«, rufe ich dem Ungeheuer zu.

Der Hund hält inne, dreht sich zu mir um und kommt

schwanzwedelnd angelaufen. Caroline heult noch immer und schüttelt sich, als mir der Hund sanft die Hand ableckt.

»Das ist doch nur ein Hund«, beruhige ich sie. »Hunde tun einem nichts, so lange sie nicht wittern, dass man *Angst* hat!«

Ich sprang vom Bett auf und lachte laut.

Das war einen Versuch wert, dachte ich aufgeregt. Ganz eindeutig einen Versuch wert.

Aber wen kannte ich, der einen riesigen, knurrenden, wilden Hund hatte?

## 14

Am Samstagnachmittag waren wir im Garten hinter Charlenes Haus und probierten das neue Krocketspiel aus, das ihr Vater ihr gekauft hatte. Es war ein trüber Tag. Große Wolken hielten die Sonne ab und warfen lange, graue Schatten auf das Gras hinterm Haus.

Das Dröhnen des aufgemotzten Rasenmähers nebenan machte es etwas schwierig, sich zu verständigen. Ich erzählte Molly, Charlene und Mütze mit erhobener Stimme von der Idee meines Bruders, wie wir Caroline Angst einjagen könnten.

»Ein großer wütender Hund ist wirklich zum Fürchten«, stimmte Mütze mir sofort zu. Er schlug mit dem Schläger gegen seinen grünen Krocketball und ließ meinen in die Hecke fliegen.

Molly runzelte die Stirn. Sie hatte mir das Missgeschick mit der Tarantel noch immer nicht verziehen, obwohl ich mich schon tausendmal dafür entschuldigt hatte. Sie zupfte den unteren Saum ihres gelben T-Shirts zurecht, das sie über einer schwarzen Radlerhose trug, und machte sich zum nächsten Schlag bereit.

»Wir brauchen einen Hund, der echt gefährlich aussieht«, sagte Molly und holte zum Schlag aus. Der Ball verfehlte den Ring und prallte von einem Holzpflock ab.

»Ich denke, mit meinem Hund Blümchen könnte es klappen«, schlug Charlene vor und seufzte.

»Was? Blümchen?«, rief ich verdutzt. »Jetzt bleib aber mal ernst, Charlene. Blümchen ist wie ein großer tapsiger, lieber Bär. Der kann doch keine Fliege erschrecken.«

Auf Charlenes Gesicht machte sich ein verschmitztes Grinsen breit. »Mit Blümchen könnte es klappen«, wiederholte sie.

»Na klar«, sagte ich und verdrehte die Augen. »Er ist echt bösartig. Deshalb hast du ihn ja auch ›Blümchen‹ genannt.«

»Du bist dran«, sagte Molly zu mir und wies auf meinen Ball, der ganz hinten an der Hecke lag.

»Das ist ein schrecklich langweiliges Spiel«, beklagte ich mich. »Ich versteh gar nicht, dass es Leute gibt, denen es gefällt.«

»Mir zum Beispiel«, sagte Mütze. Er war ja auch auf dem besten Weg zu gewinnen.

Charlene legte die Hände wie einen Trichter um den Mund und rief: »Blümchen! Blümchen! Komm her, du wildes Ungetüm!«

Wenige Sekunden später kam der riesige Bernhardiner von der anderen Seite des Hauses her auf uns zugestürmt. Er wedelte heftig mit dem buschigen, weißen Schwanz, wobei sein ganzes Hinterteil wackelte, und seine große rosa Zunge hing ihm aus dem Maul.

»Ooh, ich fürchte mich ja so! Ich mach mir fast ins Hemd!«, rief ich spöttisch. Ich ließ den Krocketschläger fallen, schlang die Arme um mich und tat so, als würde ich vor Angst zittern.

Blümchen beachtete mich gar nicht. Er rannte zu Charlene und leckte ihr die Hand ab. Dabei jaulte er leise, es klang fast wie das Miauen einer Katze.

»Ooh, ist der wild!«, rief ich aus.

Mütze trat neben mich und zog seine Baseballkappe tief in die Stirn. »Er ist ein großer liebenswerter Bernhardiner, Charlene«, sagte er und bückte sich, um den Hund hinter den Ohren zu kraulen. »Er ist nicht gerade zum Fürchten. Wir brauchen einen Schäferhund. Oder einen ein Meter achtzig großen Dobermann.«

Blümchen wandte den massigen Kopf und leckte Mütze die Hand ab.

»Igitt!« Mütze verzog angewidert das Gesicht. »Ich hasse Hundesabber.«

»Wo bekommen wir einen richtig angriffslustigen Hund her?«, fragte ich, während ich meinen Krocketschläger vom Boden aufhob und mich darauf stützte wie auf eine Krücke. »Kennen wir irgendjemanden, der einen Wachhund hat? Am besten einen großen, grässlichen Schäferhund?«

Charlene hatte noch immer dieses verschmitzte Lächeln im Gesicht, als ob sie etwas wüsste, von dem wir keine Ahnung hätten. »Gebt Blümchen doch erst mal eine Chance«, sagte sie leise. »Ihr werdet überrascht sein.«

Die nächsten Wolkenberge schoben sich langsam vor die Sonne. Die Luft wurde plötzlich kühler und graue Schatten krochen über den Rasen.

Der Rasenmäher im Nachbargarten ging mit einem Stottern aus. Eine unheimliche Stille senkte sich über uns.

Blümchen ließ sich ins Gras fallen und rollte sich auf den Rücken. Seine vier fellbedeckten Pfoten ragten in die Luft, als er sich auf dem Rasen den Rücken kratzte.

»Nicht gerade beeindruckend, Charlene«, sagte Mütze lachend. Der Hund sah absolut dämlich aus.

»Noch haben wir euch unseren kleinen Trick nicht gezeigt«, erwiderte Charlene. »Passt auf.«

Sie wandte sich dem Hund zu und begann zu pfeifen. Es war ein unmelodiöser Pfiff, nur ein paar hohe, schrille Töne.

Der große Bernhardiner reagierte augenblicklich. Kaum hatte er Charlenes Pfiff gehört, rollte er sich auf die Seite und erhob sich. Sein Schwanz schoss hinter ihm kerzengerade in die Höhe. Sein ganzer Körper schien sich anzuspannen. Die Ohren richteten sich auf und standen vom Kopf ab.

Charlene ließ einen weiteren Pfiff ertönen. Er war nicht laut, nur ein paar gleichmäßige, lang gezogene Töne.

Und vor unseren staunenden Augen begann Blümchen zu knurren. Das Knurren kam tief aus seinem Bauch, wütend und bedrohlich.

Er zog die dunklen Lefzen zurück und bleckte die großen Zähne.

Das Knurren wurde lauter, es klang wie ein bösartiges Grollen.

Die Augen des Hundes glühten zornig. Er legte den Kopf zurück, als mache er sich zum Angriff bereit.

Charlene holte tief Luft und pfiff noch einmal. Ihre Augen waren auf den knurrenden Hund gerichtet.

»Blümchen – schnapp dir Eddie!«, schrie Charlene plötzlich. »Pack Eddie! Fass! *Fass!*«

## 15

»Nein!«, kreischte ich und fiel fast rückwärts in die Hecke.

Der Hund knurrte noch einmal warnend. Dann sprang er los.

Ich hob abwehrend die Arme und wartete auf den Angriff. Aber nichts geschah.

Als ich die Arme langsam sinken ließ, sah ich, dass Charlene ihrem Hund den Arm um den Hals gelegt hatte. Sie hatte ein spöttisches Grinsen im Gesicht. Blümchen drehte ihr den Kopf zu und drückte ihr einen schlabbrigen Hundeschmatz auf die Stirn.

»Reingefallen, Eddie!«, verkündete Charlene. »Damit habe ich dir die Tarantel heimgezahlt.«

Molly lachte. »Gut gemacht, Charlene.«

»Wow«, rief ich kläglich. Mein Herz hämmerte noch immer. Der Garten drehte sich vor meinen Augen.

»Das war ein guter Trick«, lobte Mütze Charlene. »Wie hast du ihm das beigebracht?«

»Das habe ich gar nicht«, erwiderte Charlene. Sie drückte den Hund noch einmal an sich und schob ihn dann von sich weg. »Das war ein dummer Zufall. Ich habe eines Tages gepfiffen und da ist Blümchen ausgeflippt. Er knurrte mich plötzlich an und bleckte die Zähne.«

»Wahrscheinlich kann er es nicht ausstehen, wie du pfeifst«, rief ich, während ich mich langsam wieder beruhigte.

»Er kann es nicht ausstehen, wenn *irgendjemand* pfeift«, entgegnete Charlene, die sich Hundehaare von den Jeansshorts wischte. »Vielleicht tut es ihm in den Ohren weh oder so etwas. Ich habe keine Ahnung. Aber ihr habt ja gesehen, wie er sich aufführt. Er dreht jedes Mal durch, wenn jemand pfeift.«

»Das ist echt toll«, meinte Mütze.

»Er kann Caroline *wirklich* Angst einjagen«, sagte Molly.

Wir sahen zu, wie sich der Hund, dem die Zunge beinahe bis zum Boden hing, trollte. Er schnüffelte an irgendetwas im Blumenbeet herum, dann verschwand er um die Hausecke.

»Armer Hund«, bemerkte Charlene kopfschüttelnd. »Er kann Kalifornien nicht leiden. Ihm ist hier ständig heiß. Aber als wir von Michigan hierher gezogen sind, haben wir es einfach nicht übers Herz gebracht, uns von ihm zu trennen.«

»Ich bin froh, dass ihr das nicht getan habt«, erklärte ich begeistert. »Nun können wir Caroline endlich einen Heidenschrecken einjagen!«

Molly tippte mit dem Schläger gegen einen Krocketball. Ihre Miene verriet, dass sie ein bisschen durcheinander war. »Wir wollen Caroline doch nicht *ernsthaft* etwas antun, oder?«, fragte sie. »Ich meine, Blümchen wird sie doch nicht tatsächlich anfallen, oder? Wenn er außer Kontrolle gerät …«

»Natürlich nicht«, antwortete Charlene rasch. »Sobald ich nicht mehr pfeife, hört er zu knurren auf und wird wieder zum friedlichen, lieben Hund.«

Molly sah erleichtert aus. Sie schlug den Ball durch einen Ring hindurch und holte ihn dann mit dem Schläger zurück.

Am Krocketspiel hatten wir alle das Interesse verloren.

Zu planen, wie wir mit Blümchens Hilfe Caroline Angst einjagen würden, war viel spannender als jedes Spiel.

Die Sonne lugte hinter den hoch aufgetürmten Wolken hervor. Das kurz geschnittene Gras glänzte hell im Sonnenschein. Wir warfen die Schläger hin und flüchteten uns in den Schatten des ausladenden Grapefruitbaums, der in der Mitte des Gartens stand.

»Wir sollten Caroline im Wald erschrecken, an dem Baumhaus, das sie und Denise sich am Sumpfbach gebaut haben«, schlug ich, auf dem Rücken im Gras liegend, vor. »Das ist die perfekte Stelle. Sie und Denise sind ganz allein im Wald. Plötzlich springt ein knurrender Hund auf sie los. Die beiden werden eine ganze Woche lang kreischen!«

»Ja, das ist gut«, pflichtete Mütze mir bei. »Im Wald gibt es auch genug Stellen, wo wir uns verstecken und zuschauen können. Ich meine, Charlene kann sich hinter einem Busch oder einem Immergrünstrauch oder so etwas verbergen und sich die Seele aus dem Leib pfeifen. Wir bleiben alle in unseren Verstecken. Caroline wird nie erfahren, wer ihr den Streich gespielt hat.«

Molly, die im Schneidersitz saß, kaute nachdenklich auf ihrer Unterlippe herum. Sie schob sich die Brille höher auf die Nase. »Mir gefällt das nicht«, sagte sie. »Es macht keinen Spaß, wenn wir Caroline nicht vor vielen Leuten Angst einjagen. Wenn wir sie im Wald erschrecken, wo sonst niemand ist, wen juckt es denn dann schon?«

»*Wir* sind da!«, hielt ich dagegen. »*Wir* werden es sehen. Das ist das Wichtigste. *Wir* werden wissen, dass es uns endlich gelungen ist, ihr einen Schrecken einzujagen.«

»Und vielleicht können wir ja alle aus den Verstecken hervorspringen und ›Reingefallen!‹ schreien, damit sie wissen, dass wir gesehen haben, wie sie sich ins Hemd gemacht haben«, setzte Charlene voller Schadenfreude hinzu. »Dann können wir es in der Schule herumerzählen und alle wissen Bescheid.«

»Das gefällt mir!«, verkündete Mütze.

»Wann wollen wir es durchziehen?«, fragte Molly.

»Wie wär's mit jetzt *gleich*?«, sagte ich und sprang auf.

»Was? Jetzt sofort?« Charlene war überrascht.

»Wieso nicht?«, entgegnete ich. »Lasst uns einfach losgehen und es durchziehen. Vielleicht haben wir ja Glück und finden Caroline und Denise bei ihrem Baumhaus. Sie sind am Wochenende oft dort, hängen da rum und lesen.«

»Ja! Nichts wie los!« Mütze stand auf und schlug mir begeistert auf den Rücken. »Wir machen's jetzt gleich!«

»Ich hole nur schnell Blümchens Leine«, sagte Charlene. »Es spricht eigentlich wirklich nichts dagegen, es gleich zu tun.« Sie wandte sich mit fragendem Blick an Molly, die hinter ihr stand.

»Ich habe eine noch bessere Idee«, verkündete Molly und zupfte sich einen Grashalm aus dem braunen Haar. »Bevor wir in den Wald ziehen, sollten wir sichergehen, dass Caroline auch wirklich beim Baumhaus ist.«

»Und wie sollen wir das anstellen?«, fragte ich.

»Ganz einfach«, antwortete sie. Und dann ahmte sie

auf unglaubliche Weise Denises Stimme nach. *»Hallo, Caroline. Wir treffen uns in zehn Minuten am Baumhaus, okay?«* Es war nicht zu fassen! Sie klang genau wie Denise!

Wir glotzten sie alle völlig baff an.

»Molly, ich habe ja gar nicht gewust, dass du so talentiert bist«, äußerte Charlene lachend.

»Ich habe geübt«, sagte Molly. »Ich kann alle möglichen Stimmen nachahmen. Ich bin echt gut darin.«

»Molly, vielleicht kannst du Zeichentrickfiguren deine Stimme leihen, wenn du älter bist«, schlug ich vor. »Du könntest Daffy Duck sprechen. Du hörst dich schon jetzt sehr nach ihm an!«

Molly streckte mir die Zunge heraus, aber Mütze lachte.

»Lasst uns reingehen und Caroline anrufen«, sagte Charlene aufgekratzt und zog die Haustür auf. »Falls sie nicht zu Hause ist, ist sie wahrscheinlich schon beim Baumhaus. Dann holen wir Blümchen und gehen ebenfalls dorthin. Wenn sie aber zu Hause ist, kann Molly so tun, als wäre sie Denise, und Caroline sagen, dass sie sich mit ihr beim Baumhaus treffen will.«

Wir marschierten in die Küche. Charlene reichte Molly das Küchentelefon. Dann holte sie aus dem Wohnzimmer das schnurlose Telefon, an dem wir anderen mithören konnten.

Molly tippte Carolines Telefonnummer und wir lauschten mit angehaltenem Atem, wie das Telefon klingelte. Einmal. Zweimal.

Nach dem zweiten Klingelzeichen hob Caroline ab. »Hallo?«

Molly legte ihre beste Denise-Stimme auf. »Hallo, Caroline. Ich bin's.« Sie klang wirklich genau wie Denise. Sie hätte Denises eigene Mutter zum Narren halten können!

»Können wir uns im Wald treffen? Du weißt schon, beim Baumhaus?«, fragte Molly mit Denises Stimme.

»Wer *ist* da?«, wollte Caroline wissen.

»Ich natürlich. Denise«, antwortete Molly.

»Das ist aber seltsam«, hörten wir alle Caroline sagen. »Wie kannst *du* Denise sein, wenn Denise hier direkt neben mir steht?«

## 16

»Uups. Verwählt«, sagte Molly und knallte rasch den Hörer auf die Gabel.

Der Anruf bei Caroline hatte sich als dumme Idee herausgestellt.

Unser Plan hatte nicht geklappt. Trotzdem waren wir davon überzeugt, dass wir Caroline mit Blümchen in Angst und Schrecken versetzen konnten. Wir mussten sie nur zum richtigen Zeitpunkt im Wald abpassen.

Am nächsten Tag, dem Sonntag, regnete es. Ich war ziemlich enttäuscht.

Mein Bruder Kevin stand neben mir am Fenster und sah zu, wie die Regentropfen gegen die Scheibe prasselten. Er war ebenfalls schwer enttäuscht. Er und seine Freunde hatten geplant, ihr Schlammmonstervideo im Wald fertig zu drehen.

»Heute wollten wir das große Finale aufnehmen, bei dem die Monster sich aus dem Schlamm erheben«, sagte er.

»Vielleicht hört es ja noch auf zu regnen«, erwiderte ich.

»Das spielt keine Rolle«, seufzte Kevin. »Wir würden trotzdem nicht weiterdrehen können.«

»Wieso nicht?«, fragte ich.

»Es ist zu schlammig«, antwortete er.

Die Woche schleppte sich darin. Es regnete so gut wie jeden Tag.

Am Samstagnachmittag kam endlich die Sonne heraus. Charlene legte Blümchen die Leine an und wir machten uns aufgeregt auf den Weg in den Wald.

»Caroline *muss* dort sein. Das *muss* sie einfach!«, sagte ich.

»Jemand muss das Baumhaus auskundschaften und sich vergewissern, dass Caroline und Denise auch wirklich dort sind, bevor wir Blümchen loslassen«, meinte Molly.

»Das übernehme ich!«, meldeten Mütze und ich uns wie aus einem Mund.

Alle lachten. Wir waren echt gut gelaunt. Ich glaube, wir hatten alle ein gutes Gefühl. Dies würde der Tag werden, an dem wir Caroline endlich das Fürchten lehrten.

Der Wald begann ein paar Straßenblocks von Charlenes Haus entfernt. Es war ein wunderschöner Tag, der erste seit einer Woche. Die Luft war frisch und klar nach dem vielen Regen.

Blümchen blieb ständig stehen, um an Blumen, Büschen und anderen Pflanzen zu schnüffeln. Charlene musste dauernd an der Leine ziehen, um ihn zum Weitergehen zu bringen. Das war ganz schön anstrengend. Es ist nicht leicht, einen Bernhardiner dazu zu bringen, sich zu bewegen, wenn er sich nicht bewegen will!

»Mein Mund ist wie ausgedörrt«, beklagte sich Charlene, als wir den Waldrand erreichten. »Ich hoffe, ich kann überhaupt noch richtig pfeifen.«

Sie versuchte zu pfeifen, aber es klang eher wie ein Keuchen. Wie ein richtiger Pfiff hörte es sich jedenfalls nicht an.

Doch für Blümchen schien das keine Rolle zu spielen. Er hob augenblicklich den Kopf und stellte die Ohren auf.

Charlene strengte sich noch stärker an, brachte aber trotzdem weiterhin kaum einen Ton zu Stande.

In Blümchens Bauch begann es zu grollen. Das Grollen wurde zu einem tiefen Knurren, das weiter anschwoll. Der große Hund bleckte bedrohlich die Zähne.

»Charlene – hör auf«, sagte ich. »Verausgab dich nicht schon vorher.«

Charlene hörte zu pfeifen auf und der Hund entspannte sich.

»Hat jemand einen Kaugummi?«, fragte Charlene und griff sich an den Hals. »Mein Mund ist völlig ausgetrocknet.«

Molly reichte ihr einen Kaugummistreifen.

»Blümchen ist bereit!«, verkündete Mütze freudestrahlend, als wir den Wald betraten.

Die Schatten der Blätter über uns tanzten über die Erde und funkelnde Sonnenstrahlen fielen zwischen den Bäumen herab. Zweige und trockenes Laub raschelten unter unseren Schuhen, während wir unseres Weges gingen.

»Komm schon, Hund!«, bat ihn Charlene und zerrte heftig an der Leine.

»Psstt«, mahnte Molly. »Wir müssen jetzt leise sein. Wenn Caroline im Wald ist, wird sie uns sonst hören.«

»Komm schon, Blümchen!«, wiederholte Charlene in lautem Flüsterton.

Der Hund war eine echte Plage. Immer wieder blieb er stehen und schnüffelte an irgendetwas herum. Er zerrte an der Leine, versuchte sich loszureißen und auf eigene Faust loszuziehen. Ich schätze, es gab hier zu viele aufregende Gerüche für ihn. Sein Schwanz schwang hin und her und er hechelte geräuschvoll.

Mittlerweile waren wir tief im Wald und näherten uns dem Bach. Es wurde schattiger und kühler.

»Ich schleiche mich zum Baumhaus und stelle fest, ob Caroline und Denise da sind«, flüsterte ich. Ich reichte Mütze die braune Papiertüte, die ich mitgebracht hatte. »Halte das bitte für mich. Ich bin gleich wieder da.«

Mütze beäugte die Tüte misstrauisch. »Was ist das?«

»Das wirst du schon noch sehen«, erklärte ich ihm und eilte zu meiner Erkundungstour los. Gebückt bahnte ich mir einen Weg durch das hohe Gestrüpp.

Ich warf einen Blick zurück auf meine Freunde. Sie hatten sich alle um Blümchen gruppiert. Der große Hund kauerte am Boden und kaute auf einem großen Stock herum.

Mit klopfendem Herzen folgte ich weiter dem schmalen Trampelpfad. Vorfreude durchflutete mich. Er war da! Der Tag unseres Sieges über Caroline war gekommen!

Ihr Baumhaus stand in der Nähe des Baches am Rand einer kleinen, grasbewachsenen Lichtung. Als ich auf die Lichtung zulief, konnte ich das sanfte Plätschern von Wasser aus dem Bach hören.

Beim Gehen achtete ich darauf, mich immer unauffällig zwischen den Bäumen zu halten. Auf keinen Fall wollte ich von Caroline oder Denise entdeckt werden. Das hätte die Überraschung verdorben.

Ich musste grinsen, als ich daran dachte, welche Angst die beiden gleich bekommen würden. Falls sie da waren …

Am Rand der Lichtung blieb ich stehen und schaute auf die andere Seite hinüber, wo das Baumhaus lag. Das hohe

Gras war von dutzenden von Fußabdrücken niedergetreten. Mein Bruder und seine Freunde mussten einen Teil ihres Schlammmonstervideos hier aufgenommen haben.

Vorsichtig schlich ich mich unter den Bäumen am Rand der kreisförmigen Lichtung entlang. Nun kam Carolines Baumhaus in Sicht. Es sah wie eine riesige Holzkiste aus, die auf dem untersten Ast einer alten Eiche thronte. Eine Strickleiter verband sie mit dem Boden.

Aber wo waren Caroline und Denise?

Ich konnte sie nicht sehen.

Ich lief einige Schritte weiter und schob im Gehen das hohe Gras auseinander. »Au«, murmelte ich, als mich etwas in die Schulter piekste. Ich schaute hinunter und zupfte vorsichtig zwei Kletten vom Ärmel meines T-Shirts.

Dann pirschte ich mich weiter heran. Je näher ich dem Baumhaus kam, desto stärker achtete ich darauf, kein Geräusch zu machen.

Ich blieb stehen, als ich plötzlich Stimmen vernahm. Mädchenstimmen.

Und da entdeckte ich Caroline und Denise. Sie streiften gar nicht weit vor mir durch den Wald.

Schnell duckte ich mich hinters Gebüsch.

Sie waren mir nur ein paar Schritte voraus. Hatten sie mich gesehen?

Nein.

Sie redeten aufgeregt miteinander, führten anscheinend eine hitzige Diskussion. Ich beobachtete sie durch das Gestrüpp hindurch. Sie trugen beide blaue Tops, die bis zur Taille reichten, und weiße Leinenshorts. Wie Zwillinge.

Sie spazierten gemächlich von mir weg und pflückten im Gehen hin und wieder Kräuter und Wildblumen.

Großartig!, dachte ich. Das ist *perfekt*!

Ich hatte *gewusst*, dass dies der große Tag war!

Ich machte kehrt und eilte lautlos davon. Ich konnte es kaum erwarten, zurück zu meinen Freunden zu kommen.

Ich fand sie an derselben Stelle wie vorher, sie hockten noch immer um den Hund herum. »Blümchen, dein Auftritt!«, rief ich schon von weitem aufgeregt und winkte ihnen grinsend zu.

»Heißt das, sie sind da?«, fragte Mütze überrascht.

»Ja«, antwortete ich außer Atem, »sie sind da und warten nur darauf, erschreckt zu werden.«

»Fabelhaft!«, riefen Molly und Charlene im Chor. Charlene zog an der Hundeleine und bemühte sich, Blümchen zum Aufstehen zu bewegen.

»Warte«, sagte ich. Ich nahm Mütze die braune Papiertüte ab. »Bevor Blümchen aufsteht, soll er erst noch das hier bekommen.«

Ich holte die Dose Rasierschaum hervor, die ich mitgebracht hatte.

»Wozu soll die gut sein?«, wollte Mütze wissen.

»Ich dachte, wir sollten ihm Rasierschaum ums Maul schmieren«, erklärte ich. »Ihr wisst schon, damit es so aussieht, als hätte er Schaum vorm Maul. Tollwütige Hunde haben immer Schaum vorm Maul. Wenn Caroline und

Denise einen knurrenden Hund mit Schaum vorm Maul sehen, der auf sie losstürmt, werden sie vor Angst bestimmt tot umfallen!«

»Hervorragend!«, rief Molly und schlug mir auf den Rücken. »Das ist echt gut!«

Alle gratulierten mir. Manchmal habe ich wirklich klasse Ideen, das muss ich schon mal sagen.

Blümchen rappelte sich auf und begann Charlene in Richtung der Lichtung zu ziehen.

»Lass uns erst noch ein bisschen näher rangehen«, raunte Charlene uns zu, während der große Hund zwischen den Bäumen hindurchtrottete und Charlene hinter sich her zog. »Dann schmieren wir ihm das Zeug ums Maul und lassen ihn los.«

Molly, Mütze und ich folgten ihr dicht auf den Fersen. Eine kleine Weile später erreichten wir den Rand der Lichtung. Hinter einem hohen, dichten Strauch hielten wir an und hockten uns nieder. Hier waren wir völlig verborgen und nicht zu sehen.

Caroline und Denise waren auf die Lichtung getreten. Sie standen im hohen Gras, die Arme vor der Brust verschränkt, die Köpfe gesenkt, und diskutierten über irgendetwas.

Wir konnten zwar das Gemurmel ihrer Stimmen hören, waren aber nicht nahe genug, um zu verstehen, was sie sprachen. Hinter ihnen plätscherte der Bach in seinem schlammigen Bett.

»Jetzt ist Showtime, Blümchen«, flüsterte Charlene, als

sie aufstand und sich bückte, um den Hund von der Leine zu lassen. Dann wandte sie sich wieder an uns.

»Sobald er die Lichtung erreicht hat, fange ich zu pfeifen an.«

Ich nahm die Rasierschaumdose und sprühte mir eine dicke Schicht weißen Schaum auf die Hand.

Plötzlich vernahm ich ein Geräusch hinter uns im Wald.

Ein Rascheln und Knacken. Etwas lief über trockenes Laub und Zweige. In einer Lücke zwischen den Büschen tauchte ein Eichhörnchen auf.

Blümchen entdeckte es ebenfalls. Gerade als ich mich über ihn beugte und ihm den Rasierschaum ums Maul schmieren wollte, rannte der Hund los.

Ich wurde umgerissen und fiel aufs Gesicht.

Als ich wieder aufschaute, sah ich, wie der Hund auf die Bäume zurannte, um hinter dem Eichhörnchen herzujagen.

Meine Freunde waren bereits aufgesprungen und liefen hinter ihm her. »Blümchen! Blümchen! Komm zurück!«, schrie Charlene.

Ich rappelte mich auf. Mein T-Shirt war auf der Brust mit Rasierschaum voll geschmiert. Ohne mich darum zu kümmern, drehte ich mich um und sauste hinter den anderen her in den Wald.

Sie waren mir bereits ein gutes Stück voraus. Ich konnte sie nicht mehr sehen. Aber ich konnte Charlene schreien hören: »Blümchen! Komm zurück! Blümchen – wo bist du?«

# 17

Ich rannte so schnell ich konnte und holte meine Freunde schließlich ein. »Wo … wo ist Blümchen?«, fragte ich atemlos.

»Irgendwo da drüben, glaube ich«, antwortete Charlene und wies auf eine Gruppe eng nebeneinander stehender Bäume.

»Nein. Ich glaube, ich habe ihn da hinten gehört«, widersprach Mütze und deutete in die entgegengesetzte Richtung.

»Wir können ihn nicht verlieren«, sagte ich, nach Atem ringend. »Er ist zu groß, um verloren zu gehen.«

»Ich hätte nicht gedacht, dass er so schnell rennen kann«, bemerkte Charlene unglücklich. »Er will unbedingt dieses Eichhörnchen fangen.«

»Weiß er denn nicht, dass er einen Auftrag zu erledigen hat?«, fragte Molly, während sie zwischen den Bäumen Ausschau nach ihm hielt.

»Ich … ich hätte ihn nicht von der Leine lassen sollen«, jammerte Charlene. »Nun werden wir den großen Taugenichts nie einfangen können.«

»Doch, natürlich werden wir das«, erwiderte ich und gab mir Mühe, optimistisch zu klingen. »Er wird von selbst zu uns zurückkommen, sobald das Eichhörnchen auf und davon ist.«

Als ich hingefallen war, hatten sich Erde und trockenes

Laub am Rasierschaum festgesetzt. Nun prangte vorne auf meinem T-Shirt ein großer dunkler Fleck. Ich rieb mit der Hand darüber, während ich mit den Augen den Wald nach Blümchen absuchte.

»Wir teilen uns besser auf«, sagte Charlene. Sie sah besorgt aus. »Wir müssen ihn finden, bevor er in irgendwelche Schwierigkeiten gerät. Er ist nicht an den Wald gewöhnt.«

»Vielleicht ist er am Bach«, meinte Molly und rückte ihre Brille zurecht. In ihren Haaren hatte sich ein kleiner Zweig verfangen. Ich zupfte ihn ihr heraus.

»Statt hier lange Reden zu schwingen, sollten wir lieber losgehen und ihn suchen«, drängte ich ungeduldig. »Vielleicht können wir Caroline und Denise immer noch einen Schrecken mit ihm einjagen.«

Ich bin in unserer Gruppe immer der Optimist.

»Hauptsache, wir finden ihn überhaupt«, murmelte Charlene mit angespannter, besorgter Miene. »Wenn Blümchen irgendetwas zustößt...« Sie war so aufgewühlt, dass sie den Satz nicht beenden konnte.

Wir teilten uns auf. Ich nahm den gewundenen Pfad, der zum Bach führte, und schob beim Laufen die Äste kleiner Bäume aus dem Weg. »Blümchen! Blümchen!«, rief ich mit gedämpfter Stimme.

Wie kam die doofe Töle bloß dazu, uns alles so zu verpatzen? Wie konnte er nur so verantwortungslos sein?

»Au!« Ein spitzer Dorn zerkratzte mir das Handgelenk, als ich an einem üppig wuchernden Brombeerstrauch vorbeilief. Schwer atmend blieb ich stehen, um mir die Schramme anzusehen. Ein kleiner Tropfen hellrotes Blut erschien auf meinem Handgelenk.

Ohne mich darum zu kümmern, setzte ich die Suche fort. »Blümchen! Blümchen?«

Mittlerweile hätte ich eigentlich ganz in der Nähe des Baches sein müssen, aber ich konnte kein Wasser plätschern hören.

War ich wirklich auf dem richtigen Pfad? Oder war ich irgendwo falsch abgebogen?

Ich begann schneller zu laufen, sprang über einen umgestürzten Baumstamm hinweg und bahnte mir einen Weg durch hohes Schilf. Der Boden wurde weich und matschig. Ich sank beim Laufen mit den Schuhen ein.

Hätte die Lichtung jetzt nicht vor mir liegen müssen?

Hätte sich der Bach nicht auf *dieser* Seite der Lichtung befinden müssen?

Ich blieb stehen, beugte mich nach vorn und rang, die Hände auf die Knie gestützt, nach Luft.

Als ich aufblickte, stellte ich fest, dass ich mich verlaufen hatte.

Ich schaute mich Hilfe suchend nach der Sonne um. Vielleicht konnte ich so die Orientierung wieder finden. Doch die Baumkronen waren zu dicht belaubt. Nur wenig Sonnenlicht drang zum Waldboden hindurch.

»Ich habe mich verirrt«, sagte ich laut, eher verdutzt als erschrocken. »Das glaub ich ja nicht. Ich habe mich im Wald verlaufen!«

Ich fuhr herum und hielt nach irgendetwas Ausschau, das mir bekannt vorkam. Schlanke Bäume mit weißen Stämmen bildeten einen dichten, fast vollständigen Zaun hinter mir. Von den drei übrigen Seiten umgaben mich dunkle Bäume.

»Hallo, kann mich jemand hören?«, rief ich. Meine Stimme klang schrill und verängstigt.

»Kann mich jemand *hören*?«, wiederholte ich und zwang mich dabei, lauter zu schreien.

Keine Antwort.

Über mir krächzte ein Vogel laut. Ich hörte das Flattern von Flügeln.

»He, Mütze! Molly! Charlene!« Mehrmals rief ich ihre Namen, bekam aber wieder keine Antwort.

Ein kalter Schauder lief mir den Rücken hinunter. »He, ich habe mich verirrt!«, schrie ich. »Ist da irgendjemand?«

Und dann hörte ich plötzlich rechts von mir das Rascheln von Schritten. Von schweren Schritten. Sie kamen eilig auf mich zu.

»He, Leute – seid ihr das?«, rief ich und lauschte angestrengt.

Keine Reaktion. Die schweren Schritte kamen näher.

Ich starrte zwischen die dunklen Bäume.

Ein anderer Vogel krächzte und Flügel schlugen.

Noch immer waren die Schritte zu hören. Trockenes Laub raschelte.

»Blümchen, bist du das? He – Blümchen?«

Es musste der Hund sein. Ich ging ein paar Schritte auf die näher kommenden Geräusche zu.

Ich blieb stehen, als der Hund in Sicht kam.

»Blümchen?«

Nein.

Ich keuchte, als ich in die funkelnden Augen eines fremden Hundes blickte. Er war riesig, fast so groß wie ein Pony, hatte glattes schwarzes Fell und sah bösartig aus. Er senkte den schmalen Kopf und knurrte mich an. Seine roten Augen glühten zornig.

»Liebes Hündchen«, sagte ich kläglich. »Braves Hündchen.«

Er bleckte die Zähne und knurrte wieder Furcht erregend.

Dann nahm er Anlauf und sprang auf mich zu.

## 18

»He!«, rief eine besorgte Stimme irgendwo hinter mir.

Der knurrende Hund schien mitten in der Luft anzuhalten.

Seine Augen glühten noch immer wie heiße Kohlen, als er unsanft auf allen vier Pfoten landete.

»He – verzieh dich!«, schrie die Stimme.

Ich drehte mich um und sah Mütze, der mit einem

langen Stock auf mich zugerannt kam. »Hau ab, Köter!«, brüllte Mütze.

Der Hund senkte knurrend den Kopf, die Augen noch immer auf mich gerichtet, aber er wich widerstrebend zurück. Den glatten Schwanz hatte er zwischen die kräftigen Hinterbeine eingeklemmt.

»Hau ab!«, fiel ich in Mützes Rufen ein. »Verzieh dich!«

Ich weiß nicht, ob es daran lag, dass wir nun zu zweit waren, oder an dem Stock, den Mütze schwang – jedenfalls machte das riesige Tier plötzlich kehrt und verschwand mit langen Sätzen zwischen den Bäumen.

»Oh, wow«, stöhnte ich. »Das war knapp.« Erst jetzt bemerkte ich, dass meine Brust schmerzte, weil ich so lange den Atem angehalten hatte. Mit einem lauten *Wusch* ließ ich die Luft ausströmen.

»Alles in Ordnung?«, fragte Mütze.

»Ja, ich glaube schon«, antwortete ich mit bebender Stimme. »Danke, dass du mir das Leben gerettet hast.«

Er starrte zu den Bäumen hinüber, zwischen denen der Hund verschwunden war. »War das ein Hund oder ein Pferd?«, rief Mütze. »Er sah gemeingefährlich aus, oder?«

Ich nickte stumm. Meine Kehle fühlte sich plötzlich wie ausgedörrt an und es fiel mir schwer zu sprechen. Diesem knurrenden Ungeheuer würde ich bestimmt noch öfter begegnen – in Albträumen.

»Habt ihr Blümchen gefunden?«, stieß ich mühsam hervor.

Mütze trat gegen den umgestürzten Baumstamm und schüttelte den Kopf. »Nein, noch nicht. Charlene dreht langsam durch.«

»Ich … ich kann mir vorstellen, wie sie sich fühlt«, stotterte ich. Ich warf einen Blick zu den Bäumen hinüber. Aus irgendeinem Grund dachte ich, ich hätte wieder den riesigen schwarzen Hund gesehen, der nun zurückkam, um mich von neuem anzugreifen.

Doch es war nur eine Windbö, die das Laub schüttelte.

»Wir gehen besser zurück«, sagte Mütze und versetzte dem Baumstamm einen letzten Tritt.

Ich folgte ihm den Pfad entlang, der sich durch den Wald schlängelte und nach einer Weile bergab ging. Kleine Tiere raschelten durch das Laub zu unseren Füßen. Wahrscheinlich Backenhörnchen. Ich schenkte ihnen keine Aufmerksamkeit. Ich hatte immer noch dieses riesige, knurrende Monster vor Augen und musste daran denken, wie knapp ich davongekommen war.

Kurze Zeit später trafen wir auf Molly und Charlene. Die beiden sahen schrecklich mitgenommen aus.

»Was sollen wir jetzt bloß tun?«, jammerte Charlene. Sie hatte die Hände tief in den Taschen ihrer Jeans vergraben und sah so aus, als würde sie jeden Moment in Tränen ausbrechen. »Ich kann doch nicht ohne Blümchen nach Hause gehen!«

»Ich wette, dein Hund ist nach Hause gelaufen«, sagte Molly. »Wahrscheinlich ist der dämliche Köter schon daheim.«

Charlenes Miene hellte sich ein wenig auf. »Glaubst du wirklich? Du meinst also nicht, dass er sich im Wald verirrt hat?«

»Hunde können sich gar nicht verlaufen«, warf ich ein. »Sie haben einen hervorragenden Orientierungssinn. Blümchen ist bestimmt längst zu Hause.«

»Lasst uns gleich losgehen und nachsehen«, drängte Molly und legte Charlene tröstend die Hand auf die Schulter.

»Aber was ist, wenn er nicht dort ist?«, wollte Charlene bekümmert wissen. »Was dann?«

»Dann rufen wir die Polizei und bitten sie, uns bei der Suche zu helfen«, erklärte ihr Molly.

Die Antwort schien Charlene zufrieden zu stellen. Niedergeschlagen zogen wir los und trotteten aus dem Wald hinaus.

Wir hatten gerade die letzten Bäume hinter uns gelassen und steuerten auf die Straße zu, als Caroline und Denise in Sicht kamen.

Sie standen am Randstein. Bei ihnen waren zwei Hunde.

Blümchen hockte links neben Caroline und das riesige schwarze Hundemonster saß rechts von ihr.

»Hallo!«, rief Caroline, als wir auf sie zurannten. »Gehören diese Hunde einem von euch?«

Ich blieb unvermittelt stehen, weil ich meinen Augen nicht traute.

Blümchen leckte mit Hingabe Carolines eine Hand und der große schwarze Hund leckte sachte ihre andere.

»Der Bernhardiner gehört mir!«, rief Charlene freudestrahlend.

»Du solltest die Leine besser festhalten«, sagte Caroline zu ihr. »Er hatte sich total verlaufen, als wir ihn gefunden haben.« Sie reichte Charlene Blümchens Leine.

Charlene bedankte sich bei ihr.

»Ist dieser andere Hund nicht ein richtiger Goldschatz?«, schwärmte Caroline. Sie beugte sich zu ihm hinab und stupste das riesige, schwarze Monster mit der Nase an.

Das war der Moment, als ich beschloss, es aufzugeben.

Ich musste einsehen, dass es unmöglich war. Es gab nichts – absolut *nichts* –, womit man Caroline Angst einjagen konnte.

Es war an der Zeit, sich die Niederlage einzugestehen.

Ich konnte ja nicht ahnen, wie Furcht erregend sich die Dinge schon bald entwickeln sollten.

## 19

Eisige Hände, kalt wie der Tod, legten sich mir um den Hals.

Ich brüllte.

Charlene lachte. »Eddie, was ist denn los mit dir? Ein bisschen nervös?«

»Wieso sind deine Hände so kalt?«, wollte ich wissen, während ich mir den Hals rieb.

Sie hielt eine Dose Cola hoch. »Die habe ich mir gerade aus dem Kühlschrank geholt.«

Alle lachten über mich.

Wir hatten uns ein paar Tage später alle vier bei Charlene eingefunden und saßen im Wohnzimmer, um zu beratschlagen, was wir als Nächstes machen wollten. Es war Donnerstagabend etwa halb neun. Unseren Eltern hatten wir erzählt, dass wir gemeinsam für die Matheprüfung lernen wollten.

»Ich finde, wir sollten es aufgeben«, sagte ich niedergeschlagen. »Wir können Caroline keinen Schrecken einjagen. Das schaffen wir einfach nicht.«

»Eddie hat Recht«, pflichtete mir Mütze bei. Er saß neben Molly auf der braunen Ledercouch. Ich lümmelte ihnen gegenüber in dem großen Sessel. Charlene hatte es sich auf dem zotteligen weißen Teppich bequem gemacht.

»Es *muss* eine Möglichkeit geben.« Charlene ließ nicht locker. »Caroline ist schließlich kein Roboter. Sie muss sich ab und zu auch mal fürchten!«

»Da bin ich mir nicht so sicher«, meinte ich kopfschüttelnd.

In diesem Moment kam Blümchen mit wedelndem Schwanz ins Zimmer gewatschelt. Er steuerte auf Charlene zu und schleckte ihr den Arm ab.

»Schaff diesen Verräter hier raus!«, forderte ich grimmig.

Blümchen hob den Kopf und warf mir einen langen Blick aus seinen feuchten, sorgenvollen braunen Augen zu.

»Du hast mich gehört, Blümchen«, sagte ich kalt. »Du bist ein Verräter.«

»Er ist doch nur ein Hund«, nahm Charlene ihn in Schutz. Sie zog das pelzige Ungeheuer neben sich auf den Teppich hinunter.

»Hunde scheinen Caroline zu mögen«, bemerkte Molly.

»Schlangen und Taranteln mögen sie ebenfalls«, setzte ich bitter hinzu. »Es gibt nichts, wovor Caroline sich fürchtet. Nichts.«

Plötzlich nahm Mollys Gesicht einen teuflischen Ausdruck an. »Wollt ihr mal etwas *wirklich* Furcht erregendes sehen?«, fragte sie. Sie langte zur anderen Seite der Couch hinüber und riss Mütze die Baseballkappe vom Kopf.

»IGITT!«, riefen wir alle gleichzeitig. »Zum Fürchten!«

Mützes dunkles Haar war auf dem Kopf platt gedrückt. Es sah aus, als wäre es aus Holz oder etwas Ähnlichem. Über seine Stirn zog sich ein eingedrückter roter Striemen, den der Rand der Baseballkappe hinterlassen hatte.

»He!«, schrie Mütze zornig. Er holte sich rasch die Kappe zurück und setzte sie sich wieder auf den Kopf.

»Wäschst du dir eigentlich nie die Haare?«, rief Charlene.

»Wozu?«, erwiderte Mütze. Er stand auf und ging zum Spiegel, um die Kappe so zurechtzurücken, wie er sie am liebsten trug.

Wir unterhielten uns eine ganze Weile darüber, wie man Caroline Angst machen konnte. Wir waren ziemlich deprimiert wegen der ganzen Sache. Uns kamen einfach keine guten Ideen.

Kurz nach neun rief meine Mutter an und verlangte, dass ich nach Hause kam. Deshalb verabschiedete ich mich von meinen Freunden und verließ das Haus.

Es hatte den größten Teil des Tages geregnet. Nun war die Luft kühl und feucht. Die Vorgärten schimmerten nass im bleichen Licht der Straßenlaternen.

Ich wohnte vier Straßenblocks von Charlene entfernt in derselben Straße. Jetzt wünschte ich mir, ich wäre mit dem Fahrrad gefahren. Ich bin spätabends nicht gerne zu Fuß unterwegs. Einige der Straßenlaternen waren ausgefallen und das war irgendwie unheimlich.

Okay, schon gut. Ich gebe es ja zu. Mir kann man viel leichter Angst machen als Caroline.

Kalte Hände in meinem Nacken reichen schon aus, dass ich zu Tode erschrecke.

Vielleicht sollten wir das mal bei Caroline ausprobieren, dachte ich, als ich die Straße überquerte und den nächsten Straßenblock entlangging. Ihr eiskalte Hände in den Nacken legen …

Ich kam an einem rechteckigen unbebauten Grundstück vorbei, das von hohem Unkraut und Büschen überwuchert war. Da sah ich aus den Augenwinkeln, dass sich dort etwas bewegte.

Es lief durch das hohe Gestrüpp auf mich zu.

Ich schluckte und fühlte, dass meine Kehle wie zugeschnürt war. Dann lief ich los.

Der dunkle Umriss glitt weiter auf mich zu und ich hörte ein leises Raunen.

War das nur der Wind?

Nein. Es klang zu menschlich, als dass es der Wind hätte sein können.

Wieder erklang ein Raunen, aber diesmal war es lauter und klang eher wie ein erstickter Schrei.

Die Bäume wiegten sich raschelnd, als würden sie miteinander tuscheln. Dunkle Schatten huschten schnell auf mich zu.

Mein Herz hämmerte. Ich überquerte eilig die Straße und rannte weiter.

Doch die Schatten kamen näher. Gleich würden sie über mich herfallen.

Ich war mir nicht sicher, ob ich es noch lebend nach Hause schaffen würde.

# 20

Ich lief so schnell ich konnte. Die dunklen Hecken und Bäume sausten verschwommen an mir vorbei. Meine Schuhe klatschten laut über das nasse Pflaster.

Ich fühlte das Blut in den Schläfen pochen, als unser Haus in Sicht kam. Der gelbe Lichtschein der Verandalampe ließ den Rasen vor dem Haus hell glitzern.

Fast zu Hause, dachte ich. Fast daheim. *Bitte* lass es mich ins Haus hinein schaffen!

Wenige Sekunden später taumelte ich die Einfahrt hinauf. Ich hastete um das Haus herum und zur Hintertür, die in die Küche führte.

In einer letzten, verzweifelten Anstrengung stieß ich die Tür mit der Schulter auf, stürmte in die Küche, schlug die Tür hinter mir zu und verriegelte sie.

Ich rang nach Luft, meine Brust hob und senkte sich und meine schmerzende Kehle war wie ausgedörrt. Eine ganze Zeit lang lehnte ich mit dem Rücken an der Tür und bemühte mich, wieder zu Atem zu kommen.

Es dauerte nicht lang, bis mir klar wurde, dass mich in Wirklichkeit gar niemand verfolgt hatte. Ich hatte mir das alles nur eingebildet.

Das war mir nicht zum ersten Mal passiert.

Wieso bin ich bloß so ein Schisser?, fragte ich mich, als ich mich langsam wieder ein bisschen besser fühlte, da ich ja nun zu Hause in Sicherheit war.

Und während ich so in der leeren Küche stand und darauf wartete, dass mein hämmerndes Herz sich beruhigte, wurde mir klar, dass meine Freunde und ich es falsch angestellt hatten. Ich begriff, wieso es uns nicht gelungen war, Caroline Angst einzujagen.

»Eddie, bist du das?«, rief meine Mutter aus dem Wohnzimmer.

»Ja, ich bin wieder zu Hause«, rief ich zurück. Rasch lief ich in den Flur und streckte den Kopf ins Wohnzimmer. »Ich muss nur schnell noch telefonieren«, erklärte ich ihr.

»Aber du bist doch gerade erst nach Hause gekommen…«, protestierte Mom.

Ich war bereits auf halber Treppe nach oben. »Nur ein Anruf!«, rief ich hinunter.

Ich sauste in mein Zimmer, schnappte mir das Telefon und rief Charlene an. Sie hob nach dem zweiten Klingeln ab. »Hallo?«

»Wir haben es völlig falsch angepackt!«, erklärte ich ihr atemlos.

»Eddie? Bist du schon zu Hause? Bist du etwa den ganzen Weg gerannt?«

»Wir haben es völlig falsch angepackt«, wiederholte ich, ohne auf ihre Fragen einzugehen. »Wir müssen Caroline in der Nacht erschrecken! In der *Nacht*! Nicht am helllichten Tag. In der Nacht ist alles viel gruseliger!«

Daraufhin herrschte kurzes Schweigen. Offenkundig dachte Charlene über das nach, was ich gesagt hatte.

Schließlich meinte sie: »Du hast Recht, Eddie. In der Nacht ist alles viel gruseliger. Aber eine gute Idee haben wir deswegen trotzdem noch nicht.«

»Ja, da hast du Recht«, gab ich zu.

»Wir können Caroline ja wohl kaum einfach im Dunkeln auflauern und ›Buh!‹ schreien«, sagte Charlene.

Charlene hatte Recht. Die Nacht war zwar eindeutig der richtige Zeitpunkt, um Caroline einen Schrecken einzujagen, aber wir benötigten trotzdem eine Idee. Eine echt gute, Furcht erregende Idee.

Verblüffenderweise lieferte mir Caroline selbst am nächsten Morgen die fehlende Idee.

## 21

Bei der Morgenrunde sprachen wir über Monster und Ungeheuer.

Wir beginnen jeden Tag mit einer Morgenrunde. Dazu versammeln wir uns alle in einer Ecke des Klassenzimmers. Mr Melvin lehnt sich gegen die Tafel oder er setzt sich auf einen kleinen dreibeinigen Hocker, den er dort aufgestellt hat. Und dann diskutieren wir über alles Mögliche.

Genau genommen diskutieren immer dieselben drei oder vier Schüler. Wir übrigen sitzen einfach nur dabei und tun so, als ob wir zuhören würden, während wir versuchen, wach zu werden.

Natürlich ist Caroline eine der Hauptrednerinnen. Selbst so früh am Morgen ist sie immer hellwach und mit Begeisterung bei der Sache. Und sie scheut sich nie, zu *allem* ihre Meinung abzugeben.

An diesem Tag erzählte uns Mr Melvin, dass die Menschen schon seit Urzeiten an Monster glauben. »Die Menschen haben das Bedürfnis, sich Monster zu schaffen«, meinte er. »Das hilft uns zu glauben, dass die wirkliche Welt lange nicht so schrecklich ist wie die Ungeheuer, die wir uns ausdenken.«

So redete er eine ganze Weile vor sich hin. Ich glaube nicht, dass ihm tatsächlich jemand zuhörte. Immerhin war es sehr früh am Morgen.

»Es gibt unzählige Legenden und Mythen, Romane und Filme über Monster«, sagte Mr Melvin. »Aber niemand hat je bewiesen, dass es sie wirklich gibt. Sie existieren nur in unserer Vorstellung.«

»Das ist nicht wahr«, unterbrach ihn Caroline. Sie redet immer einfach drauflos, ohne vorher die Hand zu heben. Dabei kümmert es sie nicht, ob sie jemanden unterbricht oder nicht.

Mr Melvin hob seine buschigen schwarzen Augenbrauen. »Kannst du beweisen, dass es Monster wirklich gibt, Caroline?«, fragte er.

»Caroline ist ein Monster«, flüsterte jemand hinter mir. Einige Kinder lachten.

Ich saß auf dem Fensterbrett. Das morgendliche Sonnenlicht, das durchs Fenster hereinfiel, wärmte mir den Rücken. Neben mir mühte sich Molly damit ab, Kaugummi von ihrer Zahnspange abzufummeln.

»Mein Onkel ist Wissenschaftler«, erklärte Caroline. »Er hat mir erzählt, dass das Ungeheuer von Loch Ness in Schottland tatsächlich existiert. Es lebt in einem großen See und sieht wie eine Seeschlange aus. Einige Leute haben geschafft, es zu fotografieren.«

»Diese Fotos sind aber kein Beweis…«, begann Mr Melvin.

Doch Caroline fuhr einfach fort. Sie hört nie auf, bis sie alles gesagt hat, was sie sagen will. »Mein Onkel meint, dass es auch den Yeti wirklich gibt. Er hat Fotos von Yetispuren gesehen, die im Himalaja aufgenommen wurden.«

Ringsherum im Raum waren geflüsterte Kommentare zu hören. Ich schaute zu Mütze, der mitten in der Runde auf dem Boden saß, und er verdrehte die Augen.

»Die Monster sind also nicht nur Einbildung«, schloss Caroline. »Es gibt sie wirklich. Viele Leute fürchten sich lediglich davor, sich einzugestehen, dass es tatsächlich Monster gibt.«

»Das ist eine höchst interessante Theorie«, sagte Mr Melvin und kratzte sich im Nacken. »Stimmt irgendjemand Caroline zu? Wie viele von euch glauben an Monster?«

Ein paar Kinder hoben die Hand. Ich habe nicht mitgekriegt, wie viele. Dazu war ich viel zu tief in meine eigenen Gedanken versunken.

Caroline glaubt an Monster, sagte ich mir im Stillen. Sie glaubt, dass Monster tatsächlich existieren.

Allmählich formte sich in meinem Kopf eine Idee.

Monster ... Monster ...

Monster in der Nacht. In der Dunkelheit ...

Dank Carolines unfreiwilliger Hilfe entwickelte ich einen tollen Plan, wie wir ihr Angst einjagen konnten. Einen Plan, der einfach funktionieren *musste*!

## 22

Ich bat Kevin mir zu helfen, doch er weigerte sich. Deshalb brachte ich als Verstärkung Mütze, Molly und Charlene mit nach Hause, damit sie ihn ebenfalls zu erweichen versuchten.

»Damit ich das richtig verstehe«, sagte Kevin und blickte uns stirnrunzelnd an. »Ihr wollt also, dass ich und zwei meiner Freunde sich die Schlammmonsterkostüme anziehen und im Wald irgendein Mädchen erschrecken?«

»Nicht *irgendein* Mädchen!«, erklärte ich ihm ungeduldig. »Sondern Caroline.«

»Sie hat es verdient, richtig erschreckt zu werden«, setzte Charlene rasch hinzu. »Wirklich.«

Es war Samstagnachmittag und wir standen im Garten hinter unserem Haus. Kevin hatte den Gartenschlauch in der Hand und bewässerte die Blumenbeete. An Samstagen macht er oft Gartenarbeit.

»Das Video ist fertig«, meinte Kevin, während er den Wasserstrahl regulierte. »Ich bin froh, dass ich nicht mehr in dieses Kostüm steigen und mir diese ganze triefende Schminke ins Gesicht schmieren muss.«

»Bitte!«, bettelte ich.

»Das wird bestimmt lustig«, versicherte Mütze meinem Bruder. »Es wird echt Spaß machen.«

Kevin drehte an der Schlauchdüse, doch es kam kein Wasser heraus.

»Der Schlauch ist verknotet«, sagte ich und deutete auf die verhedderte Stelle. »Lass mich das für dich machen.« Ich machte mich daran, den Schlauch zu entknoten.

»Caroline und ihre Freundin haben am Sumpfbach im Wald ein Baumhaus«, erzählte Charlene Kevin.

»Ich weiß«, erwiderte Kevin. »Da haben wir einen Teil unseres Videos gedreht. Das Baumhaus kommt darin vor. Die Schlammmonster klettern in das Baumhaus und murksen einen Typen ab. Das war echt cool.«

»Toll!«, rief Molly. »Wie wär's mit einer Wiederholung!«

»Ja, bitte!«, flehte ich. Seit mir die Idee gekommen war, bettelte ich Kevin *pausenlos* an.

»Ihr wollt also, dass wir drei uns nachts im Wald auf die Lauer legen, richtig?«, fragte Kevin.

Nun hatte ich den Schlauch vom Knoten befreit und Wasser spritzte heraus, direkt auf Mützes Schuhe.

Mit einem erschrockenen Aufschrei sprang er zurück. Wir lachten alle.

»Tut mir Leid«, meinte Kevin und richtete den Wasserstrahl auf die Blumen. »Das war keine Absicht.«

»Ja, du und deine Freunde, ihr versteckt euch im Wald. Und wenn es dann richtig dunkel ist, kommt ihr heraus und erschreckt Caroline zu Tode!«

»Du meinst, wir sollen unheimliche Geräusche machen, mit tropfender Schlammschminke herumtorkeln und so tun, als wollten wir sie uns schnappen«, sagte Kevin.

»Genau«, antwortete ich aufgeregt. Es war offenkundig, dass er sich für die Sache langsam zu interessieren begann.

»Wie wollt ihr sie überhaupt dazu bringen, dass sie nachts zum Baumhaus geht?«, erkundigte sich Kevin.

Eine gute Frage. Darüber hatte ich noch gar nicht nachgedacht.

»Ich werde dafür sorgen, dass sie hingeht«, sagte Molly unvermittelt. Sie war den ganzen Nachmittag über ziemlich schweigsam gewesen.

»Du willst dich wieder als Denise ausgeben?«, fragte ich. »Das ist das letzte Mal ja ziemlich in die Hose gegangen.«

»Diesmal brauche ich nicht Denise zu spielen«, erklärte Molly geheimnisvoll. »Mach dir keinen Kopf. Ich sorge dafür, dass sie hinkommt.«

Kevin hob den Schlauch, worauf der starke Wasserstrahl an der Hauswand hochwanderte. Er hatte mir den Rücken zugedreht, sodass ich nicht erkennen konnte, was er dachte.

»Nun? Wirst du es tun?«, fragte ich, darauf vorbereitet, gleich wieder mit Bitten und Betteln anzufangen. »Und wirst du auch deine Freunde dazu bringen, uns zu helfen?«

»Was springt für mich dabei heraus?«, fragte Kevin, während er sich umdrehte.

»Ähm…« Ich überlegte fieberhaft. »Ich werde eine Woche lang deinen Diener spielen, Kevin«, sagte ich. »Ich werde die ganze Gartenarbeit für dich übernehmen. Ich werde den Rasen spritzen und Unkraut jäten. Und… ich werde jeden Abend das Geschirr spülen. Und ich räume dein Zimmer auf.«

Er schaute mich mit zusammengekniffenen Augen an. »Jetzt aber mal im Ernst«, maulte er.

»Nein, wirklich!«, beteuerte ich. »Ich werde voll und ganz dein Diener sein. Bei allem! Eine ganze Woche lang.«

Er drehte die Düse des Gartenschlauchs zu. Der Wasserstrahl wurde immer dünner, bis es schließlich nur noch tröpfelte. »Wie wär's mit einem Monat?«, sagte er.

Du liebe Güte! Ein Monat war eine lange Zeit. Ein Monat, in dem ich Kevins sämtliche Aufgaben im Haus erledigen und auf alle seine Kommandos hören musste. Ein ganzer Monat…

War es das wert? War dieser Streich es wirklich wert, dass ich mich für einen ganzen Monat zu einem geschundenen, geplagten Diener machte?

Aber *selbstverständlich* war es das wert!

»Okay«, willigte ich ein. »Einen Monat lang.«

Kevin grinste und gab mir die Hand. Sie war nass vom Wasser.

Dann reichte er mir den Schlauch. »Erledige du das, Diener«, befahl er mir.

Ich nahm den Gartenschlauch entgegen. Wasser tröpfelte mir vorne auf die Jeans.

»Für wann habt ihr den Auftritt der drei Schlammmonster geplant?«, fragte Kevin. »Wann wollt ihr Caroline erschrecken?«

»Morgen Nacht«, antwortete ich.

## 23

Ich weiß nicht genau, wo die Legende von den Schlammmonstern ihren Ursprung hat. Das erste Mal habe ich sie von einem anderen Jungen gehört, als ich klein war. Der Junge hatte mir Angst machen wollen und das war ihm hervorragend gelungen.

Die Legende geht etwa so:

Ein paar frühe Siedler in unserer Stadt waren zu arm,

um sich ein Haus bauen zu können. Deshalb stellten sie im Wald entlang des Sumpfbaches Hütten auf.

Der Bach war damals viel tiefer und breiter als heutzutage. Er war nicht nur ein schlammiges Wasserrinnsal.

Die Leute waren zwar mittellos, aber sie arbeiteten hart und schon bald hatten sie am Bach ein ganzes Dorf aus Hütten errichtet. Doch die Leute in der Stadt schauten auf sie herab. Sie weigerten sich, den Menschen am Bach in irgendeiner Weise zu helfen.

Die Stadtverwaltung lehnte es ab, den Sumpfleuten etwas von den Trinkwasservorräten abzugeben. Und die Ladenbesitzer lehnten es ab, ihnen etwas auf Pump zu verkaufen.

Viele der Menschen draußen am Bach hungerten und nicht wenige von ihnen wurden krank. Trotzdem weigerten sich die Stadtbewohner, ihnen zu helfen.

Das alles geschah vor über hundert Jahren. Vielleicht ist es sogar noch länger her.

Eines Nachts gab es einen schrecklichen Sturm. Es regnete in Strömen und der Wind erreichte Hurrikanstärke.

Bevor sich die Sumpfleute in Sicherheit bringen konnten, schwoll der Bach an. Das bräunliche Wasser türmte sich wie eine Flutwelle auf, eine Flutwelle aus schwerem, dunklem Schlamm.

Der Schlamm brach über das Dorf herein. Er begrub alle Hütten und alle Menschen unter sich, wie ein Lavastrom aus einem Vulkan.

Am nächsten Morgen war von dem Dorf nichts mehr

übrig. Der Bach floss, bis hoch ans Ufer angeschwollen, in seinem schlammigen Bett vorbei. Der Wald war still und verlassen.

Das Dorf und all seine Bewohner waren verschwunden.

Allerdings nicht vollständig.

Der Legende zufolge erheben sich die Dörfler einmal im Jahr bei Vollmond aus dem Schlamm. Sie sind nun Monster, halb tot, halb lebendig.

Dann tanzen sie im Mondschein – und versuchen sich an den Stadtbewohnern zu rächen, die ihnen jede Hilfe verweigert hatten.

So geht die Legende hier am Ort, soweit sie mir bekannt ist.

Natürlich ist sie nicht wahr. Aber es ist eine echt gute Geschichte, finde ich. Und sie wird immer wieder erzählt und von einer Generation an die nächste weitergegeben.

Die Geschichte hat schon einer Menge Kindern Angst gemacht. Mich eingeschlossen.

Und nun, am Samstagabend, machten sich Kevin und seine zwei Schlammmonsterkollegen bereit, Caroline in Angst und Schrecken zu versetzen, das Mädchen, das sich vor nichts und niemandem fürchtete.

Kurz nach sieben stand Kevin im Badezimmer und legte letzte Hand an seine Kostümierung an. Er hatte sich dicken bräunlich-orangen Schlamm ins Gesicht und in die Haare geschmiert. Er trug ein weit sitzendes schwarzes Hemd, das ihm über die ausgebeulte schwarze Jeans hing. Seine Klamotten trieften ebenfalls von Schlamm.

Ich stellte mich in den Türrahmen und beobachtete, wie er noch mehr von der dicken Pampe auf seinen Haaren verteilte. »Igitt. Du siehst echt widerlich aus«, sagte ich zu ihm.

»Danke, du Wicht«, erwiderte er. »Hast du die Spülmaschine fertig eingeräumt?«

»Klar«, sagte ich widerwillig.

»Und hast du alle schmutzigen Klamotten in meinem Zimmer eingesammelt und in den Wäschekorb geworfen?«

»Ja«, murmelte ich.

»Ja, *Sir*«, korrigierte er mich. »Diener sollten immer höflich sein.«

»Ja, *Sir*«, sprach ich ihm nach. Seit ich eingewilligt hatte, ihm zu Diensten zu stehen, hatte er mich so gescheucht, dass ich auf dem Zahnfleisch kroch. Es war kaum zu glauben, wie viele Aufgaben er für mich fand und schon gefunden hatte!

Doch nun rückte der große Augenblick näher, der Moment, der einen Monat Schinderei wert war.

Kevin drehte sich zu mir um. »Wie sehe ich aus?«

»Wie ein Schlammhaufen«, antwortete ich.

Er grinste. »Danke.« Ich folgte ihm hinunter ins Erdgeschoss, wo er die Autoschlüssel von einem kleinen Tischchen nahm. »Ich fahre jetzt und hole meine beiden Freunde ab«, sagte er, während er sein grauenhaftes Äußeres im

Flurspiegel bewunderte. »Dann suchen wir uns im Wald ein Versteck. Soll ich dich mitnehmen?«

Ich schüttelte den Kopf. »Nein, danke. Ich muss erst noch zu Molly. Es gibt da noch eine Kleinigkeit, um die wir uns kümmern müssen.«

»Und die wäre?«, fragte Kevin.

»Dafür zu sorgen, dass Caroline in den Wald geht«, erwiderte ich.

## 24

»Hallo, Eddie. Na, was habt ihr zwei denn so vor?«, fragte Mollys Vater.

Wir standen in Mollys Küche. Ihr Vater öffnete die Kühlschranktür und holte eine Dose Ginger Ale heraus. Dann suchte er, ins Kühlschranklicht blinzelnd, die einzelnen Fächer ab.

»Nicht viel, Dad«, antwortete Molly nervös. »Eddie und ich hängen einfach nur herum.«

Er wandte sich vom Kühlschrank ab. »Habt ihr vielleicht Lust, Scrabble zu spielen oder irgendetwas anderes?«

»Nein. Nein danke«, erwiderte Molly rasch.

Ich warf einen Blick auf die Küchenuhr. Es wurde langsam spät. Wir hatten jetzt keine Zeit für Diskussionen mit

Mollys Dad. Wir mussten dafür sorgen, dass Caroline in den Wald ging.

»Wie wär's dann mit einem Kartenspiel?«, sagte ihr Dad und steckte den Kopf wieder in den Kühlschrank. »Ihr wolltet doch, dass ich euch mal Pokern beibringe. Ich habe heute Abend nicht viel vor, also …«

»Eddie und ich müssen etwas bereden«, unterbrach Molly ihn. »Und … ähm … wir müssen ein bisschen telefonieren.«

Ihr Dad sah eingeschnappt aus. Er holte sich ein paar Scheiben Aufschnitt aus dem Kühlschrank und begann sich ein Brot zu belegen. »Habt ihr Hunger?«

»Nein, überhaupt nicht«, entgegnete Molly ungeduldig und zog mich in Richtung Wohnzimmer.

»Molly, wir müssen uns beeilen«, flüsterte ich ihr zu.

»Als ob ich das nicht selbst wüsste«, sagte Molly trocken. Sie schob sich die Brille höher auf die Nase. »Hier. Du kannst an diesem Telefon mithören, Eddie. Ich gehe nach oben und rufe Caroline an.«

»Was willst du ihr denn sagen? Du willst dich doch nicht wieder als Denise ausgeben?« Ich wurde langsam ein bisschen nervös. Wir hätten Caroline schon viel eher anrufen und nicht erst bis zur letzten Minute damit warten sollen.

Molly warf mir ein geheimnisvolles Lächeln zu. »Das wirst du gleich hören«, verkündete sie spitzbübisch. Dann verschwand sie nach oben.

Eine oder zwei Minuten lang stiefelte ich im Wohnzimmer auf und ab, um Molly genügend Zeit zum Wählen zu geben. Dann hob ich behutsam den Hörer ab und hielt ihn mir ans Ohr.

Molly hatte Caroline bereits am Apparat. »Wer ist dran?«, wollte Caroline wissen.

»Ich bin's, Molly«, lautete die Antwort.

Ich hielt den Atem an. Wieso sagte Molly Caroline die Wahrheit?

»Hallo, Molly. Was gibt's?«, fragte Caroline mit hörbar überraschter Stimme. Sie und Molly waren nie dick befreundet gewesen.

»Ich habe etwas gehört, das dich vielleicht interessieren könnte«, erwiderte Molly atemlos. »Die Schlammmonster sollen heute Nacht am Sumpfbach erscheinen.«

An Carolines Ende trat ein langes Schweigen ein. Schließlich sagte sie: »Das ist doch ein Scherz, stimmt's?«

»Nein«, antwortete Molly rasch. »Das habe ich wirklich gehört. Es heißt, dass wir heute Vollmond hätten, und dies sei der Tag, an dem sich die Schlammmonster wie jedes Jahr aus dem Bach erheben.«

»Molly, jetzt hör aber auf«, entgegnete Caroline spöttisch. »Nun sag schon. Wieso hast du mich angerufen?«

Sie kauft ihr das nicht ab, dachte ich und umklammerte den Telefonhörer fester. Vor Anspannung vergaß ich fast das Atmen. Caroline nahm es ihr nicht ab. Mollys Idee war ein Reinfall.

»Na ja, Caroline, du hast in der Schule doch neulich gesagt, dass du an Monster glaubst«, meinte Molly. »Und als ich das von den Schlammmonstern gehört habe, dachte ich, dass du bestimmt total versessen darauf sein würdest, sie zu sehen.«

»Und wo oder von wem hast du erfahren, dass sie sich heute Nacht zeigen?«, wollte Caroline argwöhnisch wissen.

»Es kam gerade im Radio«, log Molly. »Sie haben gesagt, dass die Schlammmonster heute im Wald auftauchen würden, sobald der Mond aufgegangen ist.«

»Na, dann geh *du* doch hin«, sagte Caroline kaltschnäuzig. »Du kannst mir dann ja am Montag in der Schule alles darüber erzählen.«

O nein, dachte ich. Der totale Reinfall. Der ganze Plan ist ein Fehlschlag. Mein Bruder wird mir das Licht ausblasen!

»Na ja, wahrscheinlich gehe ich tatsächlich hin«, sagte Molly, die nicht so leicht aufgab. »Ich meine, die Chance, echte Monster zu sehen, hat man schließlich nicht allzu oft. Aber wenn du Schiss hast, Caroline, dann solltest du lieber zu Hause bleiben.«

»Wie bitte? Was hast du gerade gesagt?«, fragte Caroline, deren Stimme lauter und schriller wurde.

»Ich sagte«, wiederholte Molly, »wenn du Schiss hast, solltest du heute dem Wald unbedingt fernbleiben.«

»Ich? Schiss?« Carolines Stimme war nun fast so hoch, dass nur noch ein Hund sie hören konnte. »Ich fürchte mich vor keinem Schlammmonster, Molly. Wir treffen uns dort in zehn Minuten. Es sei denn, dass *du* Schiss hast.«

»Nein, wirklich. Bleib lieber zu Hause«, riet Molly Caroline. »Ich will nicht verantwortlich sein, wenn du in Panik gerätst und vielleicht verletzt wirst…«

»Bis gleich im Wald«, sagte Caroline kurz angebunden. Dann legte sie auf.

Einige Minuten später kehrte Molly mit einem breiten, zufriedenen Grinsen im Gesicht ins Wohnzimmer zurück. »Bin ich ein Genie oder was?«, fragte sie.

»Du bist ein Genie«, bestätigte ich. »Und jetzt nichts wie los.«

## 25

Ich spürte, wie mir ein kalter Schauer über den Rücken lief, als Molly und ich uns dem Wald näherten. Die Luft war erstaunlich kühl und feucht. Schmale schwarze Wolkenfetzen trieben am Vollmond vorüber, der noch tief über den Bäumen hing.

»Das ist ganz schön aufregend«, bemerkte Molly und ließ den Blick über die dunklen Bäume vor uns schweifen. »Ich kann's kaum glauben, dass wir Caroline schließlich doch noch einen Schrecken einjagen.«

»Ich kann es auch kaum glauben«, sagte ich. »Ich frage mich schon die ganze Zeit, was wohl *diesmal* schief gehen wird.«

»Nichts geht schief«, versicherte mir Molly. »Sei doch nicht so pessimistisch. Heute ist die Nacht der Nächte, Eddie.«

Charlene und Mütze warteten bereits am Waldrand auf uns. Molly entdeckte die beiden zuerst und winkte ihnen. Wir liefen auf sie zu.

»Habt ihr meinen Bruder und seine beiden Freunde gesehen?«, fragte ich, den Blick auf den dunklen Wald gerichtet.

»Nein«, antwortete Mütze.

»Aber dafür haben wir Caroline gesehen«, berichtete Charlene. »Sie und Denise sind eilig in Richtung Baumhaus gelaufen.«

»Sie hat Denise mitgebracht?«, rief ich. »Hervorragend! Dann können wir Denise auch gleich das Fürchten lehren!«

»Haben die beiden euch gesehen?«, fragte Molly Charlene.

»Ausgeschlossen«, erwiderte Charlene. »Mütze und ich haben uns da drüben versteckt.« Sie deutete auf einen großen dichten Strauch.

Es wurde unvermittelt heller. Ich blickte hoch und sah, dass die Wolkenfetzen sich verzogen und den Mond freigegeben hatten. Bleiches, unheimliches Licht erfasste uns.

Plötzlich schüttelten sich die Bäume in einer Windbö. Es klang, als ob sie wispern würden.

»Mein Bruder und seine Freunde müssen sich unten am

Bach versteckt haben«, sagte ich. »Kommt schon. Lasst uns gehen. Wir wollen den großen Augenblick doch nicht verpassen.«

Wir bahnten uns zu viert einen Weg durch die Bäume. Dabei bemühten wir uns, leise zu gehen, trotzdem knackten und raschelten kleine Zweige und trockenes Laub unter unseren Schritten.

Ich erschrak, als ich ein leises Stöhnen hörte, einen traurigen, klagenden Ruf.

Ich blieb stehen und lauschte. Wieder ein Stöhnen.

»W-was war das?«, stotterte ich mit erstickter Stimme.

»Hört sich nach einem Vogel an. Vielleicht eine Taube«, antwortete Charlene.

Noch ein Stöhnen. Ja, da saß tatsächlich eine Taube hoch über uns auf einem Baum.

»He, Eddie, du hast doch wohl nicht *jetzt schon* die Hosen voll, oder?«, wollte Mütze wissen. Er schlug mir kräftig auf den Rücken. »Reiß dich zusammen, Mann.«

»Ich reiß mich ja zusammen«, murmelte ich. Es war mir peinlich, dass ich wegen einer dämlichen Taube beinahe in Panik geraten war. Zu meinem Glück war es so dunkel, dass sie nicht sehen konnten, wie ich rot wurde.

Ich streckte schnell die Hand aus und drehte Mützes Kappe herum, bloß damit ich nicht mehr an die Taube denken musste.

»He!«, rief Mütze und fuhr verärgert herum.

»Psst, leise! Sonst hören uns noch Caroline und Denise«, schimpfte Molly.

Wir hielten eilig auf das Baumhaus zu. Im Wald wurde es immer dunkler, je tiefer wir hineingingen. Wir blieben beim Gehen dicht beieinander. Niemand flüsterte oder sprach.

Ich hörte noch mehr leises Stöhnen. Gedämpfte Rufe.

Ich zwang mich dazu, sie gar nicht zu beachten. Ich wollte mich nicht noch einmal von irgendwelchen Vögeln erschrecken lassen.

Es kam mir so vor, als wären wir schon mehrere Stunden unterwegs, doch mir war klar, dass erst einige Minuten verstrichen waren. Meine Kehle fühlte sich ausgedörrt an und meine Knie waren ein wenig wackelig. Das lag vermutlich nur an der Aufregung.

»Oh!« Ich schrie auf, als ich über etwas stolperte, eine vorstehende Baumwurzel oder einen Stein. Ich fiel der Länge nach hin. »Au.«

Mütze und Charlene zerrten mich rasch hoch. »Alles in Ordnung mit dir?«, wisperte Charlene.

»Klar. Alles in Butter«, murmelte ich und klopfte mir den Dreck ab. Ich war hart auf dem rechten Ellbogen aufgeschlagen und er tat wie verrückt weh.

»Hör endlich auf, uns Angst machen zu wollen«, maulte Charlene.

»Das tu ich doch gar nicht«, protestierte ich und folgte ihnen den Pfad entlang. Dabei rieb ich mir den schmerzenden Ellbogen.

Am Rand der Lichtung hielten wir an und blickten, von Bäumen vor Blicken verborgen, zum Baumhaus hinüber.

Es war eher eine Plattform mit Wänden als ein Haus. Ich meine, es hatte kein Dach oder so. Im Baumhaus hockten Caroline und Denise, an eine der Seitenwände gelehnt.

Mondlicht fiel auf die Lichtung und ich konnte die beiden klar und deutlich sehen. Caroline hielt sich ein Fernglas vor die Augen. Denise leuchtete mit einer Taschenlampe zwischen die Bäume. Sie hatte eine Kamera um den Hals hängen.

Diese Streber, dachte ich und kicherte in mich hinein. Sie müssen immer als die perfekten Forscher auftreten. Ich war überrascht, dass sie keine Arbeitsblätter dabeihatten, auf denen sie die Schlammmonster eintragen konnten. Unter der Spalte *Tierwelt*!

Meine drei Freunde und ich kauerten uns hinter einen hohen Strauch und beobachteten die beiden. Caroline und Denise unterhielten sich miteinander, während sie über die Seitenwand des Baumhauses spähten. Leider konnte ich nicht verstehen, was sie sagten.

»Ich kann es kaum erwarten!«, flüsterte Mütze mir ins Ohr. Seine dunklen Augen blitzten aufgeregt unter seiner Baseballkappe hervor. Er kaute energisch einen großen Klumpen Kaugummi. »Wo ist dein Bruder?«, fragte er.

Ich suchte mit den Augen die Bäume ab, die gleich hinter der Lichtung das Bachufer säumten. »Ich kann ihn nicht sehen«, antwortete ich mit gedämpfter Stimme. »Aber er und seine Freunde müssen irgendwo da drüben sein. Und sie werden jeden Moment hervorkommen.«

»Und dann fängt der Spaß an«, wisperte Mütze mit einem Grinsen.

»Allerdings«, pflichtete ich ihm bei. »Dann fängt der Spaß an.«

Aber irgendwie nagte Zweifel an mir und ich hatte ein sehr ungutes Gefühl.

Wo *waren* Kevin und seine Freunde?

Wo blieben sie nur?

Doch genau in diesem Moment sah ich etwas, das hinter dem Baumhaus aus dem Wald auf die Lichtung trat.

## 26

Ich packte Mütze am Ärmel, als ich die dunklen Schemen entdeckte, die sich bei den Bäumen bewegten. »Sieh nur!«, flüsterte ich mit klopfendem Herzen und wies mit der Hand über die Lichtung hinweg.

Doch ich hätte gar nicht hinzeigen müssen. Er hatte sie ebenfalls entdeckt. Wir sahen sie alle.

Caroline und Denise blickten in unsere Richtung und hatten keine Ahnung, dass sich hinter ihnen etwas tat.

Ich starrte mir angehaltenem Atem angestrengt zu ihnen hinüber.

Eine dunkle Gestalt ging langsam auf das Baumhaus zu.

Dahinter entdeckte ich noch eine Gestalt. Es sah aus, als würde sie sich aus dem Schlamm erheben.

Dann stakste eine dritte Gestalt ins Licht.

Ja!

Die drei Schlammmonster!

Kevin und seine Freunde machten ihr Versprechen wahr.

Caroline und Denise konnten die drei noch immer nicht sehen. Caroline stützte sich auf die Seitenwand des Baumhauses und spähte durch das Fernglas.

Denise zielte mit der Taschenlampe in die verkehrte Richtung.

Ich konnte Kevin und seine Freunde nun klar und deutlich sehen. Sie gaben ein umwerfendes Bild ab!

Die Köpfe waren mit nassem, dunklem Schlamm bedeckt. Ihre Kleidung wirkte zerlumpt und vom Zahn der Zeit angenagt.

Schlammtriefend und mit ausgestreckten Armen torkelten sie wie Zombies vorwärts.

Immer näher auf das Baumhaus zu.

*Dreht euch um!*, flehte ich Caroline und Denise im Stillen an.

*Dreht euch um und schreit euch endlich die Seele aus dem Leib!*

Doch Caroline und Denise wandten sich noch immer nicht um. Sie hatten keinen Schimmer, dass sich drei grauenhafte Schlammmonster von hinten an sie anschlichen.

Ich warf einen raschen Blick auf meine drei Freunde. Molly und Charlene genossen mit offenem Mund und großen Augen gebannt den Auftritt der Schlammmonster. Auch Mütze hatte die Augen weit aufgerissen und blinzelte kaum, damit ihm nur ja nichts entging.

Zu viert warteten wir darauf, dass unsere zwei Opfer endlich bemerkten, dass sich Schlammmonster an sie heranpirschten.

Plötzlich hörte ich ein Rascheln hinter mir.

Zweige knackten und Schritte schrappten auf dem Boden.

Schritte?

Leises Stimmengemurmel ertönte.

»Huch?« Ich schnappte überrascht nach Luft und drehte mich um.

Hinter uns standen drei *weitere* Schlammmonster!

»Nein!«, rief ich mit erstickter Stimme.

Mütze, Molly und Charlene fuhren ebenfalls herum und sahen, wie die drei neuen Schlammmonster näher traten.

Und da erkannte ich Kevin in der Mitte der drei.

»K-Kevin!«, stotterte ich.

»Tut mir Leid, du Wicht«, flüsterte Kevin. »Aber wir hatten einen Platten.«

# 27

»Kommen wir zu spät?«, fragte Kevin.

Ich antwortete nicht. Ich konnte nicht.

Ich wandte mich wieder der Lichtung zu. Die drei Schlammmonster wankten noch immer von hinten auf das Baumhaus zu. Ihre eingefallenen Augen blickten aus dem feuchten Schlamm hervor, der ihnen vom Gesicht tropfte.

Und dann entdeckte ich noch mehr von ihnen. Ich sah Arme, die sich aus dem Morast reckten. Schlammbedeckte Köpfe tauchten auf und immer mehr Körper erhoben sich schweigend aus dem sumpfigen Boden.

Lauter dunkle Gestalten, von denen der Schlamm herablief, stemmten sich hoch und taumelten über die Lichtung. Ihre nackten Füße schmatzten beim Gehen im Schlamm.

Mittlerweile waren es dutzende. Dürre, ausgemergelte, schlammtriefende Monster, die alle auf das Baumhaus zutorkelten. Und dutzende weitere krochen aus der Erde hervor.

Ich konnte nicht mehr an mich halten und sprang hinter dem Strauch vor. »Lauft, Caroline! Denise!«, brüllte ich. *»Lauft!«*

Sie zögerten, aber schließlich entdeckten sie die grässlichen Schlammwesen.

Carolines schrilles Kreischen schallte durch den Wald.

Sie schrie vor Angst. Immer wieder und wieder.

Sie und Denise kreischten beide.

Das hätte unser großer Moment sein sollen, unser Triumph.

Doch das war er leider nicht.

Nicht nur die beiden Mädchen schrien vor Entsetzen, auch wir.

Währenddessen schlurften die Schlammmonster weiter mit schmatzenden Schritten auf das Baumhaus zu.

Ich sah, wie Caroline und Denise zu Boden sprangen.

Und dann rannten sie schreiend davon.

Und ich nahm ebenfalls die Beine in die Hand, lief in Windeseile durch den Wald und auf die Straße.

Ich rannte und rannte. Und während ich vor den Schlammmonstern floh, wusste ich, dass ich dies hier nie vergessen würde, ganz egal, wie weit ich auch lief.

Nun, das liegt jetzt zwei Wochen zurück. Zwei lange Wochen.

Der Horror ist vorbei. Es liegt alles hinter uns.

Aber ich gehe immer noch nicht allzu oft raus. Wirklich, ich verlasse das Haus nicht gerne.

Meine Freunde auch nicht.

Gestern hat mich Kevin gefragt, ob ich mir sein Schlammmonstervideo ansehen wolle. Es wäre nun geschnitten und fertig.

Aber ich lehnte dankend ab. Das will ich mir bestimmt nicht ansehen!

Ich bin ziemlich nervös und angespannt seit dieser Nacht im Wald.

Meine Freunde sind seither auch ruhelos und überreizt. Bei uns allen liegen die Nerven blank.

Bei allen, außer bei Caroline.

Weißt du, was Caroline gemacht hat? Sie hat jedem, der es hören wollte, voller Stolz erzählt, dass sie Recht gehabt hat. Dass es auf der Erde *wirklich* Monster gibt.

Caroline prahlt noch immer damit, sie habe bewiesen, dass es tatsächlich Monster gibt. Schließlich habe sie sie mit eigenen Augen gesehen.

Sie ist schlimmer als je zuvor.

Meine Freunde und ich, wir würden Caroline zu gerne einmal einen richtigen Schrecken einjagen.

Aber das können wir nicht. Dazu sind *wir* nämlich viel zu schreckhaft.

# Das Sumpfmonster

Aus dem Amerikanischen
von Dagmar Weischer

# 1

»Warum müssen wir denn da unbedingt hin?«, jammerte ich vom Rücksitz des Autos aus. »Warum?«

»Lisa, das habe ich dir jetzt schon *drei Mal* erklärt«, seufzte Dad. »Deine Mutter und ich müssen nach Atlanta. Wir haben dort zu tun!«

»Das weiß ich«, sagte ich und beugte mich nach vorn über den Fahrersitz. »Aber warum können wir denn nicht mit euch kommen? Warum müssen wir bei Oma und Opa bleiben?«

»Weil wir es so beschlossen haben«, erklärten Mom und Dad gleichzeitig.

*Weil wir es so beschlossen haben.* Das saß. Widerrede zwecklos.

Ich ließ mich in meinen Sitz zurückfallen. Mom und Dad mussten kurzfristig nach Atlanta, um dort zu arbeiten. Eine Art Notfall. Frühmorgens hatten sie den Anruf bekommen.

Das ist nicht fair, dachte ich. Die dürfen in eine coole Stadt wie Atlanta. Und Clark – mein Stiefbruder – und ich müssen nach Sumpfstadt.

Sumpfstadt.

Na ja, eigentlich heißt der Ort nicht wirklich Sumpfstadt. Aber der Name passt. Weil es ein Sumpf ist. Oma Rose und Opa Eddie wohnen in Südgeorgia – in einem Sumpf.

Kaum zu glauben!

In einem Sumpf.

Ich starrte aus dem Autofenster. Den ganzen Tag waren wir auf der Autobahn unterwegs gewesen. Jetzt fuhren wir auf einer schmalen Straße durch den Sumpf.

Es war Spätnachmittag. Und die Zypressen warfen lange Schatten über die sumpfigen Wiesen.

Ich steckte den Kopf aus dem Fenster. Ein heißer, feuchter Windstoß schlug mir ins Gesicht. Ich zog den Kopf ein und wandte mich zu Clark um. Er steckte die Nase in ein Comicheft.

Clark ist zwölf – genau wie ich. Aber er ist viel kleiner als ich. Viel kleiner. Und er hat braune Locken, braune Augen und jede Menge Sommersprossen. Er sieht genau aus wie Mom.

Ich bin ziemlich groß für mein Alter. Ich habe langes, glattes blondes Haar und grüne Augen. So wie Dad.

Meine Eltern ließen sich scheiden, als ich gerade zwei Jahre alt wurde. Clark ging es genauso. Mein Vater und seine Mutter heirateten gleich nach unserem dritten Geburtstag und wir zogen zusammen in ein neues Haus.

Ich mag meine Stiefmutter. Und Clark und ich kommen auch einigermaßen miteinander aus. Nur manchmal benimmt er sich ziemlich blöd. Das sagen sogar meine

Freundinnen. Aber wahrscheinlich benehmen sich ihre Brüder genauso blöd.

Ich starrte Clark an.

Ich beobachtete ihn beim Lesen.

Seine Brille rutschte ihm von der Nase.

Er schob sie hoch.

»Clark ...«, fing ich an.

»Schsch.« Er machte eine abwehrende Handbewegung. »Sei still, es ist gerade so spannend.«

Clark liebt Comics. Am liebsten schaurige. Aber er hat schwache Nerven – am Ende kriegt er es immer mit der Angst zu tun.

Ich schaute wieder aus dem Fenster.

Ich starrte die Bäume an. Die Zweige waren voller langer grauer Flechten. Sie hingen von jedem Baum herab – wie graue Vorhänge. Der Sumpf sah dadurch richtig düster aus.

Mom hatte mir morgens beim Packen von den grauen Flechten erzählt. Sie weiß eine Menge über Sümpfe. Sie findet Sümpfe schön – auf gespenstische Weise.

Mom sagte, die grauen Flechten kämen von einer Sumpfpflanze, die auf den Bäumen wächst.

Eine Pflanze, die auf einer Pflanze wächst. Unheimlich, dachte ich. Wirklich unheimlich.

Fast so unheimlich wie Oma und Opa.

»Dad, wieso kommen uns Oma und Opa eigentlich nie besuchen?«, fragte ich. »Als wir sie das letzte Mal gesehen haben, waren wir vier Jahre alt.«

»Na ja, sie sind ein bisschen sonderbar.« Dad blickte mich durch den Rückspiegel an. »Sie verreisen nicht gern. Sie gehen fast nie aus dem Haus. Und sie wohnen so weit drin im Sumpf, dass es für uns auch ganz schön umständlich ist, sie zu besuchen.«

»Oh, wow!«, sagte ich. »Wir übernachten bei zwei alten Sonderlingen.«

»Bei zwei stinkigen alten Sonderlingen«, murmelte Clark und sah von seinem Comic auf.

»Clark! Lisa!«, schimpfte Mom. »Hört auf, so von euren Großeltern zu reden!«

»Das sind nicht meine Großeltern. Das sind ihre«, stellte Clark fest und nickte in meine Richtung. »Und sie stinken. Ich erinnere mich noch gut daran.«

Ich zwickte meinen Stiefbruder in den Arm. Aber er hatte Recht. Oma und Opa rochen wirklich seltsam. Nach einer Mischung aus Moder und Mottenkugeln.

Ich sank tief in meinen Sitz und gähnte laut.

Ich hatte das Gefühl, als wären wir schon wochenlang unterwegs. Und es war wirklich eng auf dem Rücksitz – mit mir, Clark und Charley. Wir mussten uns ganz schön zusammenquetschen. Charley ist unser Hund – ein Golden Retriever.

Ich schob Charley weg und streckte mich aus.

»Was fällt dir ein, ihn mir auf den Schoß zu schieben!«, beklagte sich Clark. Sein Comicheft fiel auf den Boden.

»Sitz still, Lisa«, murmelte Mom. »Es wäre wirklich

besser gewesen, wir hätten Charley irgendwo untergebracht.«

»Das habe ich ja versucht«, sagte Dad. »Aber es hat sich so kurzfristig niemand gefunden.«

Clark stieß Charley vom Schoß und wollte seinen Comic aufheben. Aber ich kam ihm zuvor.

»Oje«, stöhnte ich, als ich den Titel las. »*Sumpfmonster.* Wie kann man nur so einen Quatsch lesen!«

»Das ist kein Quatsch«, fauchte Clark mich an. »Das ist echt cool. Jedenfalls besser als die blöden Naturzeitschriften, die du immer liest.«

»Worum geht es denn da?«, fragte ich und blätterte die Seiten durch.

»Um ein paar richtig eklige Monster. Halb Mensch, halb Bestie. Sie stellen Fallen auf, um Menschen zu fangen. Dann verstecken sie sich im Schlamm. Direkt unter der Oberfläche«, erklärte Clark. Er riss mir den Comic aus der Hand.

»Und was passiert dann?«, wollte ich wissen.

»Sie warten. Sie warten so lange, bis ihnen Menschen in die Falle gehen.« Clarks Stimme fing an zu zittern. »Dann treiben sie sie tief in den Sumpf. Und machen sie zu ihren Sklaven!«

Clark schüttelte sich. Er starrte aus dem Fenster, auf die unheimlichen Zypressen mit ihren langen grauen Bärten.

Es wurde langsam dunkel. Die Schatten der Bäume schoben sich über das hohe Gras.

Clark rutschte tiefer in seinen Sitz. Er hat eine wilde Fantasie. Er glaubt wirklich an den Quatsch, den er liest. Dann kriegt er Angst – so wie jetzt.

»Und was machen sie sonst noch?«, fragte ich. Ich wollte, dass Clark mir noch mehr erzählte. Weil er sich dann so schön gruselte.

»Also, in der Nacht steigen die Monster aus dem Sumpf«, fuhr er fort und rutschte noch tiefer in seinen Sitz. »Und sie zerren Kinder aus ihren Betten. Sie schleppen sie in den Sumpf. Sie stoßen sie in den Schlamm. Die Kinder werden nie wieder gesehen. Nie wieder.«

Clark zitterte jetzt richtig vor Angst.

»Solche Bestien gibt es wirklich im Sumpf. Das habe ich in einem Schulbuch gelesen«, log ich. »Fürchterliche Monster. Halb Alligator, halb Mensch. Ganz voller Schlamm. Mit stacheligen Schuppen, die unter dem Schlamm versteckt sind. Wenn man sie streift, dann reißen sie einem mit ihren Stacheln das Fleisch von den Knochen.«

»Lisa, hör auf!«, ermahnte mich Mom.

Clark nahm Charley fest in den Arm.

»He! Clark!« Ich deutete vorn aus dem Fenster auf eine alte schmale Brücke. Die Holzplanken hingen durch. Die Brücke sah aus, als ob sie jeden Moment zusammenkrachen würde. »Ich wette, darunter lauert schon ein Sumpfmonster auf uns.«

Clark starrte auf die Brücke. Er drückte Charley noch fester an sich.

Dad steuerte das Auto auf die alte Holzbrücke. Die Planken rumpelten und ächzten unter dem Gewicht.

Ich hielt den Atem an, während wir langsam drüberrollten. Die Brücke hält uns nie aus, dachte ich. Nie.

Dad fuhr ganz, ganz langsam.

Es dauerte eine Ewigkeit.

Clark klammerte sich an Charley fest. Die ganze Zeit starrte er auf die Brücke.

Als wir uns schließlich dem Ende der Brücke näherten, stieß ich einen langen Seufzer der Erleichterung aus.

Da – o Schreck! Eine ohrenbetäubende Explosion erschütterte das Auto.

»Neiiin!«, schrien Clark und ich, als der Wagen plötzlich ausscherte. Und außer Kontrolle geriet.

Er krachte gegen das Geländer der alten Brücke.

Er durchbrach die alten Holzlatten.

»Wir – wir stürzen ab!«, schrie Dad.

Ich schloss die Augen, als wir in den Sumpf stürzten.

## 2

Mit einem lauten *Wumm!* schlugen wir auf.

Clark und Charley wurden herumgeschleudert. Als das Auto schließlich zum Stehen kam, saßen beide auf mir drauf.

»Alles okay?«, fragte Mom mit zitternder Stimme und wandte sich nach hinten um.

»Uff! Ja, ich denke schon«, antwortete ich.

Einen Augenblick saßen wir alle ganz still da.

Charley unterbrach die Stille mit leisem Winseln.

»W-was ist passiert?«, stammelte Clark.

»Ein Reifen ist geplatzt«, seufzte Dad. »Hoffentlich ist der Ersatzreifen in Ordnung. So schnell kommt hier keine Hilfe, nachts mitten im Sumpf.«

Ich beugte mich aus dem Fenster und sah nach dem Reifen. Dad hatte Recht. Er war platt.

Schwein gehabt, dachte ich. Zum Glück war die Brücke nicht hoch, sonst…

»Okay, wir steigen alle aus«, unterbrach Mom meine Gedanken. »Dann kann Dad den Reifen wechseln.«

Clark blickte lange aus dem Fenster, ehe er die Tür öffnete. Bestimmt vor lauter Angst!

»Pass lieber auf, Clark«, sagte ich, als er seine kurzen, stämmigen Beine zur Tür hinausschwang. »Das Sumpfmonster liegt schon auf der Lauer.«

»Sehr witzig, Lisa, wirklich. Hoffentlich vergesse ich nicht zu lachen.«

Dad ging zum Kofferraum, um den Wagenheber zu holen. Mom folgte ihm. Clark und ich traten auf den sumpfigen Boden.

»Igitt, wie eklig!« Meine nagelneuen weißen Plateauschuhe sanken in den dicken schwarzen Schlamm ein.

Ich stieß einen langen Seufzer aus.

*Wie kann man nur im Sumpf wohnen?*, fragte ich mich. Es war so scheußlich hier draußen.

Die Luft war dick und feucht. Und so heiß, dass man kaum atmen konnte.

Ich band mein Haar zusammen und schaute mich um.

Viel konnte ich nicht erkennen. Es war inzwischen dunkel.

Clark und ich entfernten uns ein Stück vom Auto. »Komm, wir erkunden die Gegend, während Dad den Reifen wechselt«, schlug ich vor.

»Ich finde nicht, dass das so eine tolle Idee ist«, murmelte Clark.

»Wieso nicht?«, fragte ich ungeduldig. »Was sollen wir denn sonst tun? Besser als hier rumzustehen und zu warten, oder?«

»Schon – schon möglich«, stotterte Clark.

Wir machten ein paar Schritte in den Sumpf hinein. Mein Gesicht fing an zu kribbeln und zu jucken.

Mücken! Hunderte von Mücken!

Wir versuchten ihnen auszuweichen und schlugen wie wild um uns. Sie saßen uns im Gesicht und auf den nackten Armen.

»Igitt! Das ist ja scheußlich hier draußen!«, rief Clark aus. »Hier bleibe ich nicht. Ich will mit nach Atlanta!«

»In Omas Haus gibt es nicht so viele Mücken!«, rief Mom herüber.

»Bestimmt nicht«, sagte Clark und rollte mit den Augen. »Ich geh jedenfalls wieder zum Auto.«

»Komm schon«, drängte ich. »Lass uns mal nachsehen, was das da drüben ist.« Ich deutete auf eine Stelle weiter vorn, wo hohes Gras wuchs.

Ich stapfte durch den Schlamm und blickte über die Schulter zurück – um sicherzugehen, dass Clark mir auch folgte. Er kam tatsächlich.

Als wir die Stelle erreicht hatten, hörten wir ein lautes Rascheln tief drin zwischen den Grashalmen. Clark und ich starrten angestrengt ins Dunkle.

»Geht nicht zu weit!«, ermahnte uns Dad, während er mit Mom unser Gepäck aus dem Kofferraum zerrte, um nach einer Taschenlampe zu suchen. »Kann sein, dass es da Schlangen gibt.«

»Schlangen? Hilfe!« Clark sprang zur Seite und wollte zum Auto zurückrennen.

»Sei doch nicht so kindisch!«, rief ich ihm zu. »Lass uns ein bisschen die Gegend auskundschaften.«

»Ohne mich!«, stieß er hervor. »Und nenn mich nicht kindisch!«

»Tut mir Leid«, entschuldigte ich mich. »Komm schon. Lass uns mal zu dem großen Baum da rübergehen. Das ist doch nicht weit. Dann kehren wir sofort wieder zurück«, versprach ich. »Ach bitte!«

Clark und ich steuerten also auf den Baum zu.

Wir gingen ganz langsam. Durch die Dunkelheit. Durch den Dschungel der Zypressen.

Die grauen Vorhänge flatterten an den Zweigen. Sie waren so dick – dick genug, um sich dahinter zu verstecken.

Wie leicht man sich da verlaufen kann, ging es mir durch den Kopf. Für immer verlaufen.

Ich schauderte, als die schweren grauen Vorhänge meine Haut streiften. Sie fühlten sich an wie Spinnweben. Riesige, klebrige Spinnweben.

»Komm, Lisa. Lass uns umkehren«, flehte Clark mich an. »Mir ist das zu unheimlich hier draußen.«

»Nur noch ein kleines Stück«, drängte ich ihn.

Vorsichtig bahnten wir uns den Weg zwischen den Bäumen hindurch und platschten dabei durch schwarze Pfützen.

Kleine Insekten summten mir ins Ohr. Größere stachen mich in den Nacken. Ich fegte sie weg.

Ich trat einen Schritt vor – auf ein Stück trockene, grasbewachsene Erde. »Hilfe!«

Die Stelle fing an sich zu bewegen. Und auf dem schwarzen Wasser davonzutreiben.

Ich sprang herunter – und stolperte über eine Baumwurzel. Nein – es war gar keine Baumwurzel. »He, Clark. Sieh mal her!« Ich bückte mich, um besser sehen zu können.

»Was ist *das* denn?« Clark kniete sich neben mich und starrte das knorrige Ding an.

»Das nennt man Zypressenknie«, erklärte ich. »Mom hat mir davon erzählt. Sie wachsen neben den Zypressen und kommen aus den Wurzeln.«

»Wieso erzählt Mom eigentlich *mir* solche Sachen nie?«

»Wahrscheinlich, weil sie dir keine Angst machen will«, antwortete ich.

»Ach so«, murmelte er und rückte seine Brille zurecht. »Kehren wir jetzt um?«

»Wir sind doch fast da. Siehst du?«, sagte ich und zeigte auf den großen Baum. Er stand auf einer kleinen Lichtung nur ein paar Meter weiter weg.

Clark folgte mir auf die Lichtung.

Die Luft roch hier ganz sauer.

Die Nachtgeräusche des Sumpfes hallten in der Dunkelheit wider. Wir hörten leises Jammern. Schrille Schreie. Das Jammern und Schreien der Sumpfmonster, dachte ich. Versteckter Sumpfmonster.

Ein Schauer lief mir über den Rücken.

Ich ging über die Lichtung. Der Baum mit den hohen Ästen stand jetzt direkt vor mir.

Clark stolperte über einen Baumstamm. Mitten in eine schwarze Schlammpfütze.

»Mir reicht's!«, stöhnte er. »Nichts wie weg hier!«

Selbst im Dunkeln konnte ich sein ängstliches Gesicht erkennen.

Es war aber auch *wirklich* unheimlich hier im Sumpf. Doch Clark hatte so panische Angst, dass ich lachen musste.

Und da hörte ich die Schritte.

Clark hörte sie auch.

Schwere, dumpfe Schritte im schwarzen, nebligen Sumpf.

Sie kamen näher.

Genau auf uns zu.

»Los, komm!«, rief Clark und zerrte mich am Arm. »Nichts wie weg!«

Aber ich bewegte mich nicht. Ich *konnte* mich nicht bewegen.

Jetzt konnte ich das Monster atmen hören. Schwere, rasselnde Atemzüge. Näher. Und näher.

Es kam hervorgesprungen. Hinter den graubärtigen Ästen der Bäume.

Eine große schwarze Gestalt. Ein riesiges Sumpfmonster. Es sprang auf uns zu. Dunkler als der schwarze Sumpf – mit glühenden roten Augen.

## 3

»Charley! Was treibst du da drüben?«, rief Mom, als sie die Lichtung betrat. »Ich dachte, ihr beide hättet ein Auge auf ihn.«

Charley?

Den hatte ich ganz vergessen.

Charley war das Sumpfmonster.

»Ich konnte euch nicht finden!«, rief Mom verärgert. »Haben wir euch nicht gesagt, ihr sollt beim Auto bleiben? Dad und ich haben überall nach euch gesucht.«

»Aus! Charley, aus!«, rief ich.

Aber er pflanzte mir seine riesigen Pfoten auf die Schultern und leckte mir das Gesicht ab.

Ich war voller Dreck. Völlig verdreckt.

»Komm her, Junge.« Clark zerrte an Charleys Halsband. »Du hast dich ja richtig erschreckt, Lisa! Du hast gedacht, Charley wäre ein Sumpfmonster!« Clark lachte. »Du hast ja richtig Angst gehabt!«

»Hab... hab ich nicht!«, stotterte ich und wischte mir den Dreck von den Jeans. »Ich wollte dich bloß erschrecken.«

»Du hast richtig Angst gehabt. Gib's zu«, behauptete Clark. »Gib's ruhig zu!«

»Hab ich NICHT!«, schrie ich ihn an. »Wer wollte denn unbedingt umkehren? Du doch! Du! Du!«

»Was soll die Streiterei?«, fragte Dad. »Und was treibt ihr beide eigentlich so weit da draußen? Hab ich euch nicht gesagt, ihr sollt beim Auto bleiben?«

»Äh, 'tschuldigung, Dad«, sagte ich. »Aber es war uns zu langweilig, einfach rumzustehen und zu warten.«

»Uns? Wieso *uns*? Das war Lisas Idee, ich hab damit nichts zu tun!«, protestierte Clark. »Sie war diejenige, die unbedingt den Sumpf erkunden wollte.«

»Schluss jetzt!«, schimpfte Dad. »Zurück ins Auto mit euch!«

Clark und ich stritten auf dem ganzen Rückweg. Charley trottete neben mir her und schleuderte mir noch mehr Dreck an die Jeans.

Der Reifen war gewechselt – aber jetzt musste Dad das Auto wieder zurück auf die Straße kriegen. Das war nicht leicht. Immer wenn er aufs Gaspedal trat, drehten die Reifen im dicken Schlamm durch.

Schließlich stiegen wir alle aus und schoben.

Jetzt waren Mom und Clark auch mit Dreck bespritzt.

Als wir wegfuhren, starrte ich hinaus in den dunklen, unheimlichen Sumpf.

Und lauschte den Nachtgeräuschen.

Schrilles Zwitschern.

Leises Jammern.

Gellende Schreie.

Ich hatte viele Geschichten von Sumpfmonstern gehört. Und ich hatte ein paar alte Sagen über sie gelesen. Ob vielleicht doch etwas Wahres daran ist?, fragte ich mich. Gibt es Sumpfmonster wirklich?

Ich ahnte nicht, dass ich die Antwort auf diese Frage bald herausfinden würde. Ich ahnte nicht, was uns bevorstand.

## 4

»Doch. Doch. Hier sind wir schon richtig.«

»Unmöglich!«, sagte ich zu Dad. »Das kann unmöglich ihr Haus sein!«

»Doch, das ist es«, behauptete Dad, während das Auto über einen schmalen Sandweg rumpelte. »Das ist Omas und Opas Haus.«

»Das gibt's einfach nicht.« Clark rieb sich die Augen. »Das ist eine Fata Morgana. Ich hab davon in *Sumpfmonster* gelesen. Der Sumpf spiegelt einem etwas vor, was gar nicht da ist.«

Wie ich schon sagte – Clark glaubt wirklich an den Quatsch, den er liest.

Aber vielleicht hatte er sogar Recht. Wie sonst hätte man sich Omas und Opas Haus erklären sollen?

Es war ein Schloss. Ein Schloss mitten im Sumpf.

Fast versteckt in einem kleinen Wald aus dunklen, hoch aufragenden Bäumen.

Dad fuhr bis vor die Haustür. Ich starrte das Haus im Scheinwerferlicht an.

Das Haus hatte drei Stockwerke. Es war aus grauem Stein erbaut. Auf der rechten Seite ragte ein Türmchen empor. Auf der linken Seite stiegen weiße Rauchwölkchen aus einem rauchgeschwärzten Kamin auf.

»Ich dachte, Sumpfhäuser wären kleiner und stünden auf Pfählen«, murmelte ich.

»Ja, so sehen sie in meinem Comic aus«, stimmte Clark zu. »Und was ist mit den Fenstern?« Seine Stimme zitterte. »Die sehen ja aus wie Vampire.«

Ich starrte die Fenster an. Sie waren winzig. Und ich konnte nur drei erkennen. Drei winzige Fenster im ganzen Haus. Auf jedem Stockwerk eines.

»Na kommt, Kinder«, sagte Mom. »Jetzt holen wir erst mal euer Gepäck.«

Mom, Dad und Clark stiegen aus dem Auto und gingen zum Kofferraum. Ich blieb mit Charley neben dem Auto stehen.

Die Nachtluft fühlte sich kalt und feucht an auf meiner Haut.

Ich starrte nach oben.

Ich starrte das große dunkle Haus an. Fast versteckt hinter den Bäumen. Mitten in der Wildnis.

Und dann hörte ich dieses Heulen. Dieses klagende Heulen. Irgendwo tief drin im Sumpf.

Ein kalter Schauer durchrieselte mich.

Charley drückte sich an mein Bein. Ich bückte mich, um ihn zu streicheln. »Was kann das sein?«, flüsterte ich ihm im Dunkeln zu. »Was für ein Tier heult denn da so?«

»Lisa! Lisa!« Mom winkte von der Haustür. Die anderen waren schon reingegangen.

»Lieber Himmel«, sagte Oma, als ich den schwach erleuchteten Flur betrat. »Das soll unsere kleine Lisa sein?« Sie schlang ihre mageren Arme um mich und drückte mich fest an sich.

Sie roch genau so, wie ich es in Erinnerung hatte – nämlich muffig. Ich warf Clark einen Blick zu. Er verdrehte die Augen.

Ich trat zurück und lächelte schwach.

»Geh zur Seite, Rose, damit ich sie sehen kann!«, brüllte Opa.

»Er ist ein bisschen schwerhörig«, flüsterte Dad mir zu.

Opa umklammerte meine Hand mit seinen runzeligen Fingern. Er und Oma wirkten so schmächtig. So zerbrechlich.

»Wir freuen uns sehr, dass ihr gekommen seid!«, rief Oma aus. Ihre blauen Augen zwinkerten. »Wir bekommen nämlich nicht oft Besuch!«

»Wir dachten schon, ihr kommt nicht mehr!«, schrie Opa. »Wir haben euch schon vor Stunden erwartet!«

»Der Reifen war kaputt«, erklärte Dad.

»Du bist kaputt?« Opa legte Dad seine Arme tröstend um die Schultern. »Na, dann komm rein und setz dich, mein Sohn.«

Clark kicherte. Mom stieß ihn mit dem Ellbogen in die Seite. Opa und Oma führten uns ins Wohnzimmer.

Das Zimmer war riesengroß. Bestimmt hätte unser ganzes Haus da hineingepasst.

Die Wände waren grün gestrichen. Ein fades Grün. Ich starrte zur Decke. Dort hing ein gusseiserner Kronleuchter mit zwölf kreisförmig angeordneten Kerzen.

Ein riesiger Kamin nahm fast die ganze Wand ein.

Die anderen Wände hingen voll mit Schwarzweißfotos, die im Laufe der Zeit vergilbt waren.

Überall Fotos. Fotos von Leuten, die ich nicht kannte. Wahrscheinlich Verwandte, die längst tot sind, dachte ich.

Ich spähte durch die offene Tür in den nächsten Raum.

Es war das Esszimmer. Es schien genauso groß zu sein wie das Wohnzimmer. Und genauso dunkel. Und genauso trostlos.

Clark und ich setzten uns auf ein zerschlissenes grünes Sofa. Ich spürte, wie die alten Federn unter meinem Gewicht nachgaben. Charley seufzte und streckte sich vor unseren Füßen auf dem Boden aus.

Ich schaute mich im Zimmer um. Fotos, ein abgenutzter Teppich, schäbige Tische und Stühle. Das Licht hoch über uns flackerte und ließ unsere Schatten an den dunklen Wänden tanzen.

»Ist das unheimlich hier!«, flüsterte Clark. »Und wie das hier stinkt! Schlimmer noch als Oma und Opa.«

Ich musste ein Lachen unterdrücken. Aber Clark hatte Recht. Es roch komisch in dem Zimmer. Feucht und säuerlich.

Wie können zwei alte Leute bloß so wohnen?, fragte ich mich. In diesem muffigen alten Haus. Mitten im Sumpf.

»Möchtet ihr was trinken?«, unterbrach Oma meine Gedanken. »Wie wär's mit einer guten Tasse Tee?«

Clark und ich schüttelten den Kopf.

Mom und Dad wollten auch keinen Tee. Sie saßen uns gegenüber. Das Füllmaterial ihrer Sessel quoll schon aus der Rückenlehne heraus.

»So, endlich seid ihr da!«, brüllte Opa uns an. »Wie schön! Dann erzählt mal – wieso kommt ihr so spät?«

»Opa!«, rief Oma ihm zu. »Lass doch die Fragerei!«

Dann wandte sie sich an uns. »Nach so einer langen Reise müsst ihr ja ganz ausgehungert sein. Kommt mit in die Küche. Ich habe leckere Hähnchenpastete gebacken – extra für euch!«

Wir folgten Oma und Opa in die Küche. Sie sah aus wie alle anderen Räume. Dunkel und schmuddelig.

Aber es roch hier nicht so muffig wie in den anderen Räumen. Der würzige Duft der Hähnchenpastete erfüllte die Luft.

Oma holte acht kleine Pasteten aus dem Ofen. Für jeden von uns zwei – und noch ein paar mehr, falls es nicht reichen sollte, nahm ich an.

Oma legte mir eine Pastete auf den Teller und ich stürzte mich sofort drauf. Ich hatte wirklich einen Bärenhunger.

Ich wollte mir gerade die erste Gabel in den Mund schieben, da sprang Charley vom Boden auf und fing an zu schnüffeln.

Er schnüffelte an unseren Stühlen.

Am Büfett.

Am Boden.

Er sprang auf den Tisch und schnüffelte.

»Charley, runter!«, befahl Dad. »Runter!«

Charley sprang vom Tisch herab. Dann richtete er sich vor uns auf – und kräuselte seine Oberlippe.

Er stieß ein Knurren aus.

Ein leises, drohendes Knurren, das sich zu einem lauten Bellen steigerte.

Zu einem wütenden Bellen.

»Was ist denn bloß mit ihm los?«, fragte Oma und blickte den Hund stirnrunzelnd an.

»Keine Ahnung«, sagte Dad. »So hat er sich noch nie aufgeführt.«

»Was ist, Charley?«, fragte ich. Ich schob meinen Stuhl weg und ging auf ihn zu.

Charley schnüffelte in der Luft herum.

Er bellte.

Er schnüffelte wieder.

Ich bekam es mit der Angst zu tun.

»Was ist los, Junge? Was witterst du denn?«

## 5

Ich packte Charley am Halsband und streichelte ihn. Ich versuchte ihn zu beruhigen. Aber er riss sich los.

Er bellte noch lauter.

Ich packte ihn wieder am Halsband und zog ihn zu mir heran. Seine Krallen kratzten am Boden, als er in die entgegengesetzte Richtung zog.

Je fester ich ihn an seinem Halsband zerrte, desto heftiger wehrte sich Charley dagegen. Er warf den Kopf von einer Seite auf die andere. Und knurrte wieder.

»Ruhig, Junge«, sagte ich leise. »Ruuuu – hig.«

Nichts half.

Schließlich zerrten Clark und ich Charley gemeinsam ins Wohnzimmer. Dort schien er sich zu beruhigen.

»Weißt du, was mit ihm los ist?«, fragte Clark, während wir Charley streichelten.

»Nein, keine Ahnung.« Ich starrte den Hund an. Er wurde wieder unruhig und lief im Kreis herum. Dann setzte er sich hin. Danach lief er wieder im Kreis herum. Immer wieder.

»Das versteh ich nicht. Das hat er doch noch nie gemacht.«

Clark und ich beschlossen, mit Charley im Wohnzimmer zu warten, bis Mom und Dad mit dem Essen fertig waren. Wir hatten sowieso keinen Hunger mehr.

»Na, hat sich euer Hund beruhigt?«, brüllte Opa, als er hereinkam und sich neben uns setzte. Er fuhr sich mit seinen runzeligen Fingern durch das dünne graue Haar.

»Ich weiß nicht«, antwortete Clark und schob seine Brille hoch.

»Er beißt nicht?«, brüllte Opa. »Na, dann ist es ja gut!«

Nach dem Essen setzten sich Mom, Dad, Oma und Opa zusammen und redeten und redeten – über so ziemlich alles, was seit ihrem letzten Besuch passiert war. Der war vor acht Jahren.

Clark und ich langweilten uns. Und wie.

»Dürfen wir, äh, dürfen wir fernsehen?«, fragte Clark schließlich.

»Oh, das geht leider nicht«, sagte Oma. »Wir haben gar keinen Fernseher.«

Clark blickte mich finster an – als ob das meine Schuld wäre!

»Warum rufst du nicht Arnold an?«, schlug ich vor. Arnold ist der größte Blödmann in unserer Nachbarschaft. Und Clarks bester Freund. »Und erinnere ihn daran, dass er dir deinen neuen Comic mitbringt.«

»Okay«, murrte Clark. »Äh, wo ist das Telefon?«

»In der Stadt.« Oma lächelte schwach. »Wir kennen nicht viele Leute – die noch am Leben sind. Da lohnt sich ein Telefon nicht. Mr Donner, der Inhaber der Gemischtwarenhandlung, nimmt Anrufe für uns entgegen.«

»Wir sind allerdings seit einer Woche nicht mehr dort gewesen«, fügte Opa hinzu. »Unser Auto ist kaputt. Es müsste eigentlich bald fertig sein.«

Kein Fernseher.

Kein Telefon.

Kein Auto.

Und das mitten im Sumpf.

Jetzt blickte ich Mom und Dad finster an. So finster wie nur möglich. Ich war mir sicher, dass sie uns jetzt mit nach Atlanta nehmen würden. Absolut sicher.

Dad warf Mom einen Blick zu und wollte etwas sagen. Dann blickte er mich an und zuckte bedauernd mit den Schultern.

»Ich denke, wir sollten schlafen gehen!«, rief Opa, als er auf die Uhr sah. »Ihr beide müsst morgen früh raus«, sagte er zu Mom und Dad.

»Morgen werdet ihr bestimmt viel Spaß haben«, versicherte Oma Clark und mir.

»Ganz bestimmt«, meinte auch Opa. »Ihr glaubt gar nicht, was es in diesem großen Haus alles zu erkunden gibt! Das wird ein richtiges Abenteuer!«

»Und ich werde euch meinen berühmten Rhabarberkuchen backen!«, rief Oma aus. »Ihr könnt mir dabei helfen. Der wird euch schmecken. Und er ist so süß, dass euch nach dem ersten Bissen schon die Zähne ausfallen!«

Clark gab einen Würgelaut von sich.

Ich stöhnte – laut.

Mom und Dad ließen sich nicht erweichen. Sie sagten einfach Gute Nacht. Und Tschüss. Sie wollten schon ganz früh am Morgen aufbrechen. Wahrscheinlich, bevor wir aufstanden.

Wir folgten Oma die dunklen, knarrenden Stufen hinauf in den ersten Stock und einen langen Flur entlang, der um mehrere Ecken zu unseren Zimmern führte.

Clarks Zimmer lag direkt neben meinem. Aber ich kam nicht dazu, einen Blick hineinzuwerfen. Kaum trat Clark ein, führte mich Oma sofort zu meinem Zimmer weiter.

Mein Zimmer. Mein düsteres Zimmer.

Ich stellte meinen Koffer neben dem Bett ab und schaute mich um. Das Zimmer war fast so groß wie eine Turnhalle! Und es hatte kein einziges Fenster.

Das einzige Licht kam von einer trüben gelben Glühbirne in einer kleinen Lampe neben meinem Bett.

Ein handgewebter Teppich lag auf dem Fußboden. Er war an manchen Stellen abgenutzt und die farbigen Ringe des Musters waren verblasst.

An der Wand gegenüber von meinem Bett stand eine schiefe Kommode. Sie neigte sich auf der einen Seite. Die Schubladen hingen heraus.

Ein Bett. Eine Lampe. Eine Kommode.

Nur drei Möbelstücke in diesem riesigen, fensterlosen Zimmer. Sogar die Wände waren kahl. Nicht ein einziges Bild bedeckte die düstere gelbe Farbe.

Ich setzte mich aufs Bett. Ich lehnte mich an die eisernen Gitterstäbe am Kopfende.

Ich strich mit den Fingern über die Bettdecke. Kratzige Wolle. Kratzige Wolle, die nach Mottenkugeln roch.

»Ich denke nicht daran, mich unter diese Decke zu legen!«, sagte ich laut. »Ich denk nicht dran!« Dabei wusste ich, dass ich es doch tun würde. In dem Zimmer war es kalt und feucht und ich fing an zu zittern.

Ich zog mir schnell den Schlafanzug an und deckte mich mit der stinkigen alten Decke zu.

Ich drehte mich hin und her und versuchte es mir auf der klumpigen Matratze bequem zu machen.

Ich starrte zur Decke und lauschte. Ich lauschte auf die Nachtgeräusche in diesem unheimlichen alten Haus. Merkwürdige knarrende Geräusche, die durch die alten Wände hallten.

Dann hörte ich ein Heulen.

Das Furcht erregende Heulen eines Tieres hinter der Wand.

Das traurige Heulen aus dem Sumpf.

Ich fuhr hoch.

Kam das aus Clarks Zimmer?

## 6

Ich lauschte angestrengt, starr vor Angst.

Wieder ein langes, trauriges Heulen. Von draußen. Nicht aus Clarks Zimmer.

Nur keine Panik!, sagte ich mir. Clark ist der mit der wilden Fantasie, nicht du!

Aber ich konnte mich nicht gegen das unheimliche Heulen aus dem Sumpf wehren.

War das ein Tier? War das ein Sumpfmonster?

Ich presste mir die Kissen gegen die Ohren. Es dauerte Stunden, bis ich endlich einschlief.

Als ich aufwachte, wusste ich nicht, ob es Morgen war – oder noch mitten in der Nacht. Ohne Fenster konnte man das unmöglich feststellen.

Ich sah auf die Uhr – 8.30 Uhr. Morgen.

Ich kramte in meinem Koffer nach meinem neuen pinkfarbenen T-Shirt. Ich brauchte etwas, um mich aufzuheitern – und Pink ist meine Lieblingsfarbe. Ich zog meine Jeans an. Und schlüpfte in meine dreckigen Turnschuhe.

Ich beeilte mich. Das Zimmer erinnerte mich an eine Gefängniszelle. Ich wollte so schnell wie möglich hier raus. Ich machte die Tür auf und spähte vorsichtig auf den Flur hinaus.

Keiner da.

Da entdeckte ich gegenüber von meinem Zimmer ein kleines Fenster. Es war mir am Abend zuvor gar nicht aufgefallen.

Ein heller Sonnenstrahl sickerte durch das verstaubte Glas. Ich spähte nach draußen – in den Sumpf.

Dichter Nebel hing über den roten Zypressen und warf einen sanften rosigen Schimmer auf die nasse Landschaft. In dem schimmernden Nebel sah der Sumpf richtig geheimnisvoll und unwirklich aus.

Etwas Violettes flatterte auf den Ast eines Baumes ganz in der Nähe. Ein violetter Vogel. Ein violetter Vogel mit einem hellorangefarbenen Schnabel. So einen Vogel hatte ich noch nie gesehen.

Da hörte ich wieder diese Geräusche.

Dieses entsetzliche Heulen. Die schrillen Schreie.

Von Tieren, die sich tief im Sumpf versteckten – alle möglichen Kreaturen, die ich wahrscheinlich nie zuvor gesehen hatte.

Sumpfkreaturen.

Sumpfmonster.

Mich schauderte. Dann drehte ich mich um und ging auf Clarks Zimmer zu.

Ich klopfte an die Tür. »Clark!«

Keine Antwort.

»Clark?«

Stille.

Ich riss die Tür auf und stieß einen Schrei aus.

Die Laken auf Clarks Bett waren völlig zerwühlt – als hätte da so etwas wie ein Kampf stattgefunden.

Und von Clark keine Spur – bis auf ein Teil seines Schlafanzugs, das zerknittert auf seinem Bett lag!

## 7

»Neiiin!«

Ich stieß einen Schrei des Entsetzens aus.

»Lisa – was ist los?«

Clark kam aus dem Klo.

Er trug ein T-Shirt, eine Baseballkappe, Turnschuhe und seine Schlafanzughose.

»Äh … ach nichts«, stotterte ich. Das Herz schlug mir immer noch bis zum Hals.

»Warum hast du dann geschrien?«, wollte Clark wissen. »Du bist ja ganz durcheinander!«

»*Ich* durcheinander? Dann sieh dich doch mal selber

an!«, fauchte ich ihn an und deutete auf sein Schlafanzugunterteil. »Wo ist denn deine Hose?«

»Keine Ahnung«, sagte er kopfschüttelnd. »Vielleicht hat Mom sie aus Versehen in deinen Koffer gepackt.«

Ich werde mich von diesem großen alten Haus nicht einschüchtern lassen. Clark ist der mit der wilden Fantasie, nicht ich, sagte ich mir wieder. »Komm«, wandte ich mich an meinen Stiefbruder. »Komm, wir gehen in mein Zimmer und suchen nach deinen Jeans.«

Als wir zum Frühstücken hinunter in die Küche gingen, blieb Clark vor dem Flurfenster stehen und spähte nach draußen. Der Nebel hatte sich gelichtet. Die taubedeckten Pflanzen glitzerten im Sonnenlicht.

»Sieht irgendwie schön aus, findest du nicht?«, murmelte ich.

»Ja«, antwortete Clark. »Schön. Schön unheimlich.«

In der Küche war es nicht minder unheimlich. Es war dunkel darin – fast so dunkel wie am Abend zuvor. Aber die Hintertür stand offen und ein wenig Licht fiel auf den Boden und die Wände.

Wir hörten die Geräusche des Sumpfes durch die offene Tür. Aber ich versuchte, sie zu überhören.

Oma stand am Herd mit einem Pfannenwender in der einen und einem riesigen Teller Blaubeerpfannkuchen in der anderen Hand. Sie setzte beides ab und wischte sich die Hände an ihrer verblichenen Blumenschürze ab. Dann umarmte sie uns zur Begrüßung – und schmierte dabei Clark mit Pfannkuchenteig voll.

Ich zeigte auf die Flecken an seinem T-Shirt und kicherte. Dann warf ich einen Blick auf mein eigenes T-Shirt. Mein nagelneues pinkfarbenes T-Shirt. Voller Blaubeerflecken.

Ich blickte mich in der Küche nach etwas um, womit ich es sauber wischen konnte. Der Raum war ein einziges Chaos.

Teigklumpen tropften vom Herd herab. Teig klebte auf dem Büfett und auf dem Fußboden.

Dann schaute ich mir Oma genauer an. Die sah genauso chaotisch aus.

Ihr Gesicht war gestreift – blau und weiß. Mehl und Blaubeersaft klebten in den Falten ihrer runzeligen Wangen. Mehlstreifen liefen ihr quer über Nase und Kinn.

»Habt ihr gut geschlafen?« Sie lächelte. Fältchen bildeten sich um ihre blauen Augen. Sie wischte sich mit dem Handrücken eine graue Haarsträhne aus den Augen. Jetzt klebte auch noch ein Klumpen Blaubeerteig in ihrem dünnen Haar.

»Ich schon«, antwortete Opa, während ein lautes Kreischen aus dem Sumpf herüberdrang. »Ich schlafe immer gut. Es ist so ruhig und friedlich hier.«

Ich grinste. Vielleicht ist es ganz gut, dass Opa schlecht hört, dachte ich.

Opa ging nach draußen und Clark und ich wischten uns die Klamotten ab. Dann setzten wir uns an den bereits gedeckten Tisch.

Mitten auf dem Tisch stand ein weiterer Teller mit Blaubeerpfannkuchen. Der war noch größer als der, den Oma vorhin in der Hand gehalten hatte. Ein riesiger Pfannkuchenberg.

»Oma denkt wohl, wir fressen wie die Schweine«, flüsterte Clark mir zu. »Das reicht ja für fünfzig Leute.«

»Ich weiß«, stöhnte ich. »Aber die werden wir alle essen müssen. Sonst ist sie beleidigt.«

»Meinst du?« Clark gab einen Würgelaut von sich.

Das ist etwas, was mir wirklich gut gefällt an meinem Stiefbruder. Er glaubt fast alles, was ich ihm sage.

»Bedient euch«, sagte Oma vergnügt und trug zwei weitere Teller Pfannkuchen zum Tisch. »Ihr braucht euch nicht zu genieren.«

*Wieso hat Oma bloß so viele Pfannkuchen gebacken?*, fragte ich mich. *Die können wir nie im Leben alle essen. Nie im Leben.*

Ich legte mir ein paar Pfannkuchen auf meinen Teller. Oma häufte ungefähr zehn Stück auf Clarks Teller. Sein Gesicht verfärbte sich grün.

Oma setzte sich zu uns. Aber ihr Teller blieb leer. Sie nahm sich keinen einzigen Pfannkuchen.

*So ein Haufen Pfannkuchen und sie isst keinen einzigen davon. Das versteh ich nicht,* dachte ich. *Das versteh ich einfach nicht.*

»Was liest du denn da?«, fragte sie und zeigte auf Clarks zusammengerollten Comic, der aus seiner Jeanstasche hervorschaute.

*»Sumpfmonster«*, antwortete er zwischen zwei Bissen.

»Ach, wie interessant«, fand Oma. »Ich lese auch gern. Und Opa Eddie auch. Wir lesen die ganze Zeit. Am liebsten Krimis. ›Es geht nichts über einen guten Krimi‹, sagt Opa Eddie immer.«

Ich sprang vom Tisch auf. Mir fiel plötzlich ein, dass die Geschenke für Oma und Opa ja noch in meinem Koffer verpackt waren.

Bücher! Krimis! Dad hatte uns erzählt, dass sie die gerne lasen.

»Bin gleich wieder da!«, entschuldigte ich mich und sauste nach oben.

Ich wollte gerade durch den langen gebogenen Flur zu meinem Zimmer rennen. Da hörte ich Schritte und blieb stehen.

Wer konnte das sein?

Ich starrte durch den dunklen Flur. Und erschrak, als ich einen Schatten sah, der sich an der Wand bewegte.

Jemand war hier oben.

Jemand kam auf mich zugeschlichen.

## 8

Ich drückte mich mit dem Rücken gegen die Wand. Ich hielt den Atem an und lauschte.

Der Schatten entglitt meinem Blick.

Die Schritte wurden leiser.

Atemlos schlich ich den dunklen Flur entlang. Ich spähte um die Ecke. Da sah ich ihn.

Den Schatten. Er war kaum zu erkennen in dem dämmrigen Licht.

Er bewegte sich an der dunklen grünen Wand entlang und wurde kleiner, je leiser die Schritte wurden.

Schnell, aber leise huschte ich dem Schatten nach.

Wessen Schatten ist das bloß?, fragte ich mich. Wer außer mir ist denn noch hier oben?

Ich schlich näher.

Der Schatten an der Wand wurde wieder größer.

Mein Herz schlug schneller, während ich hinter der mysteriösen Gestalt herlief.

Der Schatten bog um die nächste Ecke. Ich huschte so leise wie möglich hinterher. Und blieb stehen.

Wer immer das auch war – er war jetzt direkt hinter der Biegung.

Ich holte tief Luft – und spähte um die Ecke.

Und sah Opa Eddie.

Opa Eddie – der einen Blaubeer-Pfannkuchenturm auf einem riesigen Tablett trug.

Wie ist Opa denn hier raufgekommen?, fragte ich mich. Ich hab doch gesehen, wie er nach draußen gegangen ist.

Opa muss durch eine andere Tür wieder reingekommen sein, überlegte ich. So muss es sein. Das Haus ist riesengroß. Wahrscheinlich gibt es da eine Unmenge Türen und Flure und Treppen, die ich noch gar nicht entdeckt habe.

Aber was machte er hier oben mit diesem Tablett voller Pfannkuchen? Wo brachte er die hin?

Äußerst mysteriös!

Opa Eddie balancierte das große Silbertablett vorsichtig mit beiden Händen, während er durch den Flur weiterging.

Ich muss ihm folgen, dachte ich. Ich muss sehen, wo er hingeht.

Ich tappte durch den Flur. Jetzt gab ich mir nicht mehr solche Mühe, leise zu sein. Ich wusste ja, dass Opa schlecht hörte.

Ich ging nur wenige Schritte hinter ihm.

Da hörte ich ein Geräusch und erstarrte vor Schreck.

Ein Schnüffeln. Hinter mir. Heftiges Schnüffeln.

*O nein! Charley!*

Charley kam durch den Flur gesprungen. Er schnüffelte. Schnüffelte wie wild. Da erblickte er mich – und blieb stehen.

»Braver Hund«, flüsterte ich und versuchte ihn wegzuscheuchen. »Geh zurück. Geh zurück.«

Aber er rannte auf mich zu. Und bellte wie verrückt.

Ich packte ihn am Halsband, als er versuchte, mir zu entwischen – und Opa nachzurennen.

Ich packte ihn ganz fest am Halsband. Da bellte er noch lauter.

»Rose?«, rief Opa Eddie. »Bist du das, Rose?«

»Komm, Charley«, flüsterte ich. »Komm weg hier.«

Ich schleifte Charley um die Ecke – bevor Opa mich beim Spionieren ertappte. Ich zerrte ihn hinter mir her in mein Zimmer.

Ich setzte mich einen Augenblick auf die kratzige Decke und schnappte nach Luft. Dann wühlte ich in meinem Koffer nach den Krimis für Oma und Opa.

Wo geht Opa bloß mit all diesen Pfannkuchen hin?, fragte ich mich, während ich mit den Geschenken die Treppe hinunterlief.

Wieso schlich er auf Zehenspitzen den Flur entlang?

Dieses Geheimnis musste ich unbedingt lüften.

Hätte ich mich doch bloß um meinen eigenen Mist gekümmert …

## 9

»Geht doch nach draußen und spielt ein bisschen, während ich das Geschirr abwasche«, schlug Oma nach dem Frühstück vor. »Danach könnt ihr mir bei meinem zuckersüßen Rhabarberkuchen helfen!«

»Spielen?«, murrte Clark. »Die hält uns wohl immer noch für zweijährige Kinder!«

»Komm mit raus, Clark.« Ich zog ihn durch die Hintertür nach draußen. Im Sumpf herumzupatschen war nicht unbedingt das, was ich mir unter Spaß vorstellte. Aber immer noch besser, als in diesem unheimlichen alten Haus rumzulungern.

Wir traten hinaus ins helle Sonnenlicht – und ich schnappte nach Luft. Die feuchte Hitze legte sich schwer auf meine Haut. Ich versuchte tief durchzuatmen – um dieses stickige Gefühl abzuschütteln.

»Und was machen wir jetzt?«, fragte Clark missmutig und nahm ebenfalls einen tiefen Atemzug.

Ich blickte mich um und entdeckte einen Pfad. Er begann hinter dem Haus und führte in den Sumpf hinein.

»Ein bisschen die Gegend erkunden«, schlug ich vor.

»Ich gehe *nicht* durch den Sumpf«, erklärte Clark. »Auf keinen Fall.«

»Wovor hast du denn Angst? Vor Comicmonstern?«, neckte ich ihn. »Vor Sumpfmonstern?« Ich musste lachen.

»Blöde Ziege«, murmelte Clark.

Wir gingen ein paar Schritte. Die Sonne sickerte durch die Baumwipfel und warf die Schatten der Blätter auf den Weg.

»Schlangen. Ich hab Angst vor Schlangen«, gab Clark zu.

»Keine Sorge«, sagte ich. »Ich pass auf die Schlangen auf. Und du auf die Krokodile.«

»Krokodile?« Clark riss entsetzt die Augen auf.

»Klar doch«, sagte ich. »In Sümpfen wimmelt es doch nur so von menschenfressenden Krokodilen.«

Eine Stimme unterbrach uns. »Lisa! Clark! Lauft nicht zu weit weg!«

Ich drehte mich um und sah Opa. Er stand ein paar Meter von uns entfernt.

Was hatte er denn da in der Hand?

Eine riesige Säge. Die scharfen Zacken funkelten im Sonnenlicht.

Opa steuerte auf einen kleinen, halb fertigen Schuppen zu. Der Schuppen stand ein paar Meter abseits des Weges, genau zwischen zwei hohen Zypressen.

»Okay!«, rief ich Opa zu. »Wir gehen nicht weit!«

»Wollt ihr mithelfen, den Schuppen fertig zu bauen?«, brüllte er und winkte mit der Säge. »Sachen bauen stärkt das Selbstvertrauen, sage ich immer.«

»Äh, später vielleicht«, antwortete ich.

»Wollt ihr mithelfen?«, rief Opa wieder.

Clark legte die Hände an den Mund und brüllte: »SPÄTER!« Dann ging er weiter.

Und stolperte.

Über eine dunkle Gestalt, die sich schnell und leise aus der schlammigen Wiese erhob.

# 10

»Krokodil! Krokodil!«, kreischte Clark.

Opa winkte wie wild mit seiner Säge. »Dir ist das zu viel? Okay, dann eben später!«

»Hilfe! Hilfe! Es hat mich gepackt!«, jammerte Clark.

Ich blickte zu Boden.

Auf die dunkle Gestalt im Gras.

Da musste ich lachen.

»Zypressenknie«, sagte ich ruhig.

Clark drehte sich verdattert zu mir um. Er starrte den Knubbel im Gras an.

»Das ist eine Zypressenwurzel, die da aus dem Gras ragt«, erklärte ich. »Man nennt es Zypressenknie. So eins habe ich dir gestern schon gezeigt. Erinnerst du dich?«

»Weiß ich doch!«, log er. »Ich wollte dich bloß erschrecken.«

Ich wollte einen Witz loslassen, da sah ich, dass Clark am ganzen Körper zitterte, als er aufstand. Ich bekam fast Mitleid mit ihm. »Komm, wir gehen ins Haus zurück«, schlug ich vor. »Oma wartet bestimmt schon auf uns, damit wir ihr bei ihrem zuckersüßen Rhabarberkuchen helfen.«

Auf dem Rückweg erzählte ich Clark, wie ich Opa mit dem riesigen Pfannkuchentablett oben im Flur gesehen hatte. Aber Clark fand das gar nicht so verwunderlich.

»Wahrscheinlich frühstückt er gern im Bett«, meinte

er. »Mom und Dad frühstücken doch auch immer im Bett.«

»Kann sein«, sagte ich. Aber überzeugt war ich nicht. Ganz und gar nicht.

»Na, ihr habt euch wohl gut amüsiert«, stellte Oma fröhlich fest, als wir eintraten.

Clark und ich blickten uns an und zuckten mit den Schultern.

»Fertig zum Backen?«, fragte Oma lächelnd. »Hab schon alles vorbereitet.« Sie winkte uns zum Büfett, wo bereits alle Zutaten für den Teig in einer Reihe bereitstanden.

»Wer möchte den Teig ausrollen, während ich den Rhabarber schneide?«, fragte sie und starrte mich dabei an.

»Ich vielleicht«, antwortete ich.

Clark seufzte auf. »Äh, ich kann ja solange ins Wohnzimmer gehen und in meinem Comic lesen«, sagte er zu Oma. Er wollte wohl flüchten. »Mom sagt, ich stehe ihr in der Küche immer bloß im Weg.«

»Unsinn!«, entgegnete Oma. »Du wiegst den Zucker ab. Haufenweise Zucker.«

Ich rollte also den Kuchenteig aus. Mir schien das eine Unmenge Teig zu sein. Andererseits – was hatte ich schon für eine Ahnung? Ich bin schließlich nie dabei, wenn Mom backt. Zu mir sagt sie auch immer, ich sei ihr im Weg.

Als ich den Teig ausgerollt hatte, übernahm Oma die

Führung. »Okay, Kinder. Setzt euch an den Tisch und trinkt ein Glas Milch. Ich mach das hier fertig.«

Clark und ich hatten gar keinen Durst. Aber wir wollten auch nicht widersprechen. Also tranken wir unsere Milch und sahen Oma zu, wie sie den Kuchen fertig machte.

Aber was heißt *den* Kuchen. Die *drei* Kuchen!

»Oma, wieso backst du denn *drei* Kuchen?«, fragte ich.

»Ich mache immer eine kleine Extraportion«, erklärte sie. »Nur für den Fall, dass plötzlich Besuch kommt.«

Besuch?, dachte ich. Was für Besuch?

Ich starrte Oma an.

Spinnt die?

Wer sollte denn schon zu Besuch kommen? So mitten in der Wildnis!

Was geht hier vor?, fragte ich mich.

Erwartet Oma womöglich wirklich Besuch?

Oder warum macht sie so viele Extraportionen?

## — 11 —

»Arbeit macht durstig!«, verkündete Opa mit lauter Stimme, als er zur Küchentür hereingeplatzt kam. Er steuerte direkt auf den Kühlschrank zu. »Seht ihr, wie ich sagte!« Opa zeigte auf unsere leeren Milchgläser. »Seid ihr jetzt bereit, mir mit dem Schuppen zu helfen?«

»Eddie, die Kinder sind doch nicht hier, um zu arbeiten!«, schimpfte Oma. »Wollt ihr nicht lieber das Haus erkunden? Hier gibt es so viele Zimmer. Ich bin sicher, ihr werdet herrliche Schätze finden!«

»Gute Idee!«, rief Opa aus und lächelte. Aber dann machte er plötzlich ein ernstes Gesicht. »Aber eines müsst ihr beachten. Am Ende des Flurs im zweiten Stock werdet ihr einen verschlossenen Raum vorfinden. Hört zu, was ich euch sage, Kinder. Bleibt weg von diesem Raum.«

»Warum? Was ist denn da drin?«, fragte Clark.

Oma und Opa tauschten besorgte Blicke aus. Omas Gesicht verfärbte sich rosarot.

»Das ist ein Lagerraum«, antwortete Opa. »Dort haben wir verschiedene Sachen verstaut. Alte Sachen. Zerbrechliche Sachen. Die können leicht kaputtgehen. Also, bleibt weg davon.«

Clark und ich rannten los. Wir waren froh wegzukommen. Oma Rose und Opa Eddie waren ja ganz nett – aber irgendwie unheimlich.

Die Küche, das große Wohnzimmer und das Esszimmer nahmen fast das ganze Erdgeschoss ein. Die drei Räume kannten wir ja schon.

Eine Bibliothek befand sich auch noch im Erdgeschoss. Aber die Bücher waren alt und staubig. Ich musste niesen davon. Sonst war nichts Aufregendes da drin. Also stiegen Clark und ich die Treppe hinauf. In den ersten Stock.

Wir gingen an unseren beiden Zimmern vorbei.

Vorbei an dem kleinen Flurfenster.

Wir folgten den Biegungen des dämmrigen Flurs – bis wir zum nächsten Raum gelangten.

Das war Omas und Opas Schlafzimmer.

»Ich finde, da sollten wir nicht reingehen«, sagte ich zu Clark. »Oma und Opa wollen bestimmt nicht, dass wir in ihren Sachen rumschnüffeln.«

»Ach komm!«, drängte Clark. »Bist du nicht auch gespannt, was es da zu entdecken gibt? Pfannkuchenkrümel zum Beispiel.« Er lachte.

Ich schubste ihn so heftig, dass ihm die Brille von der Nase rutschte.

»He!«, murrte er. »War doch bloß Spaß.«

Ich ließ meinen Stiefbruder im Flur stehen und öffnete die Tür zum nächsten Zimmer. Es war eine schwere, dunkle Holztür. Sie ächzte, als ich sie aufdrückte.

Ich tastete im Dunkeln nach dem Lichtschalter. Eine schmutzige Glühbirne, die von der Decke baumelte, warf einen fahlen gelben Schein auf das Zimmer.

In dem matten Lichtschein konnte ich Kartons erkennen. Ein Zimmer voll mit Kartons. Stapelweise Kartons.

»He! Vielleicht sind da tolle Sachen drin!«, meinte Clark und schob sich an mir vorbei.

Clark versuchte einen Karton aufzukriegen. »Hier muss was ganz Großes drin sein«, sagte er und zeigte auf die ausgebeulten Seiten des Kartons.

Ich spähte Clark über die Schulter. Wie modrig und

säuerlich es in diesem Zimmer roch! Ich hielt mir die Nase zu und blinzelte ins dämmrige Licht. Und wartete gespannt, dass Clark die Kiste auspackte.

Clark mühte sich mit dem Deckel ab – bis er endlich aufsprang.

»Das darf nicht wahr sein!«, rief er aus.

»Was?«, fragte ich und reckte den Hals. »Was ist drin?«

»Zeitungen. Alte Zeitungen«, berichtete Clark.

Wir hoben die oberen Lagen Zeitungspapier hoch, um zu sehen, was darunter war – noch mehr Zeitungen. Alte, vergilbte Zeitungen.

Wir öffneten fünf weitere Kisten.

Zeitungen.

Sämtliche Kartons waren voll gestopft mit Zeitungen. Ein Raum voller Kartons und Kartons voller Zeitungen. Aus einer Zeit, als Dad noch nicht auf der Welt war. Zeitungen aus mehr als fünfzig Jahren.

Wozu hebt jemand den ganzen Krempel auf?, fragte ich mich.

»Na so was!«, rief Clark aus und beugte sich über eine Kiste am anderen Ende des Zimmers. »Rate mal, was hier drin ist!«

»Was denn? Sag schon!«

»Zeitschriften.« Clark grinste.

Mein Bruder ging mir allmählich auf die Nerven. Aber ich ging trotzdem zu ihm hinüber. Zeitschriften schaute ich mir gern an. Egal, ob alte oder neue.

Ich schob meine Hand tief in die Kiste hinein und hob einen Stapel Zeitschriften heraus.

Da spürte ich, wie mich unter dem Stapel etwas an der Handfläche kitzelte.

Ich sah nach, was das war.

Und schrie auf.

## 12

Hunderte von Kakerlaken krabbelten über meine Finger.

Ich warf die Zeitschriften auf den Boden.

Ich schüttelte heftig meine Hand, um die ekligen braunen Käfer loszuwerden. »Hilfe!«, jammerte ich. »Weg damit!«

Kribbelnde Beine flitzten mir den Arm hoch.

Ich versuchte verzweifelt sie wegzuwischen – aber es waren dutzende!

Clark schnappte sich eine Zeitschrift vom Boden und wollte mir die Biester vom Arm schlagen. Doch dabei flogen noch *mehr* Kakerlaken zwischen den Seiten heraus.

Auf mein T-Shirt. In meinen Nacken. In mein Gesicht!

»Neiiin!«, schrie ich. »Hilfe! Hilf mir!«

Eine Kakerlake krabbelte mir übers Kinn.

Ich schlug sie weg – und erwischte dabei auch eine an meiner Backe.

In meiner Verzweiflung schnappte ich mir Clarks Comic aus seiner Hosentasche – und fing an auf die krabbelnden Biester einzudreschen.

Ich wischte und schlug. Wischte und schlug.

»Lisa! Hör auf!«, hörte ich Clark schreien. »Hör auf! Sie sind alle weg. Hör auf!«

Atemlos blickte ich auf den Boden.

Tatsächlich. Sie waren weg.

Aber mich juckte es immer noch überall. Ich fragte mich, ob das Jucken jemals wieder aufhören würde.

Ich ging in den Flur hinaus und setzte mich auf den Fußboden. Ich musste mich erst mal beruhigen, ehe ich etwas sagen konnte. »Igitt«, stöhnte ich schließlich. »So was Ekliges.«

»Hör mal, musstest du ausgerechnet meinen Comic benutzen?«, beschwerte sich Clark. Er hielt ihn an einer Ecke hoch. Er war sich wohl unschlüssig, ob er es wagen konnte, den Comic wieder in die Hosentasche zu stecken.

Ich hatte immer noch das Gefühl, als krabbelten die Kakerlakenbeine auf meiner Haut herum. Mich schauderte – und ich wischte mich ein letztes Mal von oben bis unten ab.

»Okay.« Ich stand auf und spähte den düsteren Flur entlang. »Komm, wir sehen mal nach, was im nächsten Zimmer ist.«

»Bist du sicher?«, fragte Clark. »Willst du wirklich nachsehen?«

»Warum nicht?«, sagte ich. »Ich hab keine Angst vor kleinen Käfern. Du vielleicht?«

Clark hasste Käfer. Das wusste ich. Große *und* kleine. Aber das hätte er niemals zugegeben. Also ging er voran zum nächsten Zimmer.

Wir stießen die schwere Tür auf – und spähten hinein.

## 13

»Wow! Sieh dir dieses Gerümpel an!« Mein Stiefbruder stand mitten im Zimmer. Und drehte sich im Kreis, um alles zu bestaunen.

Ein ganzes Zimmer voller Spielsachen. Richtig alte Spielsachen. Berge von Spielsachen.

In einer Ecke stand ein rostiges Dreirad. Das große Vorderrad fehlte.

»Das hat bestimmt mal Dad gehört«, sagte ich. Ich konnte mir Dad als kleines Kind auf dem Dreirad nur schwer vorstellen.

Ich drückte auf die Hupe. Sie funktionierte noch.

Clark zog ein verstaubtes Schachspiel aus einer kaputten Holzkiste hervor. Er stellte das Schachbrett auf, während ich den Rest des Gerümpels durchsuchte.

Ich fand einen Teddybären mit einem stark verformten Kopf.

Eine Schachtel, in der nur ein Rollschuh war.

Einen Spielzeugaffen mit einem abgerissenen Arm.

Jede Menge kleiner Spielsoldaten mit verblichenen Uniformen und verblassten Gesichtern.

Dann entdeckte ich eine alte Spielzeugtruhe. Ein goldenes Karussell war darauf gemalt, das mit den Jahren ausgeblichen war.

Ich hob den staubigen Deckel. In der Truhe lag eine Porzellanpuppe mit dem Kopf nach unten. Ich nahm sie vorsichtig heraus. Und drehte sie mit dem Gesicht zu mir.

Feine Risse durchzogen ihre zarten Wangen. Ihre Nasenspitze war abgeplatzt.

Ich starrte ihr in die Augen – und erschrak.

Sie hatte keine Augen.

Überhaupt keine Augen.

Nur zwei schwarze Löcher unterhalb ihrer kleinen Stirn. Zwei gähnende schwarze Löcher.

»*Das* sollen Omas Schätze sein?«, krächzte ich. »Das ist ja lauter Gerümpel!«

Ich warf die Puppe zurück in die Truhe.

Da hörte ich ein Quietschen.

Von der anderen Seite des Zimmers. Neben der Tür.

Ich drehte mich um und erblickte ein Schaukelpferd, das hin und her schaukelte.

»Clark, hast du das Pferd angeschubst?«, fragte ich.

»Nein«, antwortete Clark leise und starrte das Pferd an. Es schaukelte hin und her. Hin und her. Und quietschte dabei.

»Nichts wie raus hier«, sagte ich. »Hier drin ist es mir zu unheimlich.«

»Mir auch«, sagte Clark. »Jemand hat die Königin im Schachspiel geköpft. Den Kopf abgebissen.«

Clark sprang über ein paar Kisten in den Flur hinaus.

Ich blickte mich noch einmal um, bevor ich das Licht ausknipste. *So was von unheimlich!*

»Clark?«

Wo steckte er denn?

Ich blickte den Flur auf und ab.

Von Clark keine Spur. Aber eben war er doch noch da! Er hatte doch in der Tür gestanden.

»Clark? Wo bist du?«

Ich ging den Flur entlang und folgte den Biegungen.

Mir wurde ganz mulmig zu Mute. Mein Herz fing an zu rasen.

»Clark? Das ist nicht lustig!«

Keine Antwort.

»Clark? Wo *bist* du?«

# 14

»Buhuuuuu!«

Ich stieß einen schrillen Schrei aus.

Clark trat hinter mir in den Flur und hielt sich den Bauch vor Lachen. »Reingelegt!«, rief er. »Reingelegt, ätsch!«

»Das ist überhaupt nicht witzig, Clark!«, fauchte ich ihn an. »Das ist einfach blöd. Als ob du mich damit erschrecken könntest!«

Er verdrehte die Augen. »Wieso gibst du's nicht einfach zu, Lisa! Gib es einfach zu – nur dieses eine Mal. Du warst zu Tode erschrocken.«

»War ich NICHT!«, schrie ich ihn an. »Höchstens erstaunt. Aber mehr nicht.« Ich stopfte meine Hände in die Jeanstaschen, damit Clark nicht sah, wie sie zitterten. »Du bist ein richtiger Blödmann«, sagte ich.

»Wieso, Oma hat doch gesagt, wir sollen uns amüsieren. Und *das* habe ich gerade getan!«, zog er mich auf. »Also, wohin gehen wir jetzt?«

»*Wir* gehen überhaupt nirgendwohin«, sagte ich zornig. »Ich verstecke mich jetzt in meinem Zimmer und lese.«

»He! Gute Idee!«, rief Clark aus. »Komm, wir spielen Verstecken!«

»*Spielen?* Hast du gesagt *spielen*?«, fragte ich spöttisch. »Ich dachte, Spielen sei nur was für kleine Kinder?«

»Aber Versteck spielen in so einem Riesenhaus ist doch was ganz anderes«, erklärte Clark.

»Clark, ich bin –«

Er ließ mich nicht ausreden. »Du suchst!«, rief er und rannte davon, um sich zu verstecken.

»Ich will aber nicht suchen«, sagte ich trotzig. »Ich will nicht Verstecken spielen.«

Also gut, sagte ich mir. Bringen wir's hinter uns. Dann suche ich Clark eben. Aber danach gehe ich in mein Zimmer und lese!

Ich zählte immer gleich fünf auf einmal.

»Fünf, zehn, fünfzehn, zwanzig ...«, rief ich und zählte so bis hundert. Dann machte ich mich auf den Weg, den dunklen Flur entlang. Der Flur machte am Ende eine Biegung. Dahinter kam eine alte Wendeltreppe, die in den zweiten Stock hinaufführte.

Ich kletterte die staubigen Holzstufen hinauf. Es ging immer im Kreis. Ich sah nach oben, aber ich konnte nicht erkennen, wo die Treppe hinführte.

Ich konnte noch nicht mal meine Füße sehen, so stockfinster war es hier.

Die Stufen knarrten und ächzten bei jedem Schritt. Eine dicke Dreckschicht lag auf dem Geländer – aber ich hielt mich trotzdem daran fest. Ich tastete mich die dunkle Wendeltreppe nach oben.

Schnaufend kletterte ich höher und höher. Der Staub blieb mir im Hals stecken. Er roch säuerlich und alt.

Endlich erreichte ich das Ende der Treppe und spähte

den Flur im zweiten Stock entlang. Er sah genauso aus wie der untere und hatte die gleichen Biegungen.

Die gleichen dunklen grünen Wände. Das gleiche Dämmerlicht, das durch ein kleines Fenster hereinfiel.

Langsam bewegte ich mich den Flur entlang und öffnete die erste Tür.

Es war ein riesiger Raum. Fast so groß wie das Wohnzimmer. Aber ganz leer.

Der nächste Raum war genauso groß. Und genauso leer.

Vorsichtig schlich ich weiter.

Es war wirklich heiß hier oben. Schweißperlen liefen mir über die Schläfen. Ich wischte sie mit meinem Ärmel ab.

Das nächste Zimmer war klein. Das heißt, nicht unbedingt klein, aber es war das kleinste, das ich hier bisher gesehen hatte. An der Wand stand ein altes automatisches Klavier.

Wenn es hier oben nicht so unheimlich wäre, überlegte ich, würde ich später noch mal herkommen. Um zu sehen, ob das alte Klavier funktionierte.

Aber im Augenblick wollte ich bloß Clark in seinem Versteck finden. Und dann nichts wie weg!

Ich ging ein kleines Stück weiter.

Und bog um die Ecke.

Der Schrei blieb mir im Hals stecken – als ich plötzlich fiel.

Kein Fußboden! Kein Boden unter meinen Füßen!

Ich riss die Hand im Dunkeln hoch und tastete nach etwas, woran ich mich festhalten konnte.

Ich bekam etwas Hartes zu fassen – ein altes Treppengeländer.

Ich hielt mich fest. Hielt mich fest. Hielt mich fest.

Ich klammerte mich mit beiden Händen daran und schwang mich wieder nach oben. Nach oben auf den festen Flurboden.

Mit pochendem Herzen starrte ich hinunter in das gähnende schwarze Loch, in das ich gefallen war. Ein Loch, wo früher einmal eine alte Treppe gewesen war. Sie war mit den Jahren weggefault.

Ich stieß einen langen Seufzer aus. »Das wirst du mir büßen, Clark!«, rief ich aus. »Ich hab doch gesagt, ich hab keine Lust, zu spielen!«

Ich lief den Flur entlang und suchte nach meinem Stiefbruder. Ich beeilte mich, weil ich dieses blöde Spiel hinter mich bringen wollte.

Plötzlich blieb ich stehen.

Und starrte – zu der Tür am Ende des Flurs.

Einer Tür mit einem glänzenden Metallschloss.

Ich bewegte mich langsam auf die Tür zu. Ein angelaufener Silberschlüssel steckte im Schlüsselloch.

Was ist da wohl drin?, fragte ich mich. Warum ist die Tür abgeschlossen?

Ich trat näher.

Wieso wollen Oma und Opa nicht, dass wir diesen Raum betreten?

Sie hatten behauptet, das wäre ein Lagerraum.

Dabei ist doch eigentlich jedes Zimmer in diesem unheimlichen alten Haus ein Lagerraum, dachte ich. Warum dürfen wir ausgerechnet diese Tür nicht öffnen?

Ich stand vor der Tür.

Ich streckte die Hand aus.

Und umklammerte den Silberschlüssel.

## — 15 —

Nein.

Ich zog meine Hand wieder vom Türknauf zurück.

Ich muss Clark finden, sagte ich mir. Ich habe dieses blöde Spiel satt. Ich hab es satt, ihn zu suchen.

Da kam mir eine tolle Idee.

*Ich* verstecke mich! Ich führe Clark an der Nase herum, indem ich mich verstecke und *er* mich suchen muss!

Ich verstecke mich und dann wird Clark die Geduld verlieren, zu warten, bis ich ihn gefunden habe. Dann wird er *mich* suchen müssen! Perfekt!, dachte ich. Also … wo könnte ich mich verstecken?

Ich schaute mir die anderen Räume im zweiten Stock an – auf der Suche nach einem guten Versteck. Aber die Zimmer hier oben waren alle leer. Da war nichts, wohinter ich mich hätte verstecken können.

Nichts, worunter ich hätte kriechen können.

Ich kehrte zu dem kleinen Zimmer mit dem automatischen Klavier zurück. Vielleicht kann ich mich irgendwie dahinter verstecken, dachte ich.

Ich versuchte das Klavier von der Wand wegzuschieben.

Nur so weit, dass ich mich dahinterquetschen konnte. Aber es war zu schwer. Ich bekam es nicht von der Stelle.

Also machte ich mich auf den Weg zu dem Zimmer mit dem Silberschlüssel – dem verschlossenen Zimmer.

Ich spähte den dämmrigen Flur auf und ab. Hatte ich überall nachgesehen? Hatte ich auch kein Zimmer ausgelassen?

Da entdeckte ich sie.

Eine kleine Tür. Eine Tür in der Wand.

Eine Tür, die mir zuvor nicht aufgefallen war.

Eine Tür zu einem Speiseaufzug.

Solche Speiseaufzüge hatte ich schon in Filmen gesehen. Die waren typisch für große alte Häuser wie dieses. Das waren kleine Fahrstühle, die Essen und Geschirr von einem Stockwerk ins andere transportierten. Ganz schön cool.

Ein Speiseaufzug!, dachte ich. Das perfekte Versteck! Ich kehrte um und steuerte darauf zu – da hörte ich etwas scheppern. Es klang wie ein heruntergefallenes Tablett.

Der Lärm kam aus dem Zimmer mit dem Silberschlüssel.

Ich presste mein Ohr gegen die Tür. Ich hörte Schritte.

Aha, *da* also hat Clark sich versteckt!, dachte ich. Dieser alte Gauner! Versteckt sich in einem Zimmer, von dem er genau weiß, dass ich da nicht nachschaue!

Er hatte sich in dem Zimmer versteckt, das zu betreten Oma und Opa uns verboten hatten.

Tja, Clark, dachte ich. Sieht schlecht aus für dich. Ich hab dich doch gefunden!

Ich legte meine Finger um den Schlüssel und drehte ihn um. Das Schloss sprang mit einem lauten Klick auf. Ich riss die Tür auf.

Und erblickte ein abscheuliches Monster.

## 16

Ich fiel beinah ins Zimmer.

Dann stand ich wie angewurzelt da. Ich konnte nicht zurückweichen. Konnte meinen Blick nicht von ihm abwenden.

Ein lebendiges, waschechtes Monster. Mindestens drei Meter groß.

Es stand in dem verschlossenen Raum.

Ich starrte seinen großen, haarigen Körper an. Ein Körper wie der eines Gorillas. Blätter, Baumwurzeln und Sand klebten in seinem Fell. Das Monster hatte einen schuppigen Kopf und ein Maul, aus dem zwei gezackte Reihen Krokodilzähne hervorschauten.

Ein fauliger Gestank erfüllte den Raum. Verwesungsgeruch. Der Geruch des Sumpfes.

Mir drehte sich der Magen um.

Das Monster starrte mich an – aus seinen hervortretenden Augen an den Seiten seines riesigen Kopfes.

So verharrte es einen Augenblick. Dann schaute es auf seine haarigen Pfoten hinunter – in denen es einen Riesenstapel Pfannkuchen hatte.

Es begann sich die Pfannkuchen ins Maul zu stopfen. Sie zu verschlingen. Sie mit seinen spitzen Zähnen zu zernagen.

Immer noch den Türknauf in der Hand, starrte ich das fressende Monster an. Es stopfte sich den nächsten Pfannkuchenstapel in den Schlund. Es schluckte sie ganz herunter und grunzte genüsslich.

Seine schrecklichen Krokodilaugen weiteten sich. Die dicken Adern an seinem Hals pochten, während es fraß.

Ich wollte um Hilfe rufen. Ich wollte schreien. Doch als ich den Mund aufmachte, kam kein Ton heraus.

Mit der einen Hand schob das Monster Pfannkuchen nach – immer gleich stapelweise. Mit der anderen kratzte es sich an seinem behaarten Fuß.

Es kratzte und kratzte. Bis es einen großen schwarzen Käfer fand, der sich in seinem Fell eingenistet hatte.

Es hielt den Käfer hoch – vor eines seiner beiden Glubschaugen.

Der Käfer strampelte mit seinen Füßen in der Luft.

Das Monster starrte den Käfer an. Die strampelnden Beine. Dann steckte es sich den Käfer ins Maul – und zerkaute seinen leuchtenden schwarzen Panzer mit einem Ekel erregenden Knirschen.

Blaubeeren und Käfersaft tropften ihm aus dem Maul.

*Lauf!,* sagte ich mir. *Lauf weg!* Aber ich konnte mich vor Entsetzen nicht rühren.

Das Monster langte nach dem nächsten Pfannkuchenstapel.

Ich zwang mich einen kleinen Schritt zurückzutreten – zurück in den Flur.

Das Monster riss den Kopf hoch.

Es starrte mich an. Dann stieß es ein tiefes Knurren aus. Es ließ die Pfannkuchen auf den Boden fallen und trottete auf mich zu.

Ich rannte in den Flur hinaus und schrie um Hilfe.

»Lisa! Lisa! Was ist los?« Clark tauchte an der Ecke am Ende des Flurs auf.

»Ein Monster! Da, in dem verschlossenen Raum! Schnell!«, kreischte ich. »Beeil dich! Hol Hilfe!«

Ich sprang die Treppe hinunter. »Oma! Opa!«, schrie ich. »Ein Monster!«

Ich drehte mich um, um zu sehen, ob das Monster mir folgte – da sah ich, dass Clark immer noch an derselben Stelle stand.

»Da drin ist ein Monster!«, schrie ich. »Lauf weg, Clark! Lauf weg!«

Er kicherte bloß. »Du glaubst doch wohl nicht im Ernst, dass ich darauf reinfalle.«

Clark steuerte auf das Zimmer zu, in dem sich das Monster befand. Und grinste.

»Nein! Bitte!«, flehte ich ihn an. »Es stimmt, was ich sage!«

»Du willst mir bloß Angst einjagen. Um es mir heimzuzahlen.«

»Das ist kein Spaß, Clark! Geh da nicht rein!«, kreischte ich. »GEH NICHT!«

Clark war jetzt an der Tür. »Hier bin ich, du Sumpfmonster!«, rief er aus, als er das Zimmer betrat. »Komm doch und pack mich!«

## 17

Sekunden später hallten Clarks Schreckensschreie durch den Raum.

Das Monster übertönte Clarks Schreie mit lautem Gebrüll.

Charley kam die Treppe heraufgesprungen und bellte aufgeregt.

»Lauf! Lauf!« Clark kam, wild mit den Armen fuchtelnd, aus dem Zimmer gestürmt. »Ein Monster! Ein Sumpfmonster!«

Wir rannten die Treppe hinab und zerrten Charley hinter uns her. Doch Charley wehrte sich mit aller Kraft. Er wollte unbedingt nach oben.

»Charley, komm!«, rief ich. »Komm!«

Aber Charley setzte sich auf eine Stufe und stieß ein Heulen aus. Und rührte sich nicht mehr von der Stelle.

Ein Brüllen dröhnte durch den Flur.

*O nein! Das Monster kommt! Es kommt uns nach!*

»BITTE, CHARLEY!«, flehte ich und zerrte an seinem Halsband. »BITTE!«

Clark stand auf der Treppe, starr vor Schreck.

»Hilf mir, Clark!«, flehte ich ihn an. »Steh doch nicht einfach rum! Hilf mir!«

Das Sumpfmonster stampfte den Flur entlang. Die alte Treppe bebte unter unseren Füßen.

»Es will uns fangen«, flüsterte Clark. Er stand immer noch da wie angewurzelt.

Ich zerrte meinen Stiefbruder heftig am Ärmel. »Hilf mir, Clark!«, schrie ich. »Schieb Charley an!«

Wir kämpften uns die Treppe hinunter, indem ich Charley zog und Clark von hinten schob.

»Oma! Opa!«, schrie ich.

Keine Antwort.

Das Gebrüll des Monsters wurde lauter. Es kam näher.

»Schließ Charley im Badezimmer ein!«, forderte ich Clark auf, als wir im ersten Stock waren. »Da ist er sicher. Ich suche Oma und Opa.«

Ich rannte hinunter in die Küche.

»Oma! Opa!«, brüllte ich. »Ein Monster!«

In der Küche war niemand.

Ich sauste ins Wohnzimmer. »Wo seid ihr? Hilfe!«

Im Wohnzimmer war auch niemand.

Ich sah in der Bibliothek nach. Niemand.

Ich rannte wieder die Treppe hoch. Ich sah in ihrem Schlafzimmer und in allen anderen Räumen im ersten Stock nach.

Ich konnte sie nirgends finden.

*Wo sind sie? Wo können sie bloß sein?*, fragte ich mich.

Clark trat aus dem Badezimmer – die Schritte des Monsters dröhnten jetzt direkt über uns.

»W-wo sind Oma und Opa?«, stotterte er.

»Ich – ich weiß nicht. Ich kann sie nicht finden!«

»Hast du draußen nachgesehen?« Clarks Stimme hörte sich an wie ein Quieken.

Natürlich!, dachte ich. Bloß keine Panik, Lisa. Sie müssen draußen sein. Wahrscheinlich hinter dem Haus. Opa arbeitet vermutlich an seinem Schuppen.

Wir flüchteten die Treppe hinunter in die Küche.

Vor der Hintertür blieben wir stehen. Und starrten hinaus auf den Sumpf. Zum Schuppen hinüber.

Da draußen war niemand.

»Wo sind –?«, fing Clark an.

»Horch mal!«, unterbrach ich ihn. »Hörst du das?«

Es war ein Auto – ein Auto, das gerade ansprang.

»Opas und Omas Auto! Es ist wieder da! Es ist fertig!«, rief ich.

Wir folgten dem Motorengeräusch. Das Auto musste vor dem Haus stehen.

Wir rannten durchs Haus zur Eingangstür und spähten durchs Fenster.

Da waren sie!

»Was ist das?«, rief ich entsetzt aus.

Meine Großeltern fuhren rückwärts die Einfahrt hinab.

Sie fuhren weg!

»Halt – wartet! Wartet!«, schrie ich und drehte am Türknauf.

»Sie können dich nicht hören!«, rief Clark. »Mach die Tür auf!«

Ich rüttelte an der Tür. Ich rüttelte daran, so fest ich konnte. Ich drehte noch einmal am Türknauf.

»Beeil dich!«, kreischte Clark. »Sie lassen uns sonst hier!«

Ich zerrte und rüttelte. Und drehte verzweifelt am Knauf.

Da fiel es mir wie Schuppen von den Augen.

»Die Tür ist von außen verriegelt!«, rief ich aus. »Sie haben uns eingeschlossen!«

# 18

»Wie können sie uns das antun?«, jammerte ich. »Wieso lassen sie uns hier zurück? Warum haben sie uns eingeschlossen?«

Die Decke über uns bebte. Sie bebte heftig. So heftig, dass die Bilder an den Wohnzimmerwänden herunterfielen.

»Was war das?«, fragte Clark entsetzt.

»Das Monster! Es kommt uns nach!«, krächzte ich. »Wir müssen hier raus! Wir müssen Hilfe holen!«

Clark und ich rannten zurück in die Küche. Zur Hintertür.

Ich drehte am Türknauf. Ich zog so fest ich konnte. Aber diese Tür war auch blockiert – von außen verriegelt.

Wir rannten durchs Haus.

Wir probierten alle Seitentüren aus.

Alle waren zu. Alle – von außen verriegelt.

Die Schritte des Monsters dröhnten über uns.

*Wie können Oma und Opa uns das nur antun? Warum tun sie das? Warum?*, schrie es in meinem Kopf, während ich in die Bibliothek rannte. Zum Fenster.

Dem einzigen Fenster im ganzen Erdgeschoss.

Unser einziger Ausweg.

Ich versuchte das Fenster aufzuschieben.

Nichts tat sich.

Ich hämmerte mit den Fäusten gegen den Holzrahmen.

»Sieh mal!«, stieß Clark hervor. Er deutete auf die schmutzige Fensterscheibe. »Da!«

Zwei rostige Nägel waren in den Holzrahmen gehauen. Das Fenster war damit zugenagelt – von außen.

Wir waren eingesperrt.

*Wie können sie uns das antun? Warum tun sie das?*, fragte ich mich wieder. *Warum nur?*

»Wir müssen die Fensterscheibe einschlagen!«, sagte ich zu Clark. »Das ist die einzige Möglichkeit, hier rauszukommen!«

»Okay!«, rief Clark. Er beugte sich vor und begann mit seinen Fäusten gegen das Glas zu hämmern.

»Spinnst du?«, schrie ich ihn an. »Du brauchst schon etwas Stärkeres, um –«

Der Rest meines Satzes ging unter – in einem ohrenbetäubenden Lärm von oben. Gefolgt vom donnernden Dröhnen der Klaviertasten.

»W-was ist denn da los?«, stammelte Clark.

»Da oben steht ein altes Klavier. Es hört sich an, als ob das Monster es durch den Raum schmeißt!«

Die Fußböden, die Wände, die Decke der Bibliothek – alles erzitterte, als das Monster das Klavier durch den Raum im zweiten Stock schleuderte. Wieder und wieder.

Eine Porzellanvase, eine Kristallschüssel, kleine Glastiere, alles flog von einem Tisch neben uns und zersprang vor unseren Füßen.

Ich warf meine Hände schützend über den Kopf, als die Bücher aus ihren Regalen flogen.

Clark und ich klammerten uns auf dem Fußboden aneinander fest. Und ließen die Buchlawine über uns ergehen.

Wir warteten, bis das Monster aufhörte.

So hockten wir beieinander, bis es wieder still wurde im Haus.

Ein letztes Buch fiel aus dem Regal. Es landete auf einem kleinen Tisch neben mir.

»Gib mir das da!«, forderte ich Clark auf und zeigte auf einen schweren Messingkerzenständer neben dem Buch. »Und bleib hinten!«

Ich drehte mich zum Fenster um. Ich holte aus, um mit dem schweren Kerzenständer zuzuschlagen – da hörte ich ein Wimmern.

Charleys Wimmern. Von oben.

»O nein!«, rief ich erschrocken aus. »Das Monster – es hat Charley in seiner Gewalt!«

## 19

Ich rannte auf die Treppe zu. Mit der einen Hand hielt ich den Kerzenständer umklammert, mit der anderen zerrte ich Clark hinter mir her.

Ich musste Charley retten! Unbedingt!

Ich rannte die Treppe hinauf. Als ich oben war, blieb

ich stehen. Das Herz schlug mir bis zum Hals, als ich den Flur entlangspähte.

Der Flur war leer.

Ich schlich aufs Badezimmer zu. Bis auf Clarks rasselnden Atem und das laute Pochen meines Herzens war es ganz still im Haus.

Ich schlich weiter und sah, dass die Tür zum Badezimmer zu war.

Ich griff nach dem Türknauf. Er fühlte sich ganz glitschig an in meiner schwitzenden Hand.

Ich öffnete die Tür einen kleinen Spalt und spähte hinein. Aber ich konnte nichts sehen.

Ich spürte Clarks Atem in meinem Nacken, als ich die Tür ein wenig weiter aufstieß.

Noch ein wenig weiter.

»Charley!«, rief ich erleichtert aus.

Charley saß in der Badewanne zusammengerollt in der Ecke. Verängstigt – aber unversehrt.

Charley blickte uns aus seinen großen braunen Augen an und wedelte matt mit dem Schwanz. Dann fing er an zu bellen.

»Schsch!«, flüsterte ich und streichelte ihn. »Bitte, Charley. Das Monster darf dich nicht hören. Still, Junge!«

Charley bellte nur noch lauter.

So laut, dass wir beinah das Auto draußen überhört hätten.

»Schsch!«, flüsterte ich ungeduldig. »Hast du das gehört, Clark?«

Clark lauschte mit offenem Mund. »Eine Autotür!«

»Genau!«, rief ich aus.

»Oma und Opa sind zurück!«, rief Clark. »Bestimmt haben sie Hilfe geholt!«

»Bleib da«, forderte ich Charley auf, während wir vorsichtig aus dem Badezimmer schlichen. »Guter Junge. Bleib da.«

Clark knallte die Tür hinter uns zu und wir stürmten die Treppe hinab.

»Ich wusste, dass sie zurückkommen würden. Ich wusste, sie würden uns nicht einfach im Stich lassen!«, rief ich und nahm gleich zwei Stufen auf einmal.

Da hörten wir, wie das Auto ansprang.

Hörten es davonrumpeln.

Hörten den Kies unter seinen Reifen knirschen.

»Neiiin!«, rief ich aus, als ich an der Haustür war. »Fahrt nicht weg! Fahrt nicht weg!«

Ich trommelte mit den Fäusten gegen die Tür. Ich trat mit dem Fuß dagegen. Und dann sah ich den rosaroten Zettel auf dem Fußboden unter der Tür. Eine Nachricht.

Ich hob den Zettel mit zitternder Hand auf und fing an zu lesen:

*Wir können erst nächste Woche zurückkommen. Es tut uns Leid, Kinder. Aber unsere Arbeit wird mehr Zeit beanspruchen, als wir angenommen hatten.*

Eine telefonische Nachricht – von Mom und Dad.

Oma und Opa waren also gar nicht zurückgekehrt. Mr Donner von der Gemischtwarenhandlung war hergefahren, um uns die telefonische Nachricht zu übermitteln.

Meine Gedanken wurden vom Gebrüll des Monsters unterbrochen.

Ich fuhr herum.

Clark war weg.

»Clark!«, rief ich. »Wo bist du?«

Das Knurren des Monsters wurde lauter. Und bedrohlicher.

»Clark!«, rief ich noch einmal. »Clark!«

»Lisa – komm schnell!«, hörte ich ihn verzweifelt aus der Küche schreien.

## 20

»Lisa! Lisa!«

Während ich durchs Wohnzimmer rannte, hörte ich ihn ständig nach mir rufen. Jedes Mal klang seine Stimme lauter und aufgeregter.

»Ich komme!«, brüllte ich. »Warte, Clark! Ich komme!«

Ich rannte um das Sofa herum – und stolperte über einen Fußschemel. Ich schlug mit dem Kopf auf dem Boden auf.

Clark rief weiter nach mir, aber seine Stimme kam mir plötzlich weit weg vor. Ganz weit weg.

Mein Kopf pochte vor Schmerz.

Ich rappelte mich mühsam auf. Alles drehte sich.

»Li-sa! Li-sa!«, ertönte Clarks verzweifelter Hilferuf.

»Ich komme!«, rief ich. Mir war immer noch ganz schwindelig.

Da hörte ich wieder das Gebrüll des Monsters. Es dröhnte durchs ganze Haus.

*Ich muss Clark retten. Er ist in Gefahr! Das Monster hat ihn in seiner Gewalt!*, schoss es mir durch den Kopf.

Ich torkelte durchs Wohnzimmer. Auf die Küche zu.

Das Gebrüll des Monsters ließ die Wände erzittern.

»Halte durch, Clark!«, wollte ich rufen, aber meine Stimme klang wie ein Stöhnen. »Ich komme!«

Ich stolperte in die Küche.

»Lisa!« Clark stand neben dem Kühlschrank.

Allein.

»Wo ist es?«, rief ich und blickte mich blitzartig nach dem Monster um.

»W-wo ist wer?«, stammelte Clark.

»Das Monster!«, brüllte ich.

»Oben«, antwortete Clark verwirrt. »Wieso hast du so lange gebraucht?«

Clark wartete meine Antwort gar nicht erst ab. »Sieh dir das an.« Er deutete auf den Kühlschrank. Ich drehte mich um und sah zwei Briefe am Kühlschrank hängen, die mit Magneten befestigt waren.

»Du schreist wie ein Verrückter, nur um mir *das* zu

zeigen?«, kreischte ich fassungslos. »Ich bin zu Tode erschrocken! Ich dachte, das Monster hätte dich gepackt!«

Clarks Hand zitterte, als er die Briefe vom Kühlschrank abnahm. »Die beiden Briefe sind an uns adressiert. Von Oma und Opa.«

Ich starrte die Umschläge in Clarks Hand an. Tatsächlich, sie waren an uns adressiert. Und sie waren nummeriert, eins und zwei.

»Sie haben uns Briefe dagelassen?« Ich konnte es nicht fassen.

Clark riss den ersten Umschlag auf. Der Brief zitterte in seinen Händen, als er anfing ihn leise zu lesen.

Während er den Text überflog, murmelte er vor sich hin. Aber ich konnte nicht verstehen, was er sagte.

»Gib her!« Ich streckte die Hand nach dem Brief aus, aber Clark wich zurück. Er hielt den Brief fest in der Hand und las weiter.

»Clark, was steht denn drin?«, fragte ich ungeduldig.

Er hörte nicht, sondern schob sich seine Brille auf die Nase und las weiter. Und murmelte.

Ich beobachtete Clark, während er las.

Ich sah, wie sein Blick die Seite hinabglitt.

Ich sah, wie er entsetzt die Augen aufriss.

# 21

»Clark!«, rief ich ungeduldig. »Was steht denn drin?«

Clark fing an mir den Brief vorzulesen. »›Liebe Lisa, lieber Clark!‹« Der Brief flatterte zwischen seinen zitternden Fingern.

»›Es tut uns Leid, aber wir mussten weg. Vor ein paar Wochen ist ein Sumpfmonster in unser Haus eingedrungen. Wir haben es in dem Zimmer oben eingesperrt. Dann wussten wir nicht, was wir mit ihm tun sollten. Ohne Auto hatten wir auch keine Möglichkeit zu telefonieren, um Hilfe zu holen.

Das Monster hat uns wochenlang terrorisiert. Wir hatten Angst, es herauszulassen. Das Monster tobte die ganze Zeit. Wir wussten, es würde uns umbringen.‹«

Meine Knie wurden ganz wackelig, als Clark fortfuhr.

»›Wir wollten euren Eltern nichts von dem Monster sagen. Sonst hätten sie euch nicht hergebracht. Aber weil wir so selten Besuch bekommen, wollten wir euch gern bei uns haben. Das war wohl ein Fehler. Ihr wärt besser mit euren Eltern nach Atlanta gefahren. Wahrscheinlich war es nicht richtig von uns, euch kommen zu lassen.‹«

»Soso, wahrscheinlich war es nicht richtig. *Wahrscheinlich*!«, kreischte ich. »Kaum zu glauben!«

Clark blickte auf. Er war ganz bleich im Gesicht. Sogar seine Sommersprossen schienen zu verschwinden. Er schüttelte fassungslos den Kopf.

Dann fuhr er mit dem Vorlesen fort. »›Wir haben das Monster gefüttert. Opa hat eine Öffnung unten in die Tür gesägt, durch die wir dem Monster Essen zugeschoben haben. Das Monster frisst eine Unmenge. Aber wir mussten es füttern. Wer weiß, was sonst passiert wäre.

Wir wissen, es ist nicht recht, euch im Stich zu lassen. Aber wir wollen nur Hilfe holen. Sobald wir jemanden gefunden haben, kehren wir zurück. Jemanden, der weiß, wie man so einer schrecklichen Bestie Herr wird.

Es tut uns Leid, Kinder, wirklich, aber wir mussten euch im Haus einschließen. Wir wollten verhindern, dass ihr allein in den Sumpf geht. Da draußen seid ihr nicht sicher.‹«

Das konnte doch nicht ihr Ernst sein!

»Da draußen seid ihr *nicht sicher*!«, rief ich aus. »Sie lassen uns hier mit einem mörderischen Monster im Haus – und schreiben, *da draußen* wären wir nicht sicher! Die spinnen doch, Clark! Die spinnen!«

Clark nickte und las weiter. »›Es tut uns wirklich sehr Leid, Kinder. Aber denkt daran: Es kann euch nichts passieren, solange …‹«

Das Monster über uns stieß ein lautes Brüllen aus. Clark ließ vor Schreck den Brief fallen.

Ich sah entsetzt zu, wie der Brief durch die Luft segelte und dann zu Boden flatterte.

Und unter den Kühlschrank glitt.

»Hol ihn, Clark!«, schrie ich. »Schnell!«

Clark legte sich lang auf den Fußboden und schob seine

Hand unter den Kühlschrank. Aber er reichte nur mit den Fingerspitzen an den Brief heran und schob ihn nur noch weiter nach hinten.

»Halt!«, brüllte ich. »Du schiebst ihn ja weg!«

Doch Clark hörte nicht.

Er schob seine Hand weiter unter den Kühlschrank und tastete nach dem Brief.

Dabei schob er ihn weiter. Immer weiter.

Bis wir ihn nicht mehr sehen konnten.

»Was stand denn noch in dem Brief?«, schrie ich. »Du hast den Brief doch gelesen! Es kann uns nichts passieren, solange ... was?«

»Ich – ich bin nicht weitergekommen«, stotterte Clark.

Ich hätte ihn am liebsten erwürgt.

Ich fuhr herum. Verzweifelt suchte ich nach etwas, was ich unter den Kühlschrank schieben und womit ich den Brief hervorangeln konnte.

Aber ich fand nichts, was flach oder lang genug gewesen wäre. Nichts, was unter den Kühlschrank gepasst hätte.

Clark riss die Küchenschränke und Schubladen auf, um nach etwas Brauchbarem zu suchen.

Währenddessen stampfte das Monster über uns über den Fußboden.

Die Decke bebte.

Eine Schüssel fiel vom Büfett und zersprang auf den kalten grauen Kacheln. Sie zersplitterte in tausend kleine Stücke.

»O nein«, stöhnte ich und starrte zur Decke hinauf. Ich sah, wie der Verputz Risse bekam und abbröckelte. »Es ist im ersten Stock. Es kommt näher.«

»Wir sind verloren«, jammerte Clark. »Es wird uns fangen und dann –«

»Clark. Wir müssen den Kühlschrank wegrücken. Wir müssen wissen, was am Ende des Briefes steht!«

Clark und ich zerrten am Kühlschrank. Wir schoben und zerrten mit aller Kraft.

Oben brüllte das Monster vor Zorn.

Wir zerrten fester.

Jetzt ließ sich der Kühlschrank bewegen.

Clark kniete nieder und spähte darunter. »Schieb!«, forderte er mich auf. »Schieb! Ich kann den Brief schon sehen. Schieb – nur noch ein bisschen!«

Ich schob den Kühlschrank noch einmal ganz fest an – und Clark hatte den Brief! Er hielt ihn zwischen Daumen und Zeigefinger fest und zog ihn hervor.

Er schüttelte ihn, um ihn vom Staub zu befreien.

»Jetzt lies doch schon!«, schrie ich ihn an. »Los, lies!«

Clark fing wieder an zu lesen: »›Es kann euch nichts passieren, solange …‹«

# 22

Ich hielt gespannt den Atem an. Was mussten wir denn nun tun, damit uns nichts passieren konnte?

»›Es kann euch nichts passieren‹«, las Clark, »›solange ihr die Tür nicht öffnet und das Monster herauslasst.‹«

»Was, das ist alles?«, rief ich fassungslos aus. »Dazu ist es schon zu spät! Zu spät! Steht sonst nichts da? Da muss doch noch was stehen!«

»Ein paar Sätze noch.« Clark las weiter:

»›Bitte bleibt von diesem Zimmer weg. Ihr dürft die Tür nicht öffnen.‹«

»Zu spät!«, jammerte ich. »Es ist zu spät!«

»›Falls das Monster entwischt, habt ihr keine Wahl. Ihr werdet einen Weg finden müssen, es zu töten.‹« Clark sah auf. »Das war's, Lisa. Mehr steht da nicht. *Ihr werdet einen Weg finden müssen, es zu töten.*«

»Schnell!«, drängte ich. »Mach den anderen Brief auf. Da steht bestimmt mehr drin. Ganz bestimmt!«

Clark war gerade dabei, den zweiten Umschlag aufzureißen, da hörten wir die schweren Schritte.

Schritte im Erdgeschoss.

Im Raum nebenan – im Wohnzimmer.

»Beeil dich, Clark! Mach ihn auf!«

Clark versuchte verzweifelt, den versiegelten Umschlag aufzukriegen. Doch als er das Atmen des Monsters hörte, hielt er inne.

Es war ein tiefes Schnaufen.

Es kam näher.

Mir schlug das Herz bis zum Hals, als das Schnaufen immer lauter wurde.

»Es – es kommt!«, schrie Clark und stopfte den ungeöffneten Umschlag in seine Tasche.

»Das Esszimmer!«, rief ich. »Los, ab ins Esszimmer!«

»Was sollen wir denn tun? Wie sollen wir es denn töten?«, rief Clark, während wir aus der Küche stürmten.

»Wir – *auaaa*!« Ein stechender Schmerz schoss mir ins Bein, als ich mich am Esszimmertisch anstieß.

Ich umklammerte mein Knie. Ich versuchte es anzuwinkeln. Aber der Schmerz durchdrang mein Bein.

Ich fuhr herum.

Und da stand es.

Das Sumpfmonster.

Es war in der Küche – und kam gierig auf uns zugetorkelt.

## 23

Das Monster starrte uns aus seinen grauenhaften Glubschaugen an. Ich sah, wie die Adern an seinem Kopf pochten, während es ein langes, tiefes Knurren ausstieß.

Ich starrte diese riesigen pulsierenden Adern an. Wie sie unter seiner groben Krokodilhaut pochten.

»Lauf, Lisa!« Clark zog mich von hinten und zerrte mich aus dem Esszimmer. Wir rannten auf die Treppe zu.

»Wir müssen uns verstecken«, keuchte Clark, während wir in den ersten Stock hinaufflüchteten. »Wir müssen uns verstecken, bis Oma und Opa Hilfe geholt haben.«

»Sie kommen nicht zurück!«, schrie ich ihn an. »Sie holen keine Hilfe!«

»Aber das haben sie doch geschrieben!«, rief Clark hartnäckig. »Das steht doch in dem Brief.«

»Clark, bist du wirklich so blöd?« Wir kamen jetzt oben an der Treppe an. Schnaufend blieb ich stehen. »Wer soll ihnen schon glauben?«, fragte ich, nach Luft schnappend. »Wer soll ihnen denn glauben, dass sie ein Sumpfmonster in ihrem Haus gefangen halten?«

Clark antwortete nicht.

Dafür antwortete ich. »Niemand! Kein Mensch! Die Leute werden denken, Oma und Opa spinnen.«

»Irgendjemand glaubt ihnen vielleicht doch«, sagte Clark mit unsicherer Stimme. »Irgendjemand ist vielleicht doch bereit, ihnen zu helfen.«

»So, meinst du. *Können Sie uns helfen, ein Sumpfmonster zu töten?*, werden sie fragen. Ich wette, sie können sich nicht retten vor lauter Freiwilligen!« Ich verdrehte die Augen.

Ich wollte schon weiterschimpfen, da hörte ich das

schwere Atmen des Monsters. Ich fuhr herum – und da war es.

Es stand unten an der Treppe. Es starrte uns an. Es sabberte vor Gier.

Clark und ich wichen langsam vom Treppenabsatz zurück.

Das Monster verfolgte uns mit seinem Blick.

»Wir müssen es töten«, flüsterte Clark. »So steht es in dem Brief. Wir müssen es töten. Nur wie?«

»Ich hab eine Idee!«, rief ich aus. »Los, komm!«

Wir drehten uns um und rannten los. Als wir am Badezimmer vorbeisausten, hörten wir Charley wimmern.

»Wir müssen Charley holen!«, rief Clark und blieb stehen. »Es ist zu gefährlich, wenn wir ihn da drin lassen. Wir müssen ihn mitnehmen.«

»Das geht aber nicht, Clark«, entgegnete ich. »Dem wird schon nichts passieren. Keine Sorge.«

Dabei war ich mir selbst nicht sicher. Aber wir konnten jetzt wegen Charley nicht stehen bleiben – das Monster hatte den ersten Stock erreicht.

Es stand drohend am Ende des Flurs.

Das Monster hob die Hände über den Kopf. Ich sah, dass es den Holzschemel in der Hand hielt, über den ich im Wohnzimmer gestolpert war.

Seine Augen funkelten vor Zorn.

Es starrte mich an, dann stieß es ein lautes, wildes Knurren aus. Dicke weiße Spucke rann ihm übers Kinn.

Es leckte die Spucke mit seiner Reptilienzunge ab – und

zerschlug den Schemel an seinem Bein. Er zerbrach in zwei Teile.

Es hob den kaputten Schemel in die Luft und schleuderte ihn in unsere Richtung.

»Los, komm!«, schrie Clark, als der Schemel gegen die Wand knallte.

Wir rannten die Treppe hinauf. Hinauf in den zweiten Stock.

Das Monster torkelte hinter uns her. Das ganze Haus erzitterte unter jedem seiner schweren Schritte.

»Es kommt!«, schrie Clark. »Was sollen wir tun? Du hast gesagt, du hättest eine Idee. Was denn für eine?«

»Da oben ist eine kaputte Treppe«, rief ich, während ich so schnell ich konnte durch den dunklen Flur stürmte. »Sie ist zusammengekracht. Da ist nur ein großes Loch. Wenn wir um die Ecke biegen, dann halte dich am Geländer fest. Das Monster wird uns hinterherjagen – und in den Abgrund stürzen.«

Das Brüllen des Monsters dröhnte in meinen Ohren. Ich sah es durch den Flur auf uns zutrotten.

»Komm, Clark! Beeil dich!«

»Und wenn es nicht klappt?«, fragte Clark verzweifelt. »Wenn es sich bei dem Sturz nur verletzt? Womöglich wird es dann noch wütender?«

»Frag nicht so viel, Clark«, antwortete ich ungeduldig. »Es muss klappen. Es muss einfach klappen!«

Wir rannten wieder los.

Das Monster heulte. Es heulte vor Wut.

»Da ist die Ecke, Clark. Da vorne.«

Das Monster brüllte. Nur wenige Schritte hinter uns.

Mein Herz pochte laut. Ich hatte das Gefühl, es würde zerspringen. »Halt dich am Geländer fest, Clark, sonst fällst du in die Tiefe. Los geht's!«

Wir bogen um die Ecke.

Wir warfen die Arme hoch. Und ergriffen das Geländer.

Wir knallten heftig gegen die Wand – dann baumelten wir über dem tiefen schwarzen Loch.

Das Monster kam um die Ecke.

Würde mein Plan funktionieren? Würde es in den Tod stürzen?

Konnte man so ein Monster töten?

## 24

Das Monster wirbelte um die Ecke.

Am Rand des Abgrunds schwankte es.

Ruckartig wandte es sich uns zu. Seine Augen glühten rot.

Es stieß ein widerliches Knurren aus. Es schwankte und versuchte das Gleichgewicht zu halten. Dann stürzte es in die Tiefe.

Ich hörte, wie es dumpf aufschlug.

Clark und ich hielten uns an dem kaputten Geländer fest. Es knarrte unter unserem Gewicht.

Meine Hände taten mir weh. Meine Finger waren wie taub. Ich wusste, dass ich mich nicht mehr lange festhalten konnte.

Wir lauschten.

Stille.

Das Monster rührte sich nicht.

Ich blickte nach unten, aber es war zu dunkel, um etwas zu erkennen.

»Meine Finger rutschen ab«, stöhnte Clark. Dann holte er mit dem Bein aus, um auf dem Flurboden Halt zu finden.

Nach und nach hangelte er sich das Geländer entlang, bis er den sicheren Flur erreicht hatte. Ich folgte ihm.

Wir spähten in das schwarze Loch hinab. Aber es war so finster, dass wir rein gar nichts sehen konnten. Es war dunkel und still. Absolut still.

»Geschafft! Wir sind gerettet!«, freute ich mich. »Wir haben das Monster getötet!«

Clark und ich hüpften vor Freude. »Geschafft! Wir haben's geschafft!«

Wir rannten die Treppe hinab. Wir ließen Charley aus dem Badezimmer.

»Alles okay, Charley.« Ich umarmte den Hund. »Wir haben's geschafft, Junge«, sagte ich zu ihm. »Wir haben das Sumpfmonster getötet.«

»Los, lass uns von hier abhauen«, drängte Clark. »Wir können doch bis in die Stadt laufen. Und Mom und Dad vom Laden aus anrufen. Wir sagen ihnen, dass sie uns abholen sollen – sofort!«

Wir waren so glücklich, dass wir die Treppe hinuntertanzten. Wir liefen in die Bibliothek. »Bleib hinten«, sagte ich zu Clark. »Und halte Charley fest. Ich schlage das Fenster ein, dann können wir raus.«

Ich blickte mich um und suchte nach dem schweren Messingkerzenständer. Er war nicht da.

»Warte hier«, sagte ich zu Clark. »Ich hab den Kerzenständer oben im Bad liegen lassen. Bin gleich zurück.«

Ich stürmte aus der Bibliothek.

Ich konnte es kaum erwarten, endlich aus diesem unheimlichen Haus auszubrechen. Und diesen schauerlichen Sumpf hinter mir zu lassen. Und Mom und Dad Vorwürfe zu machen, dass sie uns in einem Haus mit einem waschechten Monster zurückgelassen hatten.

Ich rannte durchs Wohnzimmer – auf die Treppe zu.

Ich sprang drei Stufen hoch – und blieb stehen.

Da war es wieder, dieses tiefe Knurren.

Das kann nicht sein, dachte ich. Vielleicht ist das Charley. Vielleicht ist es Charley, der da knurrt.

Ich lauschte.

Da hörte ich es wieder.

Das Knurren kam nicht von einem Hund. Mit Sicherheit nicht.

Ich hörte die rumpelnden Schritte, die Schritte des Sumpfmonsters, gar nicht weit weg von mir.

Sie kamen näher.

Immer näher.

## 25

»Clark!« Ich torkelte zurück in die Bibliothek. Meine Beine schlotterten. Ich zitterte am ganzen Körper. »Es ist nicht tot!«, rief ich. »Das Monster ist nicht tot!«

In der Bibliothek war niemand.

»Clark? Wo bist du?«, rief ich.

»In der Küche!«, antwortete er. »Ich füttere Charley.«

Ich raste in die Küche. Clark und Charley saßen auf dem Fußboden. Charley schleckte Wasser aus einer Schüssel.

»Das Monster ist bei dem Sturz nicht umgekommen! Es ist nicht tot!«, kreischte ich.

Clark starrte mich entsetzt an. »Was jetzt? Bestimmt ist es jetzt erst recht wütend. Es wird vor Wut schäumen. Was sollen wir tun?«

Ich blickte mich schnell in der Küche um. »Bring Charley hier rein«, forderte ich ihn auf. »Hier in den Schrank. Ich hab eine andere Idee.«

»Hoffentlich ist das eine bessere Idee als die letzte«, stöhnte Clark.

»Hast *du* vielleicht eine Idee?«, brüllte ich ihn an. »Hast du eine?« Er hatte keine.

Clark schleifte Charley durch die Küche. »Lisa, das ist kein Schrank. Das ist eine Art Kammer.«

»Mir egal, was das ist!«, schrie ich. »Bring Charley einfach da rein!«

Auf dem Büfett stand einer von Omas Rhabarberkuchen. »Das Monster hat seit heute früh nichts mehr gefressen«, sagte ich zu Clark. »Wir stellen den Kuchen so hin, dass es ihn sieht.«

»Aber das wird das Monster nur eine Sekunde lang aufhalten«, jammerte Clark. Er brachte Charley in die Kammer und schloss sie hinter sich zu. »Den Kuchen hat es doch mit einem Happs verschlungen. Und dann ist es gleich wieder hinter uns her.«

»Nein, ist es nicht«, sagte ich hartnäckig. »Wir werden nämlich den Kuchen *vergiften*. Wir tun Gift rein. Genug, dass es davon stirbt.«

»Ich weiß nicht, Lisa«, sagte Clark nachdenklich. »Ich glaube nicht, dass das funktioniert.«

Charley winselte hinter der geschlossenen Tür – als ob er derselben Meinung wäre.

»Wir haben keine andere Wahl!«, fauchte ich Clark an. »Etwas *müssen* wir doch versuchen!«

Ich holte eine Gabel und hob damit vorsichtig den Kuchenbelag ab. Dann durchsuchte ich den Schrank unter der Küchenspüle. Es war ganz dreckig da unten und feucht. Die Rohre waren mit grünem Schimmel bedeckt.

Auf dem Regal ganz vorn fand ich ein Glas mit Terpentin. Der Deckel war fest zugeschraubt. Ich musste kräftig drehen, um ihn aufzubekommen.

Langsam goss ich das ganze Glas Terpentin auf den Kuchen.

»Igitt, stinkt das!«, sagte Clark und hielt sich die Nase zu.

Ich betrachtete den Kuchen. Er war jetzt triefend nass. »Ich glaube, wir brauchen etwas, was das Terpentin aufsaugt«, meinte ich zu Clark. »Das hier müsste gehen!« Ich hielt eine Dose Abflussreiniger hoch.

Ich streute die blauen Abflussreinigerkristalle auf den Kuchen. Der Rhabarber fing an zu brodeln und zu sprudeln.

Clark sprang zurück. »Ich glaube, das reicht«, meinte er.

Ich hörte nicht auf ihn.

Ich steckte meinen Kopf erneut unter die Spüle und tauchte mit zwei Gefäßen wieder auf. »Rattengift!«, rief ich aus, als ich das schmutzige Etikett auf dem einen Glas las. »Wunderbar.« Das andere Gefäß enthielt Ammoniak.

»Beeil dich!«, drängte Clark. »Ich höre das Monster. Es kommt.«

Ich streute das Rattengift auf den Kuchen und goss das Ammoniak hinterher.

Das Stöhnen des Monsters kam näher. Bei jedem Stöhnen oder Knurren zuckte ich zusammen.

Ich fand eine alte Dose mit oranger Farbe und kippte sie auf den Kuchen.

»Genug! Das reicht!«, rief Clark in Panik.

»Okay, okay. Ich will nur sichergehen, dass es auch funktioniert.«

Ich schob noch eine Hand voll Mottenkugeln hinterher.

»Beeil dich!«, drängte Clark. »Deck den Kuchen wieder zu. Das Monster kommt!«

Die Schritte des Monsters dröhnten auf dem Wohnzimmerboden.

»Beeil dich doch!«, flehte Clark.

Ich besprühte den Belag des Kuchens noch mit Insektenspray.

»Lisa!«, flehte Clark mich an.

Ich stellte den vergifteten Kuchen gut sichtbar hin.

*Der ist so süß, dass euch nach einem Bissen schon die Zähne ausfallen.* Omas Worte kamen mir wieder in den Sinn.

Hoffentlich bewirkt der Kuchen noch mehr!, dachte ich. Hoffentlich bringt er das Monster um!

»Da kommt es!«, rief Clark.

Wir versteckten uns unter dem Küchentisch.

Das Monster kam in die Küche gestampft. Ich konnte sehen, wie es wild mit den Armen fuchtelte. Es stieß Schüsseln, Töpfe und Gläser um. Alles, was ihm in die Quere kam.

Mir stockte das Herz, als ich sah, wie sich das Monster umdrehte.

Es zögerte. Dann kam es einen Schritt auf den Küchentisch zu. Noch einen Schritt. Und noch einen.

Clark und ich klammerten uns unter dem Tisch aneinander fest. Wir zitterten so heftig, dass der Tisch wackelte.

*Das Sumpfmonster hat uns gesehen!*, dachte ich verzweifelt.

Wir sitzen in der Falle.

Was hat es jetzt vor?

# 26

Clark und ich hielten uns fest umklammert. Das Monster trat auf den Tisch zu – so nah, dass ich den säuerlichen Geruch seines dicken Fells wahrnahm.

Clark fing an leise zu wimmern.

Ich hielt ihm die Hände vor den Mund und schloss die Augen.

Bitte geh weg, betete ich. Bitte, Monster, schau nicht unter den Tisch.

Ich hörte das Monster schnüffeln. Wie ein Hund, der einen Knochen wittert. Als ich die Augen öffnete, hatte es sich vom Tisch entfernt.

»Puh!« Ich stieß einen langen, leisen Seufzer der Erleichterung aus.

Das Monster rumpelte durch den Raum.

Es schnüffelte laut und gierig.

Es schnüffelte am Kühlschrank.

Es torkelte zum Herd hinüber und schnüffelte. Es trottete in der Küche herum und schnüffelte.

*Es riecht uns. Es riecht Clark und mich,* dachte ich. *Bitte, sieh doch mal zum Kuchen hin. Da, der Kuchen!*

Das Monster stampfte zum Herd zurück.

Und schnüffelte.

Es bückte sich und spähte in den Backofen. Dann riss es die Backofentür ab und schleuderte sie durch den Raum.

Mit lautem Knall landete die Tür an der Wand. Clark zuckte vor Schreck zusammen und stieß sich dabei den Kopf am Tisch an. Er stöhnte leise.

Ich stöhnte auch. »Sieh mal«, flüsterte ich.

Das Monster fraß – aber es fraß nicht *unseren* Kuchen. Es waren noch zwei weitere Kuchen im Ofen. Und das Monster stopfte sie in sich hinein.

O nein, dachte ich. Jetzt frisst es die beiden Kuchen. Dann ist es bestimmt satt und rührt *unseren* Kuchen nicht an! Das ist das Ende.

Das Monster stopfte sich die beiden Kuchen gierig ins Maul. Es schluckte sie fast ganz hinunter. Dann torkelte es weiter und blieb in der Mitte der Küche stehen.

Und schnüffelte.

*Juhuu! Es hat noch Hunger!,* dachte ich. *Na komm, friss unseren Kuchen. Friss schon!*

Ich spähte unter dem Tisch hervor – und sah, wie das Monster aufs Büfett zusteuerte. Juhuu!

Es blieb stehen.

Und schnüffelte.

Es sah den Kuchen.

Es starrte ihn einen Moment lang an. Dann hob es ihn hoch und stopfte sich eine Hand voll ins Maul.

*Juhuu!*, freute ich mich. *Es frisst ihn! Es frisst unseren Kuchen!*

Es mampfte den Kuchen. Es mampfte und stopfte sich noch mehr in sein riesiges Maul. Es mampfte und stopfte. Mampfte und stopfte.

Es leckte sich seine großen Lippen.

Es leckte sich die Pfoten ab.

Es rieb sich den Bauch.

»O nein!«, stöhnte ich. »Der Kuchen *schmeckt* ihm!«

## 27

Ich sah zu, wie sich das Monster das letzte Stück Kuchen ins Maul stopfte.

Dann leckte es mit seiner vorschnellenden Reptilienzunge die letzten Kuchenkrümel vom Kuchenteller.

»Es klappt nicht, Clark«, seufzte ich. »Es mag den Kuchen.«

»Und was machen wir jetzt?«, flüsterte er. Er hielt seine Knie fest umklammert, damit sie aufhörten zu zittern.

Das Monster stieß ein lautes Stöhnen aus.

Ich spähte unter dem Tisch hervor. Ich sah, wie die Augen des Monsters hervortraten. Sie fielen ihm fast aus dem Kopf!

Ein gluckernder, erstickter Laut entfuhr seiner Kehle.

Es fasste sich mit seinen behaarten Pfoten an den Hals.

Wieder stöhnte es.

Sein Bauch rumorte – ganz laut. Es hielt sich den Bauch und krümmte sich.

Es stieß einen schwachen Schrei aus – vor Schmerz und vor Überraschung.

Dann fiel es tot um.

»Geschafft! Geschafft!«, rief ich voller Freude. »Wir haben das Sumpfmonster getötet!«

Ich zog Clark unter dem Tisch hervor.

Ich betrachtete das Monster aus sicherem Abstand. Ich war überzeugt, dass es tot war – trotzdem wollte ich ihm nicht zu nahe kommen.

Die schuppigen Augenlider des Monsters waren geschlossen.

Ich starrte auf seine Brust – um zu sehen, ob sie sich bewegte. Um zu sehen, ob es atmete.

Seine Brust blieb ruhig.

Ich starrte es noch eine Weile an.

Es rührte sich nicht.

Clark spähte mir über die Schulter. »Ist – ist es wirklich tot?«, stotterte er.

»Ja!« Ich war mir jetzt sicher. Absolut sicher. »Wir haben's geschafft!«, rief ich aus und hüpfte vor Freude. »Wir haben das Monster getötet! Wir haben es getötet!«

Clark langte in seine Hosentasche – und zog sein Comicheft *Sumpfmonster* hervor. Er warf es durch die Küche. Es traf das Monster am Kopf und fiel zu Boden.

»Nie wieder will ich etwas über Sumpfmonster lesen. Nie wieder!«, rief Clark aus. »Komm, nichts wie weg hier!«

Charley kratzte an der Tür. Als wir sie öffneten, kam er herausgeschossen und sprang an uns hoch. »Schon gut, Junge«, sagte ich zu ihm und versuchte ihn zu beruhigen. »Schon gut.«

Ich spähte in die Kammer, in der wir Charley eingeschlossen hatten. »He, Clark, ich glaube, da drin ist eine Tür«, sagte ich. »Eine Tür, die nach draußen führt.«

Ich trat in die kleine dunkle Kammer – und stolperte über einen Besen, der auf dem Boden lag.

Ich blinzelte in die Dunkelheit.

Zwei rostige Schaufeln lehnten an der Wand rechts von mir. Links hing ein aufgerollter alter Schlauch.

Vor mir sah ich die Tür. Eine Tür mit einem großen Fenster.

Ich schaute aus dem Fenster – in den Hinterhof hinaus. Ich sah den Weg, der durch den Sumpf führte.

Ob dieser Weg durch den Sumpf bis in die Stadt führt?,

fragte ich mich. Ich beschloss, dass wir es auf jeden Fall versuchen sollten.

»Wir sind so gut wie draußen!«, rief ich. »Wir sind so gut wie frei!«

Ich drehte an dem Türknauf, doch die Tür war abgeschlossen. Verriegelt von außen, wie all die anderen Türen im Haus.

»Sie ist zu«, sagte ich zu Clark. »Aber ich schlage das Fenster ein und dann klettern wir raus. Kein Problem.«

Die Schaufeln, die an der Wand standen, waren groß und schwer. Ich packte eine davon mit beiden Händen und zielte.

Dann holte ich aus – und merkte, wie der Boden bebte.

Ich fuhr herum – und hörte das Brüllen.

Das Brüllen des Sumpfmonsters.

Es war nicht tot.

## 28

Das Monster rumpelte auf die Tür zu.

Clark und ich schrien auf, als es einen Riesenschritt in die Kammer machte. Dabei schrammte es mit seinem abscheulichen Kopf am Türrahmen entlang. Aber das schien es nicht zu stören.

Clark und ich drückten uns gegen die Wand.

Charley wich wimmernd in die Ecke zurück. Wimmernd vor Angst.

Wir saßen in der Falle.

Es gab keinen Ausweg.

Wir konnten nirgendwohin entfliehen.

Das Monster ließ seinen Blick von Charley zu mir und dann zu Clark schweifen. Einen Augenblick blieb sein Blick an Clark haften. Dann hob es den Kopf und heulte auf.

»Es – es packt mich zuerst!«, schrie Clark. »Ich – ich hätte es nicht mit dem Comic bewerfen sollen. Ich hätte es nicht am Kopf treffen dürfen.«

»Es – es packt *uns*, du Dummkopf!«, schrie ich ihn an. »Weil wir *beide* versucht haben, es zu *töten*!«

Clark schwieg.

*Ich muss etwas unternehmen,* dachte ich. *Ich muss etwas tun.* Nur was? *Was?*

Das Sumpfmonster torkelte näher.

Es riss sein Maul auf – und zeigte seine zackigen gelben Zähne.

Spitze gelbe Zähne, von denen Spucke tropfte.

Seine Augen glühten rot, während es vorwärts stampfte. Es kam immer näher.

Da fiel mir ein, dass ich immer noch die Schaufel festhielt. Ich hob sie mit beiden Händen in die Luft und stieß zu. Ich stach wieder und wieder in die Luft, um das Monster abzuwehren.

»Zurück!«, schrie ich. »Zurück! Lass uns in Ruhe!«

Das Monster grunzte.

»Zurück! Zurück!« Ich fuchtelte mit der Schaufel wie wild in der Luft herum. »Hau ab!«

Ich zielte auf das Monster.

Ich schlug zu – und mit einem Ekel erregenden *Wumm!* traf ich es am Bauch.

Es wurde still im Raum.

Dann warf das Monster den Kopf in den Nacken und stieß ein durchdringendes Heulen aus.

Es torkelte vorwärts. Es schlug mir die Schaufel aus der Hand. Und warf sie zur Tür hinaus. Als wäre sie ein Zahnstocher.

Ich erschrak, als sie krachend auf dem Küchenboden landete. Ich warf einen Blick auf die andere Schaufel an der Wand. Das Monster folgte meinem Blick.

Es packte die Schaufel und zerbrach sie mit bloßen Händen. Dann warf es die Teile in die Küche.

*Was soll ich bloß tun? Ich muss irgendwas tun!*

Da fiel es mir ein!

Der Brief!

Der zweite Brief von Oma und Opa – der, den wir noch nicht geöffnet hatten!

»Clark! Schnell! Der zweite Brief!«, schrie ich. »Vielleicht steht da drin, was wir tun sollen! Los, lies ihn!«

Clark sagte nichts. Starr vor Schreck sah er dem tobenden Monster zu.

»Clark!«, rief ich mit zusammengepressten Zähnen. »Mach… den… Brief… auf. JETZT!«

Er langte mit zitternder Hand in seine Jeanstasche. Er fingerte am Umschlag herum.

»Mach schon, Clark!«, flehte ich ihn an.

Endlich gelang es ihm, ein Loch in die Ecke des Umschlags zu reißen. Da stieß ich einen Schrei aus.

Das Monster sprang vor.

Es packte mich am Arm, aber wie!

Und riss mich zu sich heran.

## 29

Das Monster zog mich ganz nah an sich.

Ich starrte in sein abscheuliches Gesicht – und erschrak.

Seine Augen waren tiefe schwarze Tümpel – in denen winzige Würmer schwammen.

Ich drehte den Kopf weg – um diese ekligen Wurmaugen nicht sehen zu müssen.

Das Monster packte mich noch fester.

Ich spürte seinen heißen sauren Atem an meinen Wangen.

Es riss sein großes Maul auf.

In seinem Maul wimmelte es von Käfern! Ich sah, wie sie auf der Zunge hin und her krabbelten.

Ich schrie auf. Und versuchte mich aus der Umklammerung des Monsters zu befreien. Aber es hielt mich zu fest.

»Lass mich los!«, kreischte ich. »Bitte!«

Das Monster brüllte nur und hauchte mir seinen heißen Atem ins Gesicht.

*Es riecht wie der Sumpf*, dachte ich, während ich versuchte, mich zu wehren. *Es ist der Sumpf. Es ist wie ein lebender Sumpf.*

Mit meiner freien Hand hämmerte ich gegen den Arm des Monsters. Mir wurde fast schlecht, als ich das Moos spürte. Sein ganzer Körper war bedeckt mit nassem Moos!

»Lass mich los!«, flehte ich. »Bitte – lass mich los!«

Clark sprang herbei. Er packte meinen Arm und versuchte mich wegzuziehen.

»Lass sie in Ruhe!«, schrie er das Monster an.

Da kam Charley aus seiner Ecke gesprungen. Er stieß ein leises Knurren aus. Dann biss er dem Monster in sein behaartes Bein.

Erschrocken wich das Monster zurück und zerrte mich mit sich.

Doch Charley gab nicht auf. Ich sah, wie er seine Zähne noch tiefer in das Bein des Monsters grub.

Knurrend hob das Monster seinen Fuß. Und mit einer heftigen Bewegung schüttelte es Charley ab und schleuderte ihn durch den Raum.

»Charley!«, schrie ich. »Charley!«

Ich hörte Charley am anderen Ende des Raumes winseln.

»Ihm ist nichts passiert«, keuchte Clark. Er zerrte noch fester an meinem Arm, um mich freizubekommen.

Mit einem wütenden Knurren ging das Monster auf Clark los. Es schubste ihn heftig gegen die Wand. Dann beugte sich das Monster herab – und hob mich bis zu seinem Gesicht hinauf.

Es riss das Maul auf.

Es rollte seine widerliche, von Käfern wimmelnde Zunge heraus.

Es LECKTE mich ab.

Es fuhr mir mit seiner heißen rauen Zunge den Arm hoch und runter.

Dann senkte es seine riesengroßen Zähne – bereit, mich zu beißen.

## 30

»Neiiin!«, schrie ich wie am Spieß.

Das Monster senkte sein aufgerissenes Maul. Die Käfer krabbelten über seine gelben Zähne. Es senkte sein Maul zu mir herab.

Da hielt es plötzlich inne.

Und ließ mich los.

Es wich zurück und starrte mich an. Es starrte auf meinen Arm und seine Augen traten weit hervor.

Ich starrte auf meinen Arm. Er war voller ekliger Monsterspucke.

Das Monster hob die Hände und fuhr sich an die Kehle. Es würgte. Als hätte es sich an etwas verschluckt.

Es starrte mich mit seinen nassen Augen an.

»Du – du Mensch?«, stieß es hervor.

»Es kann *sprechen*!«, rief Clark erschrocken aus.

»Du Mensch? Du Mensch?«, fragte es.

»J-ja, ich bin ein Mensch«, stotterte ich.

Das Monster warf den Kopf in den Nacken und stöhnte. »O nein. Ich bin *allergisch* gegen Menschen.«

Es verdrehte die Augen.

Es schwankte und fiel gegen die Tür, die nach draußen führte. Die Tür sprang unter seinem schweren Gewicht auf. Mondlicht strömte herein.

Es lag auf dem Bauch. Und rührte sich nicht mehr.

Ich rieb mir meinen nassen Arm ab und starrte auf das Sumpfmonster herab.

War es diesmal wirklich tot?

## 31

»Lisa! Komm!« Clark zerrte mich auf die offene Tür zu.

Wir stiegen über das Monster. Ich warf einen letzten Blick auf die Bestie.

Die Augen des Monsters waren geschlossen. Es atmete nicht. Es bewegte sich nicht.

»Komm schon, Lisa!«, drängte Clark.

*Ist es wirklich tot?* Ich starrte das Sumpfmonster an. Hundertprozentig sicher war ich mir nicht. Aber eines wusste ich – ich würde mich nicht damit aufhalten, das herauszufinden.

Clark und ich liefen durch die zerbrochene Tür nach draußen. Charley wartete schon auf uns. Wir rannten den Weg hinunter – nur weg von diesem Haus. Wir rannten in den Sumpf.

Ich wunderte mich, dass es draußen dunkel war. Hatten wir denn den ganzen Tag über mit dem Monster gekämpft?

Die Zypressen sahen richtig unheimlich aus im fahlen Mondlicht.

Der Schlamm reichte mir bis über die Knöchel, als wir uns den Weg durch den Sumpf bahnten. Durch das hohe Gestrüpp. Durch dichten Nebel.

Meine Füße tauchten in tiefe Pfützen.

Wir stolperten über herausragende Wurzeln.

Ich schlug nach den langen grauen Bärten, die von den Bäumen hingen. Ich schlug sie mir aus dem Gesicht, während wir tiefer und tiefer in den Sumpf liefen.

Als das Haus außer Sichtweite war, hörten wir auf zu rennen. Wir blieben stehen, um zu verschnaufen.

Ich lauschte in der Dunkelheit nach Schritten.

Nach den Schritten des Sumpfmonsters.

Es waren keine zu hören.

»Geschafft! Wir haben das Monster getötet!«, rief ich in die Nacht hinaus.

»Und wir sind entkommen!«, rief Clark erleichtert. »Wir sind frei! Uns ist nichts passiert!«

»Ja!«, rief ich. »Wir haben's wirklich geschafft!«

Jetzt, wo wir nicht mehr um unser Leben rennen mussten, gingen wir ganz vorsichtig über den Sumpf weiter. Wir sprangen über schwarze Pfützen und knorrige Baumwurzeln.

Merkwürdige Geräusche durchdrangen die Nacht.

Leises Gluckern. Huschende Schritte. Gellende Schreie. Aber das alles machte mir nichts aus.

Ich hatte gegen meinen schlimmsten Albtraum gekämpft – das Sumpfmonster. Ich hatte gegen das Monster gekämpft und gesiegt.

»He, Clark!« Plötzlich fiel mir der Brief wieder ein! »Wir haben Omas und Opas Brief noch gar nicht gelesen. Den zweiten Brief!«

»Na und?«, sagte Clark. »Wir brauchen ihn nicht zu lesen. Das Monster ist tot. Wir haben es getötet. Genau, wie sie es im ersten Brief geschrieben haben.«

»Wo ist er? Wo ist der Brief?«, fragte ich. »Hol ihn raus, Clark.« Ich blieb stehen. »Ich will wissen, was drinsteht.«

Clark holte den zerknitterten Umschlag aus seiner Jeanstasche. Während er die Falten glättete, durchdrang der wilde Schrei eines Tieres den Sumpf.

»Ich – ich finde nicht, dass wir jetzt stehen bleiben sollten«, meinte Clark. »Wir können ihn doch später noch lesen. Wenn wir in der Stadt sind. Und wenn wir Mom und Dad angerufen haben.«

»Lies ihn jetzt«, drängte ich. »Los. Willst du denn nicht wissen, was drinsteht?«

»Nein«, erklärte Clark.

»Aber ich will es wissen«, sagte ich.

»Okay, okay.« Clark riss den Umschlag auf und holte den Brief heraus.

Eine leichte Brise kam auf und trug die lauten Tierschreie an unser Ohr.

Über uns raschelte es in den dunklen Bäumen.

Clark fing langsam an zu lesen. Er musste seine Augen anstrengen, um im schwachen Mondlicht etwas zu erkennen. »›Liebe Lisa, lieber Clark. Wir hoffen, es geht euch gut. Wir haben im ersten Brief vergessen, euch vor etwas zu warnen.

Falls das Monster rauskommt… und ihr es tötet… und falls ihr nach draußen gelangt – dann bleibt auf dem Weg. Geht NICHT in den Sumpf.‹«

Clark verdrehte stöhnend die Augen.

»Lies weiter!«, rief ich. »Los, lies!«

Er kniff die Augen in der Dunkelheit zusammen und fuhr fort. »›Im Sumpf leben die Geschwister des Monsters – zu dutzenden. Wir glauben, dass sie da draußen auf das Monster warten.‹«

Mein Herz schlug schneller, als Clark fortfuhr.

»›Wir haben die Monster im Sumpf gesehen. Wir haben jede Nacht gehört, wie sie einander zugepfiffen haben. Sie sind unglücklich, dass ihr Bruder gefangen gehalten wird. Sie warten darauf, dass er zurückkehrt. Also, merkt euch, geht nicht in den Sumpf. Dort seid ihr nicht sicher. Geht unter keinen Umständen in den Sumpf. Viel Glück! Wir haben euch sehr lieb.‹«

Clark ließ die Arme sinken. Der Brief fiel auf den sumpfigen Boden.

Ich wandte mich langsam um und starrte auf die wandernden Schatten.

»Lisa«, sagte Clark mit erstickter Stimme. »Hörst du das? Was ist das für ein Geräusch? Was ist das?«

»Äh … es hört sich an wie ein Pfeifen.«

»G-genau das dachte ich auch«, flüsterte er. »Was machen wir denn jetzt? Hast du eine Idee?«

»Nein, Clark«, antwortete ich leise. »Ich habe keine Idee mehr. Und du?«

# Alle Bücher ...

1. **Der Spiegel des Schreckens**
OMNIBUS 20149

2. **Willkommen im Haus der Toten**
OMNIBUS 20150

3. **Das unheimliche Labor**
OMNIBUS 20151

4. **Es wächst und wächst und wächst ...**
OMNIBUS 20152

5. **Der Fluch des Mumiengrabs**
OMNIBUS 20153

6. **Der Geist von nebenan**
OMNIBUS 20236

7. **Es summt und brummt – und sticht!**
OMNIBUS 20308

8. **Die Puppe mit dem starren Blick**
OMNIBUS 20262

9. **Nachts, wenn alles schläft ...**
OMNIBUS 20263

10. **Der Gruselzauberer**
OMNIBUS 20355

11. **Die unheimliche Kuckucksuhr**
OMNIBUS 20356

12. **Die Nacht im Turm der Schrecken**
OMNIBUS 20023

13. **Meister der Mutanten**
OMNIBUS 20396

14. **Die Geistermaske**
OMNIBUS 20397

15. **Die unheimliche Kamera**
OMNIBUS 20398

16. **... und der Schneemensch geht um**
OMNIBUS 20399

17. **Der Schrecken, der aus der Tiefe kam**
OMNIBUS 20417

18. **Endstation Gruseln**
OMNIBUS 20418

19. **Die Rache der Gartenzwerge**
OMNIBUS 20419

20. **Der Geisterhund**
OMNIBUS 20432

21. **Die Wut der unheimlichen Puppe**
OMNIBUS 20463

22. **Mein haarigstes Abenteuer**
OMNIBUS 20464

23. **Gib Acht, die Mumie erwacht**
OMNIBUS 20465

24. **Wer die Geistermaske trägt**
OMNIBUS 20460

25. **Der Werwolf aus den Fiebersümpfen**
OMNIBUS 20461

26. **Die unheimliche Puppe kehrt zurück**
OMNIBUS 20462

27. **Es wächst weiter**
OMNIBUS 20537

28. **Der Kopf mit den glühenden Augen**
OMNIBUS 20538

29. **Hühnerzauber**
OMNIBUS 20539

30. **Wenn das Morgengrauen kommt**
OMNIBUS 20540

31. **Ich kann fliegen!**
OMNIBUS 20562

32. **Mein unsichtbarer Freund**
OMNIBUS 20593

33. **Der Schreckensfisch**
OMNIBUS 20596

34. **Die Geisterschule**
OMNIBUS 20598

35. **Das verwunschene Wolfsfell**
OMNIBUS 20604

36. **Um Mitternacht, wenn die Vogelscheuche erwacht**
OMNIBUS 20655

37. **Der Vampir aus der Flasche**
OMNIBUS 20657

38. **Der Schneemann geht um**
OMNIBUS 20659

39. **Die Geisterhöhle**
OMNIBUS 20694

40. **Panikpark**
OMNIBUS 20695

41. **Bei Anruf Monster**
OMNIBUS 20696

42. **Die Monster vom Fluss**
OMNIBUS 20697

43. **Fünf x Ich**
OMNIBUS 20711

44. **Rache ist ...**
OMNIBUS 20719

45. **Spürst du die Angst?**
OMNIBUS 20722

46. **Der Ring des Bösen**
OMNIBUS 20728

47. **Der Werwolf ist unter uns**
OMNIBUS 20458

48. **Das Versteck der Mumie**
OMNIBUS 20732

49. **Bitte lächeln!**
OMNIBUS 20923

50. **Das Geisterauto**
OMNIBUS 20926

51. **Der Geist ohne Kopf**
OMNIBUS 20930

52. **Das Geisterpiano**
OMNIBUS 20932

53. **Es atmet**
OMNIBUS 20937

54. **Fürchte dich sehr!**
OMNIBUS 20941

55. **Der Geist im Spiegel**
OMNIBUS 20968

56. **Das Biest kommt in der Nacht**
OMNIBUS 20982

57. **Das Phantom in der Aula**
OMNIBUS 20336

58. **Das Sumpfmonster**
OMNIBUS 21135

59. **Vollmondfieber**
OMNIBUS 21140

60. **Die Nacht der glühenden Kürbisse**
OMNIBUS 21143